Michael P. Spradlin wurde in Homer, Michigan in den USA geboren. Er lebt heute mit seiner Frau und zwei Kindern in Lapeer, Michigan. Eigentlich arbeitet er als Vertriebsmanager bei einem großen amerikanischen Verlag, aber nebenher schreibt er seit einigen Jahren Kinder- und Jugendbücher.

Michael P. Spradlin

DIE TEMPLER
DER HÜTER DES GRALS

Aus dem Amerikanischen von
Uwe Hausmann

Oetinger Taschenbuch

Das Papier dieses Buches ist FSC-zertifiziert und wurde von
Arctic Paper Mochenwangen aus 25% de-inktem Altpapier
und zu 75% aus FSC-zertifiziertem Holz hergestellt.
Der FSC ist eine nicht staatliche, gemeinnützige Organisation,
die sich für eine ökologische und sozialverantwortliche Nutzung
unserer Wälder einsetzt.

2. Auflage 2012
Oetinger Taschenbuch GmbH, Hamburg
März 2011
Alle Rechte dieser Ausgabe vorbehalten
© Originalausgabe: G.P. Putnam's Sons, New York 2008
© Originaltitel: „The Youngest Templar – Keeper of the Grail"
© Text: Michael P. Spradlin, 2008
Mit freundlicher Genehmigung von Steven Chutney Agency, New York,
und Literarische Agentur Silke Weniger, München
© Deutsche Erstausgabe: Erika Klopp Verlag GmbH, Hamburg 2008
Aus dem Amerikanischen von Uwe Hausmann
Umschlaggestaltung: HAUPTMANN & KOMPANIE Werbeagentur,
München-Zürich
Druck: CPI – Clausen & Bosse, Leck
ISBN 978-3-8415-0042-7

www.oetinger-taschenbuch.de

Dieses Buch ist für meinen Sohn
Michael Patrick Spradlin jr.
Mein Sohn, du hast mich reich beschenkt.

Der jüngste Templer

PROLOG

Eines Tages wird man die Zeit, in der wir leben, das dunkle Zeitalter nennen. Was für ein passender Name. Ich habe alles getan, was ich konnte, um mich der Dunkelheit entgegenzustellen, und trotzdem fühle ich immer noch, wie sie von allen Seiten auf mich eindringt. Ich hatte gehofft, hier Zuflucht zu finden, aber das hat sich als närrischer Traum erwiesen. Ich bin weit gekommen, viel weiter geht es nun nicht mehr. Kann ich dies zu Ende bringen?

Ich bin jetzt allein. Sir Thomas hat mich mit ein paar Münzen aus Akkon fortgeschickt, und ich trage sein Schwert und seinen Ring mit mir. Wenn ich das Geld sorgsam einteile, wird es eine Weile reichen. Aber vielleicht kommt der Tag, an dem ich Schwert und Ring verkaufen muss.

Sir Thomas fehlt mir. Er war gütig, und es gab immer etwas zu essen. Die Arbeit war hart und voller Gefahren, denn was ist ein Kreuzzug, wenn nicht ein anderes Wort für Krieg? Er hat mich gut ausgebildet, und er war nicht so frömmlerisch wie so viele seiner Mitstreiter.

Nun muss ich mich entscheiden, welchen Weg ich einschlagen soll. Ich bin weit gereist und habe viel ertragen, um das Versprechen, das ich einem sterbenden Ritter gegeben habe, einzulösen. Soll ich diesen Weg weitergehen, bis ich auf die Menschen treffe, die mich töten wollen, um das zu erlangen, was ich besitze? In den vergangenen Monaten habe ich viel über das Schicksal gelernt. Denn Sir Thomas war kein gewöhnlicher Ritter. Mein Herr und Gebieter, Sir Thomas Leux, diente seinem Gott als ein Mitglied der Bruderschaft der Tempelritter. Und in dem einfachen Ledersack, den ich nie von der Schulter nehme, bewahre ich, ein unbedeutender Waisenjunge, eine unwürdige Seele, die heiligste Reliquie der ganzen Christenheit, den Heiligen Gral. Ich bin nun sein Hüter.

Über Jahrhunderte hinweg haben Legenden davon berichtet, wie dieser einfache, tönerne Becher das Blut Jesu Christi auffing, als er am Kreuz starb. Und weil er einstmals das Blut des Erlösers in sich trug, glauben einige, er habe magische Kräfte.

Ich hörte manchen Templer sagen, dass derjenige, der den Gral besitzt, unüberwindlich ist. Die Armee, für die er kämpft, kann in der Schlacht nicht besiegt werden. Deswegen bemühten sich die Ritter auch so verbissen, ihn verborgen zu halten, damit er nicht Saladin, dem großen Sultan, in die Hände fiel. Um der Wahrheit die Ehre zu geben, ich halte nicht viel von diesen Geschichten. Wenn der Gral eine Armee tatsächlich unbesiegbar macht, warum haben ihn die Templer dann nicht in die Schlacht getragen, um Saladin und seine Krieger vom Schlachtfeld zu jagen? Vielleicht haben die Sarazenen ja ihre eigene heilige Reliquie, die der Kraft des Grals entgegenwirkt?

Legenden hin oder her – die bloße Idee des Grals hat gewaltige Macht. Er mag der wahrhaftige Becher Christi sein oder nicht, jedenfalls ist er ein Symbol. Und wenn ich in meinem Leben eines gelernt habe, dann habe ich die Macht der Symbole begriffen. Von den leuchtend roten Kreuzen auf den Gewändern der Templer bis zu dem Kruzifix, das in der Kapelle der Abtei hängt. Symbole können Menschen dazu bringen, jegliche Ehrenhaftigkeit zu vergessen.

Koste es, was es wolle, ich muss dieses wertvolle Gut in Sicherheit bringen. Sir Thomas sagte, es sei meine Pflicht.

Ich sage, es ist mein Fluch.

KAPITEL EINS

ABTEI ST. ALBAN
März 1191, England

Obwohl man mich Tristan nennt, so habe ich doch keinen eigenen Namen. Es war Bruder Tuck, der mich am Tag des Heiligen Tristan fand – vor fast sechzehn Jahren. Er ist ein freundlicher und sanfter Mann, aber taubstumm und auch nicht in der Lage, mir aufzuschreiben, wie ich hierherkam. Der Abt, eine weitaus strengere Persönlichkeit, hat mir erklärt, dass ich in jener Augustnacht auf den Stufen der Abtei gefunden wurde. Gerade mal ein paar Tage alt, hungrig und weinend, eingehüllt in eine schmutzige Wolldecke.

Man hat mir auch erzählt, dass das Trommeln von Pferdehufen zu hören war, das sich in der Nacht entfernte, aber weil Bruder Tuck der Erste war, der mich entdeckte, wissen wir nicht, ob er die Reiter gesehen hat oder wenigstens einen Blick auf sie erhaschen konnte. Der Abt sagt, zwei der Brüder seien den Spuren in den Wald gefolgt, hätten aber die Fährte rasch verloren.

Er glaubt, dass ich von edler Geburt bin. Kein Bauer könnte sich solche Pferde leisten, und es ist unwahrscheinlich, dass ein armer Landarbeiter einen Säugling aussetzen würde, der eines Tages stark genug wäre, ihm bei der Arbeit zu helfen. Ebenso wenig wäre ein ungebildeter Bauer dazu in der Lage, die Botschaft zu schreiben, die sorgfältig zwischen die Falten meiner Decke geschoben war. Auf einem einfachen Fetzen zusammengerollten Pergaments, das ein rotes

Band zusammenhielt, stand: »*Ihr Brüder; Wir vertrauen Euch dieses unschuldige Kind an. Erinnert ihn daran, dass man ihn liebte, doch dass er hier sicherer ist, weit weg von denen, die ihm Unheil wünschen. Wir werden über ihn wachen, bis die Zeit gekommen ist.*«

Wer auch immer diese Botschaft hinterlassen hat, muss also glauben, dass ich mich hier in der Abtei in Sicherheit befinde, nun, da ich fast sechzehn bin. Denn soweit die Mönche wissen, ist niemals jemand hierhergekommen und hat sich nach mir erkundigt oder auf irgendeine Weise »über mich gewacht«. Vielleicht war es meinen Eltern, wer sie auch sein mögen, ja auch nicht vergönnt, dieses Versprechen einzuhalten.

Die Mönche waren immer gut zu mir, doch sie waren Zisterzienser und glaubten, dass man niemals zu jung zum Arbeiten ist. Ich habe mir meinen Unterhalt dort hart verdient. Ich war ihnen deswegen jedoch nicht böse, denn die Mönche plagten sich genauso schwer wie ich. Ich verbrachte mein ganzes Leben in St. Alban, und meine ersten Erinnerungen drehen sich nicht um die Namen und Gesichter der Mönche, sondern um die tägliche Fronarbeit.

Wir waren eine arme Abtei, bauten aber genug Getreide und andere Feldfrüchte an und züchteten genügend Schafe und Ziegen, um die Winter zu überstehen. Die Gärten versorgten uns reichlich mit Gemüse, und die Felder spendeten uns Weizen, aus dem wir unser Brot backten. Wenn wir etwas anderes brauchten, tauschten es die Brüder in Dover oder in einem der benachbarten Dörfer ein.

Es war ein ruhiges und beschauliches Leben, aber die Arbeit fand nie ein Ende. Der Garten war mein Hauptbeitrag zum Leben in der Abtei. Bruder Tuck und ich bestellten ihn von der Pflanzzeit im Frühjahr bis zur Ernte im Herbst. Mit der Hacke die Erde aufzubrechen war eine schweigsame Arbeit und ließ mir viel Zeit zum Nachdenken. Der Garten befand sich auf einer sonnigen Fläche hinter der Abtei, und wenn der regnerische Frühling vorüber war, blieb das Wetter für gewöhnlich hell und freundlich.

Unsere Abtei lag einen Tagesritt von Dover entfernt an einer Reisestraße. Dreißig Mönche dienten dort dem Herrn. Vor vielen Jahren erbaut, erhob sie sich aus dem Wald um sie herum wie eine kleine hölzerne Burg. Es war eine einfache Anlage, da die Zisterzienser glaubten, der Mensch sei auf der Welt, um Gott zu dienen, und nicht, um seine Behausungen mit prunkvollem Beiwerk zu schmücken.

Trotzdem war es ein behaglicher Ort, der die wenigen Reisenden, deren Weg zu uns führte, zur Rast einlud und willkommen hieß. Der Hauptsaal, in dem sich die Brüder versammelten, um ihre Mahlzeiten einzunehmen und zu beten, wurde durch die Fenster, die fast bis zur Decke reichten, hell erleuchtet. Die Außenanlagen waren sauber und gepflegt, denn die Mönche glaubten, wenn man sein Anwesen in Ordnung hielt, bliebe der Geist frei, sich auf Gott zu richten.

Außer dem Wald um die Abtei und einem Besuch in Dover vor drei Jahren hatte ich nichts weiter von der Welt gesehen. Obwohl das beileibe nicht alles war, was ich von ihr wusste. Die Mönche boten schließlich den Reisenden auf der Straße nach Dover Unterkunft, und von ihnen erfuhr ich vieles. Aufregende Dinge, die sich in weit entfernten Ländern zutrugen. Dinge, die mich nach einer Gelegenheit verlangen ließen, mich aufzumachen und sie selbst zu sehen. Manche Gäste erzählten Geschichten von Wundern und Abenteuern, von heroischen Schlachten und exotischen Orten. In letzter Zeit drehten sich die meisten Erzählungen um den Kreuzzug. König Richard, den man auch Löwenherz nannte, führte seinen Krieg im Heiligen Land, und der verlief nicht gut. König Richard war seit fast zwei Jahren auf dem Thron und hatte den größten Teil dieser Zeit damit verbracht, weit weg von England in den Kreuzzügen zu kämpfen. Im Volk nannte man ihn Löwenherz, weil er den Ruf hatte, ein streitbarer Krieger zu sein, tapfer und ritterlich und fest entschlossen, Saladin und seine Sarazenen aus dem Heiligen Land zu verjagen.

Saladin war der Führer des Moslemheeres, das sich König Richard entgegenstellte. Über ihn erzählte man, dass er ein ebenso mutiger und gefürchteter Krieger war wie Löwenherz und darauf brannte, das Heilige Land von den Christen zu befreien. Sogar diejenigen, die Gott auf unserer Seite glaubten, gaben zu, dass es nicht einfach sein würde, Saladin zu besiegen.

Für die Mönche waren die Nachrichten aus dem Osten von besonderem Interesse. Ihnen galt das Kommen Saladins als ein Zeichen dafür, dass das Ende aller Tage nahe war. Vielleicht würde der Heiland bald zum Jüngsten Gericht auf die Erde zurückkehren.

Dies waren an jenem klaren und sonnigen Tag meine Gedanken, als ich neben Bruder Tuck im Garten arbeitete. Bruder Tuck war ein Bär von einem Mann, stark und robust, mit einem großen Herzen. Obwohl er nicht sprechen konnte, machte er ein leises, summendes Geräusch, während er seine Hacke in die Erde schlug, und bewegte sich dabei nach einem Rhythmus, den nur er fühlen konnte. Er konnte das Näherkommen der Reiter ebenso wenig hören wie die trampelnden Hufe ihrer Pferde auf dem harten Boden oder das Klirren von Schwertern und Kettenhemden, als die Ritter ihre Tiere am Tor der Abtei zum Stehen brachten.

Ritter, die die leuchtend weißen Übermäntel mit den flammend roten Kreuzen auf der Brust trugen. Die Kriegermönche. Die berühmte Arme Ritterschaft Christi vom Salomonischen Tempel. Allen bekannt als die Tempelritter.

KAPITEL ZWEI

Die Ritter lenkten ihre Pferde durch das Tor der Abtei in den Schatten der hohen Bäume, die den Innenhof umsäumten. Ich zählte zwanzig von ihnen, gut beritten und in Kettenhemden, die in der Morgensonne glänzten. Der Abt stieg die Eingangsstufen hinab, um die Reisenden zu begrüßen.

»Seid willkommen, Soldaten Gottes«, sagte er.

Ich unterbrach meine Arbeit und stützte mich auf meine Hacke, um vom Garten aus zuzusehen. Ich klopfte Bruder Tuck auf die Schulter und zeigte auf die Templer, die nun im Hof von ihren Pferden auf den Abt herabblickten.

Ein großer, magerer Ritter, der eine vergoldete Kapuze trug, stieg ab, löste seinen Helm und erwiderte den Gruß des Abts.

»Habt Dank, ehrwürdiger Vater«, sagte er. Seine Stimme war hoch und schien nicht zu einem Krieger zu passen. Den Templern war es verboten, sich den Bart zu scheren, aber der von diesem Ritter war so spärlich, als wollte es ihm nicht gelingen, sich einen Vollbart wachsen zu lassen. Sein Gesicht wirkte schmal und eingedrückt, so als wäre sein Helm zu eng und hätte seine Gesichtszüge für immer zu einer mürrischen Grimasse zusammengepresst. Er trug das Emblem eines Marschalls des Ordens auf seinem Übergewand, was bedeutete, dass er das Kommando innehatte.

»Mein Name ist Sir Hugh Monfort. Wir sind auf dem Weg nach

Dover und ins Heilige Land.« Er zeigte auf einen weiteren Ritter, der abstieg und mit den Zügeln seines Pferdes in der Hand stehen blieb.

»Dies ist Sir Thomas Leux, mein Stellvertreter. Wir sind heute weit geritten und wünschen nun, hier Rast zu machen«, sagte er.

»Verfügt nur über alles, was wir haben, Herr«, sagte der Abt. »Wir sind eine arme Abtei, aber reich im Geiste. Ich werde einige der Brüder anweisen, Euch mit Euren Pferden zur Hand zu gehen, und heute Abend werdet Ihr mit uns das Nachtmahl teilen.«

Sir Hugh befahl seinen Männern, sich zu rühren. Die Ritter stiegen ab und fingen an, sich zu strecken und Arme und Beine auszuschütteln, so müde und steif, wie sie von der langen Reise waren.

»Tristan?« Ich hörte den Abt nach mir rufen.

»Ja, ehrwürdiger Vater?«, antwortete ich und rannte vom Garten in den Hof.

»Schaff im Stall Platz für die Rosse unserer Gäste, dann kommst du mit ein paar Stricken wieder her und hilfst, den restlichen Tieren, die hier im Hof bleiben müssen, Vorderfesseln anzulegen. Gib ihnen reichlich von unserem Futter und unserem Heu«, befahl er.

»Jawohl, ehrwürdiger Vater«, sagte ich.

Sir Thomas, der unser Gespräch mit angehört hatte, trat vor und nahm den Helm ab. Die Zügel seines Pferdes behielt er in der Hand. Er war einen Kopf größer als ich, und an seinem Gürtel hing ein mächtiges Kriegsschwert. Obwohl sein Gesicht von Staub bedeckt war, konnte ich auf seiner Wange eine lange Narbe erkennen, die von seinem rechten Auge abwärts verlief, bis sie im Gestrüpp seines Bartes verschwand. Sein Haar war von rötlich brauner Farbe, und ein jungenhaftes Lächeln erschien auf seinem Gesicht.

»Nach dir, mein Junge«, sagte er.

Ich führte ihn über den Hof, während Sir Hugh zurückblieb und weiter mit dem Abt redete. Die anderen Ritter mischten sich unter die Brüder und warteten darauf, dass ich mit den Stricken zurückkam. Unser Weg ging um das Hauptgebäude herum zu dessen Rückseite, wo unsere Nebengebäude standen. Wir unterhielten dort auch einen kleinen Stall für ein Paar Zugpferde, zwei Milchkühe und einige Ziegen. Zusätzlich zu meinen Gartenpflichten kümmerte ich mich auch um die meisten Tiere in der Abtei.

Während wir auf den Stall zugingen, stellte der Ritter sich vor.

»Mein Name ist Sir Thomas Leux«, sagte er.

Ich blieb stehen, drehte mich um und wollte mich verneigen, aber er winkte bloß ab. Doch ein Ritter war schließlich von Adel, und eine Verbeugung wäre nur schicklich und angemessen gewesen.

»Lass nur. In Zeiten wie diesen legen wir auf solche Förmlichkeiten keinen Wert«, sagte er. »Du heißt Tristan, nicht wahr?«

»Ja, mein Herr«, antwortete ich und setzte aus Gewohnheit schon wieder zu einer Verbeugung an.

Ich bemerkte, dass Sir Thomas' Mantel Löcher und Risse hatte und seine Stiefel vor Staub und Schlamm starrten. Sein Rüstzeug war fleckig und glanzlos, und an einigen Stellen zeigte sich der Rost. Jedoch der Griff des Schwertes, das er an seinem Gürtel trug, blitzte hell im Sonnenlicht.

»Vergib mir, aber du wirkst ein bisschen zu jung, um schon ein Mönch zu sein«, sagte er.

»Ich habe die Gelübde noch nicht abgelegt, Herr«, erklärte ich. »Ich bin Waise. Die Brüder haben mich als Baby gefunden und mich aufgezogen.«

»Aha. Nun gut, du bist kräftig und gut gewachsen. Es scheint, dass sie anständig für dich sorgen«, sagte er.

Als wir den Stall erreicht hatten, zog ich die Tür auf, nahm die Zügel seines Pferdes und führte es in eines der leeren Abteile.

»Bist du für den Stall zuständig?«, erkundigte sich Sir Thomas.

»Jawohl. Unter anderem«, gab ich zur Antwort. »Ich arbeite auch im Garten, morgens und abends helfe ich dem Bruder Koch bei der Zubereitung der Mahlzeiten, und jede Woche ist es meine Aufgabe, im Wald ein Klafter Feuerholz zu sammeln, damit wir genug zum Kochen und für das Kaminfeuer im Winter haben. Bei der Ernte helfe ich ebenfalls. Und wenn sich noch irgendetwas anderes ergibt, das erledigt werden muss, dann fällt es für gewöhnlich an mich.«

»Eine eindrucksvolle Liste verantwortungsvoller Tätigkeiten. Bist du sicher, dass du auch nichts ausgelassen hast?«, fragte Sir Thomas und zog eine Augenbraue hoch.

»Nein, Herr, ich glaube, das war es mehr oder weniger«, sagte ich und schämte mich, einem Ritter so ausführlich Auskunft gegeben zu haben, obwohl der wahrscheinlich nicht das mindeste Interesse an meinem täglichen Einerlei hatte.

»Nun, was den Stall betrifft«, sagte er und sah sich um, »so will mir scheinen, die Brüder haben eine kluge Wahl getroffen. Dies ist wohl der ordentlichste, sauberste Stall, den ich je gesehen habe«, sagte er lachend, während ich den Sattel seines Pferdes auf das Geländer des Verschlags wuchtete. Dann nahm ich die Satteldecke ab und rieb dem Tier sanft die Hinterhand. Ich füllte Heu in die Futterkrippe und goss Wasser in den Trog, damit das Pferd seinen Durst stillen konnte.

»Ich muss jetzt den anderen mit ihren Pferden helfen«, sagte ich, »aber wenn ich damit fertig bin, striegle ich gerne noch Euer Pferd, wenn ich Euch diese Arbeit abnehmen darf.«

Sir Thomas blickte mich mit einer Mischung aus Erschöpfung und Dankbarkeit an.

»Ich möchte dir keine weiteren Mühen machen, mein Junge«, sagte er freundlich.

»Es macht gar keine Mühe. Ich sehe, dass Ihr ohne Knappen oder Sergeantos reitet, also könnt Ihr bestimmt ein wenig Hilfe brauchen. Und außerdem sagt der Abt, dass wir die Pflicht haben, Kreuzritter nach Kräften zu unterstützen.«

»So, sagt er das?«, fragte Sir Thomas. »Nun, in diesem Fall nehme ich dein freundliches Angebot gerne an.«

»Ich kann Euch zeigen, wo die Gäste der Abtei schlafen, wenn Ihr mir folgen wollt, Herr«, bot ich an.

Als ich den Stall verließ, griff ich mir ein Bündel Stricke von einem Haken an der Wand und hängte es mir über die Schulter. Die Tür des Stalls war vom Wind zugedrückt worden, und als ich sie aufschob, erfasste sie eine Bö und schlug sie mit einem Knall an die Wand.

Draußen vor der Tür sah ich mit Entsetzen, wie Sir Hughs Pferd scheute und sich aufbäumte. Das arme Tier war völlig verschreckt und stieß ein durchdringendes Wiehern aus.

»Ho! Ho!«, schrie sein Besitzer, griff nach den Zügeln und schlug mit ihnen auf das Pferd ein, das neben ihm bockte und ausschlug. Dadurch verschreckte er den Hengst nur noch mehr, der sich wieder aufbäumte und dann zur Seite wegsprang. Als er landete, riss es Sir Hugh die Zügel aus der Hand, und er stürzte zu Boden. Der Hengst stieg wieder auf der Hinterhand hoch und kam dann mit allen vier Hufen auf die Erde, wobei er stolperte und in den Zaun krachte. Sein Vorderbein blieb an einem der Balken hängen und fing an, aus einem kleinen Schnitt zu bluten.

Sir Hugh lag benommen auf dem Boden, und als der Hengst den Kopf neigte, sprang ich vor und schlang die Arme um seinen Hals, bevor er sich wieder aufbäumen konnte. Beruhigend flüsterte ich auf das Tier ein. Es versuchte sich loszureißen, aber ich hielt eisern fest. In wenigen Augenblicken ließ seine Erregung nach. Schließlich stand es still, setzte das Vorderbein behutsam auf den Boden auf, schnaubte noch etwas und wieherte leise. Aber es war wieder ganz ruhig.

Ich ließ den Hals des Pferdes los und nahm die Zügel auf. Sir Thomas stand im Eingang des Stalls und lächelte. »Gut gemacht, mein Junge«, sagte er.

»Gut gemacht? Gut gemacht?«, kreischte Sir Hugh, der sich gerade aufrappelte. »Diesem Tölpel und seiner Unachtsamkeit habe ich es zu verdanken, dass mein Pferd lahmt und ich fast umgebracht wurde! Und Ihr sagt dazu auch noch ›Gut gemacht‹?«

Ich zuckte bei seinen Worten zusammen. Sir Thomas blickte Sir Hugh durchdringend an, sagte aber einstweilen nichts.

»Du Blödian!« Sir Hugh schritt wutentbrannt auf mich zu. »Du Schafskopf! Dieser Hengst hat den Orden dreißig Goldstücke gekostet. Dreißig! Und jetzt ist sein Bein ruiniert.« Sir Hugh blies die Backen auf. Sein Gesicht war eine Maske der Verbitterung.

»Es ist nur ein kleiner Schnitt, Herr«, sagte ich. »Ich glaube nicht, dass das Tier lahmt. Bruder Tuck hat viele –«

Sir Hugh stand nur da und begann, mit übertrieben korrekten Bewegungen seine Kettenhandschuhe anzulegen.

»Wie kannst du es wagen?«, zischte er und baute sich vor mir auf. Ich wich zurück, aber er packte mich mit einer Hand am Hemd. Ich wollte mich wegdrehen, wagte es aber nicht, das Halfter des Hengstes loszulassen, aus Sorge, er könne sich wieder aufbäumen. Die stahlgepanzerte Faust holte aus, und ich tat mein Bestes, um mich wegzuducken. Eines war klar: Das würde jetzt gleich sehr wehtun.

KAPITEL DREI

Nur dass ich gar nichts spürte. Der Schlag kam einfach nicht.

»Halt!«, befahl eine Stimme.

Ich richtete mich auf und sah, wie Sir Thomas hinter Sir Hugh stand und dessen Arm mit einer Hand fest umklammert hielt. Sir Hugh wand sich verzweifelt, um seinen Arm zu befreien, aber er konnte den Griff des stärkeren Ritters nicht brechen.

»Gebt mich frei!«, fauchte Sir Hugh. »Ich fordere Euch auf, auf der Stelle Eure Hand von mir zu nehmen! Wie könnt Ihr es wagen, den Marschall des Regimentos anzugreifen?«

»Eure Marschallwürde gibt Euch nicht das Recht, einen unschuldigen Jungen zu züchtigen!«, erwiderte Sir Thomas gelassen.

»Dieser *Junge* hat meinen kostbaren Hengst ruiniert.«

Sir Thomas gab Sir Hugh frei, ging jedoch um ihn herum und stellte sich zwischen uns. Ich wusste nicht, was ich tun sollte. Es war alles so schnell gegangen. Und nun stand ich im Mittelpunkt einer Auseinandersetzung, die, wie ich plötzlich spürte, kaum etwas mit mir zu tun hatte.

»Es wird mir eine Freude sein, mich selbst um das Pferd zu kümmern, Sir Hugh …«, stammelte ich, aber Sir Thomas drehte sich zu mir um und zog erneut die Augenbraue hoch. Sofort wünschte ich, ich hätte den Mund gehalten. Er wandte sich wieder Sir Hugh zu.

»Ich fordere Euch auf, aus dem Weg zu gehen, oder ich werde Anklage gegen Euch erheben!« Sir Hugh hatte sich in eine solche Wut hineingesteigert, dass ihm die Speicheltropfen aus dem Mund flogen. Es sah so aus, als würde er jeden Moment sein Schwert ziehen und auf Sir Thomas losgehen.

»Tut das, und ich werde meinerseits Gegenklage erheben, wegen Verhaltens, das dem Ansehen des Ordens schadet. Wenn der Hengst sich noch einmal aufgebäumt hätte, wäret Ihr vielleicht getötet oder schwer verletzt worden. Der Junge hat Euch höchstwahrscheinlich das Leben gerettet. Das Pferd scheint keinen ernsthaften Schaden genommen zu haben. Ich bin sicher, die Mönche können den Schnitt mit einer Salbe und einem Verband versorgen. Und Ihr müsst Euch jetzt wieder fassen und gehen.« Sir Thomas sprach sehr ruhig, wie mir auffiel. Seine Stimme war fest und sein Tonfall gleichmäßig und gelassen.

Sir Hughs Gesicht war dagegen blutrot angelaufen. Ich hielt es für unwahrscheinlich, dass er es sich anders überlegen und darauf verzichten würde, mich zu schlagen. Sein Falkengesicht war vor Zorn zusammengekniffen, und die Adern an seinem Hals und auf seiner Stirn waren geschwollen.

»Sir Hugh, ich warne Euch, wenn Ihr die Hand gegen diesen Jungen erhebt, werde ich dafür sorgen, dass Ihr dem Großmeister des Ordens Rede und Antwort stehen müsst«, sagte Sir Thomas.

»Das würdet Ihr nicht wagen!«, sagte Sir Hugh. Aber sein Tonfall hatte sich gewandelt. Er klang jetzt, als sei er sich seiner selbst nicht mehr so sicher. Auch seine Körperhaltung drückte dies aus: Er schien förmlich in sich zusammenzufallen.

»Dann stellt mich auf die Probe«, sagte Sir Thomas nur.

Sir Hugh warf einen Blick über die Schulter. Die anderen Ritter hatten sich nun hinter der Abtei versammelt und verfolgten schweigend die Auseinandersetzung. Bruder Rupert hielt Bruder Tuck an den Armen zurück, damit er sich nicht losriss und an meine Seite eilte. Ich gab ihm ein Zeichen, zu bleiben, wo er war.

Sir Hugh blickte wieder auf Sir Thomas. Sein Gesicht wirkte nun eisig kalt. Reiner Hass loderte in seinen Augen, aber Sir Thomas schüchterte das nicht ein. Unnachgiebig stand er vor ihm und erwartete Sir Hughs nächsten Zug.

»Eines Tages, Sir Thomas. Ich warne Euch, eines Tages …« Bedrohlich ließ er die Worte in der Luft hängen. »Vergewissert Euch, dass dieser freche Lümmel sich um mein Pferd kümmert«, sagte er und stampfte in Richtung Abtei davon, wo er die Treppe hochstieg und im Hauptsaal verschwand, dicht gefolgt von unserem Abt.

»Herr, es tut mir leid, dass ich das Pferd des Marschalls verletzt habe«, sagte ich.

Sir Thomas drehte sich um und streckte die Hand aus, um dem Hengst den Hals zu streicheln.

»Nimm es dir nicht zu Herzen, Tristan. Viel Lärm um nichts. Es war nicht deine Schuld. Pferde scheuen nun einmal gelegentlich. Und Sir Hugh ist schrecklich jähzornig. Lassen wir die Sache auf sich beruhen. Aber es wäre wohl am besten, wenn du jetzt nach dem Hengst sähest.«

»Herr, ich will nicht, dass Ihr wegen meiner Fehler Unannehmlichkeiten habt. Ich werde dem Abt erklären, dass …«

Sir Thomas hob die Hand, um mich zu unterbrechen. »Du hast dir nichts vorzuwerfen. Sir Hugh ist zwar Marschall unseres Regimentos, aber ich bin es, dem diese Ritter folgen. Sir Hugh weiß, dass er in seinen eigenen Reihen keinen Respekt genießt. Er hat ein paar mächtige Gönner in unserem Orden und am Königshof. Ich jedoch auch. Dieser Vorfall wird keine weiteren Folgen haben. Denk nicht mehr daran.«

Ich fühlte mich von Sir Thomas' Worten etwas beruhigt, führte den Hengst in den Stall und brachte ihn im Abteil neben dem Pferd von Sir Thomas unter. Er war immer noch nervös, aber nachdem er Wasser und Futter bekommen hatte, hatte er sich schon wieder etwas beruhigt. Kurz darauf stürzte Bruder Tuck in den Stall. Er nahm meinen Kopf in seine Hände, als wollte er prüfen, ob ich irgendwelche Schäden zurückbehalten hätte. Ich versicherte ihm, dass es mir gut ging, und zeigte ihm dann den kleinen Schnitt am Bein des Hengstes. Er betrachtete die Wunde und holte aus einem Regal auf der anderen Seite des Stalls einen kleinen Tonkrug.

Der Krug enthielt einen schlammigen Brei, den er aus verschiedenen Kräutern und Wurzeln hergestellt hatte, die in den Wäldern der Abtei wuchsen. Ich schmierte eine großzügige Handvoll davon auf die Wunde und presste ihn ein paar Minuten fest, bis er getrocknet war. Zur Sicherheit reichte mir Bruder Tuck einen sauberen Lappen, und ich verband damit das Bein des Pferdes.

Als die Pferde im Stall untergebracht waren, ging Sir Thomas wieder zur Abtei, während ich den anderen Rittern half, ihre Reittiere zu versorgen. Ich war gerade fertig, als die Glocke zum Nachtmahl rief.

An jenem Abend nahm ich meinen üblichen Platz an dem langen Esstisch im Hauptsaal ein. Die Mönche hatten zusätzliche Tische und Bänke aufgestellt, damit unsere Gäste Platz fanden. Sir Hugh saß neben dem Abt, und für einen Moment sahen wir uns in die Augen. Der hasserfüllte Blick, den ich schon vor dem Stall gesehen hatte, zuckte wieder über sein Gesicht. Ich sah schleunigst weg. Als ich anfing zu essen, spürte ich jemanden an meiner Seite und sah auf. Sir Thomas stand mit seinem Teller und seinem Becher neben mir.

»Darf ich mich zu dir setzen, Tristan?«, fragte er.

»Selbstverständlich, Herr, Ihr braucht doch nicht zu fragen«, sagte ich, während er sich mir gegenüber an den Tisch setzte.

»So, mein junger Tristan, du erweist dich als tüchtiger Bursche. Schnell von Verstand und flink bei deinen umfangreichen Aufgaben«, sagte Sir Thomas.

»Habt Dank, Herr.« Ich wurde ein bisschen rot, denn ich war schließlich nicht daran gewöhnt, Komplimente zu erhalten. Die Brüder waren zwar die meiste Zeit durchaus freundlich, gingen aber mit Lob eher sparsam um.

»Ich wüsste gern, wann du vorhast, deine Gelübde abzulegen«, sagte er.

»Gelübde, Herr? Oh. Nein, ich habe nicht vor, in den Orden einzutreten.«

»Wirklich nicht? Interessant. Was für Pläne hast du dann? Du bist wahrscheinlich – wie alt? Fast sechzehn? Wenn du dich zum Priesterstand nicht berufen fühlst, was willst du dann werden?«

Sir Thomas' direkte Frage brachte mich ein wenig durcheinander. Wie hatte er so leicht mein Alter geschätzt? Warum interessierte er sich so für meine Zukunft?

»Nun, Herr. Natürlich habe ich darüber nachgedacht. Ich meine, ich würde gerne reisen und etwas sehen. Etwas anderes als diesen Ort hier, will ich sagen. Ich weiß zwar noch nicht ganz genau, wie ich das anstellen soll, aber … Herr, wenn Ihr erlaubt? Warum fragt Ihr?«

»Nur aus Neugier. Reisen, sagst du. Das kann ich gut verstehen. Ich wollte auch immer die große weite Welt kennenlernen, als ich so alt war wie du. Aber trotzdem musst du einen Weg finden, dir deinen Lebensunterhalt zu verdienen, irgendeine Arbeit«, sagte er.

»Ja, Herr. Das stimmt wohl«, gab ich zu.

»Nun, vielleicht kann ich dir dabei helfen. Wir reiten morgen weiter nach Dover, wo wir uns dem Rest unseres Regimentos anschließen werden. Sobald unsere Schiffe zurück sind, rüsten wir sie neu aus und stechen in See nach Outremer.«

»Outremer, Herr?«, fragte ich.

»Ja, der Name, den wir Templer für das Heilige Land haben, lautet Outremer. Er bedeutet ›Das Land jenseits des Meeres‹. Also, ich habe mich gefragt, mein Junge, ob du nicht mit mir kommen und als Knappe in meine Dienste treten willst?« Er sah mich erwartungsvoll an.

Es dauerte einen Augenblick, bis seine Worte zu mir durchdrangen. Ich muss wie ein Narr ausgesehen haben, wie ich Sir Thomas in ungläubigem Staunen mit offenem Mund anstarrte. Er hatte mir etwas angeboten, das ich kaum begreifen konnte: ein Leben außerhalb der Abtei.

»Ich bitte um Verzeihung … Herr … entschuldigt … was habt Ihr gesagt?«

Sir Thomas lachte vergnügt. »Ich glaube, du hast mich schon verstanden, mein Junge. Ich habe heute Nachmittag keinerlei Anzeichen von Taubheit an dir festgestellt. Also, was sagst du?« Seine Augen funkelten, während er mir zusah, wie ich mich bemühte, die ganze Tragweite seines Angebots zu erfassen.

Weiter unten an der Tafel bemerkte ich, wie Sir Hugh uns nicht aus den Augen ließ. Er machte ein verkniffenes Gesicht, als konzentriere er sich angestrengt darauf, zu erfahren, was Sir Thomas zu mir gesagt hatte.

»Herr, ich danke Euch«, antwortete ich schließlich, »doch ich kann nicht weg von St. Alban.«

»Warum nicht? Ich habe mit dem Abt gesprochen, und er wird

seine Erlaubnis nicht verweigern, wenn du einwilligst. Ich habe viel über dich gelernt, junger Mann. Da du nicht in den Orden eintreten willst, wirst du diesen Ort sowieso über kurz oder lang verlassen müssen. Und wie ginge das besser denn als Knappe eines Tempelritters? Du wirst reisen, etwas von der Welt sehen und einer ehrenvollen Sache dienen. Eine solche Gelegenheit wird nicht vielen geboten.« Sir Thomas beschäftigte sich mit dem Eintopf und dem Brot auf seinem Teller und vermied es rücksichtsvoll, mich anzusehen, während er sprach.

»Es tut mir leid, Herr, aber ich habe Verpflichtungen. Es gibt viel zu tun im Garten, und …«

Sir Thomas unterbrach mich. »Und der Zeitpunkt ist günstig, weil ich wirklich einen Knappen brauche. Der meinige hat vor Kurzem den Orden verlassen und ist zu seiner Familie heimgekehrt, um seinen kranken Vater zu unterstützen. Du würdest mir einen großen Dienst erweisen, wenn du Ja sagst.«

Ich war sprachlos. Wie konnte ich eine solche Entscheidung treffen? Das einzige Leben aufgeben, das ich je gekannt hatte?

»Es wird nicht leicht sein«, fuhr er fort. »Die Arbeit ist schwer und voller Gefahren. Wir ziehen in den Krieg. Das musst du dir immer vor Augen halten, mein Junge. Aber du wirst gut ausgebildet werden. Ich werde dich alles lehren, was ich über das Kriegshandwerk weiß. Ein großartiges Abenteuer erwartet dich.«

Die Brüder hatten mir oft erklärt, dass die Wege des Herrn unergründlich sind. Dass seine göttliche Gegenwart uns allzeit und überall umgibt und dass er uns das, was wir brauchen, zuteilwerden lässt, wenn wir es am dringendsten benötigen. Hatte er Sir Thomas zu dem Zeitpunkt hierhergesandt, an dem dies am wichtigsten für mich war?

Sir Thomas' Augen blitzten, und sein Lächeln war aufrichtig. In diesem Augenblick fühlte ich, dass ich einen Freund fürs Leben gewonnen hatte. Doch als ich die Tafel entlangblickte und Sir Hughs finsteres Gesicht sah, wurde mir klar, dass ich mir ebenso dauerhaft einen Feind gemacht hatte.

KAPITEL VIER

Ich begann meine abendlichen Pflichten mit dem Spüldienst in der Küche. Ich wollte schnell fertig werden, denn ich hatte ja versprochen, Sir Thomas' Pferd zu striegeln, und ich wollte ihn nicht enttäuschen. Bruder Rupert war der Mönch, der in St. Alban den Hauptteil der Küchenarbeit erledigte. Er stammte aus Frankreich und war ein exzellenter Koch. Er war auch derjenige, dem ich mich nach Bruder Tuck am nächsten fühlte.

Wir standen um einen Holztisch in der Küche und kratzten die Überbleibsel der Abendmahlzeit in eine Schüssel, damit die Essensreste an die Schweine und Ziegen verfüttert werden konnten. In der Abtei wurde nichts einfach weggeworfen.

»Ich habe gehört, dass du Neuigkeiten hast, Tristan«, sagte Bruder Rupert. Das überraschte mich nicht weiter. Neuigkeiten verbreiteten sich unter den Mönchen schnell.

»Das stimmt«, sagte ich und erzählte ihm bereitwillig von Sir Thomas' Angebot. »Was soll ich nun machen, Bruder Rupert?«, fragte ich.

»Zuallererst würde ich dir raten, zu beten. Bitte Gott, dir den rechten Weg zu weisen. Doch letztendlich kannst du nur das tun, was dein Herz dir gebietet.«

Ich hatte Bruder Rupert sehr gern, aber meist lautete seine Antwort auf alle Fragen des Lebens: »Mehr beten.« Ich war nicht sicher, ob beten mir meine Entscheidung tatsächlich erleichtern würde. Aber ich wusste auch nicht, was mein Herz mir sagte.

Als ich in der Küche fertig war, ging ich zu den Stallungen. Obwohl der Großteil des Frühjahrsregens vorüber war, konnte es in den Abendstunden noch recht kühl werden. Ich versuchte mir vorzustellen, wie das Wetter wohl in Outremer war.

Sir Thomas hatte mich mit seinem Angebot vollkommen aus der Fassung gebracht. Mein erster Einwand war gewesen, dass ich nicht aus der Abtei fortkonnte. Was würden die Brüder ohne mich anfangen? Ich war fast sechzehn Jahre alt. Von Rechts wegen hätte ich die Abtei schon vor zwei Jahren verlassen müssen. Nur wegen der gütigen Herzen der Brüder durfte ich noch bleiben. Wenn ich nun mit Sir Thomas fortginge, wäre ich zum ersten Mal auf mich allein gestellt. Vor der Arbeit hatte ich keine Angst, aber die Unsicherheit des Ganzen ließ mich zögern. Was wäre, wenn ich entdeckte, dass es mir nicht gefiel, ein Knappe zu sein? Was dann? Zurückkehren zur Abtei, als Versager?

Wenn ich die Gelübde nicht ablegte, konnte ich nicht für immer hierbleiben. Und ich hatte keinerlei Verlangen danach, ein Mönch zu werden. Ich wollte etwas anderes. Gedanken an Abenteuer und aufregende neue Erfahrungen schlichen sich in meinen Kopf.

Dann waren da noch die Gefahren, von denen Sir Thomas gesprochen hatte. Ein Tempelritter lebte für den Kampf, und es stand außer Frage, dass diese Bestimmung Gefahr für Leib und Leben mit sich brachte. Würde ich mich dieser Aufgabe gewachsen zeigen? Alle diese Gedanken schwirrten mir gleichzeitig im Kopf herum.

Im dunklen Stall spendete die kleine Öllampe, die ich bei mir hatte, gerade genug Licht, dass ich mich orientieren konnte. Ich stellte sie auf ein Fass neben dem Abteil von Sir Thomas' Pferd, suchte mir einen weichen Lappen und fing an, die Flanken des Hengstes abzureiben. Er warf den Kopf hin und her, als wolle er sein Wohlgefallen ausdrücken. Nachdem ich ihn fertig gebürstet hatte, füllte ich sein Heu nach.

Sir Hughs Hengst hatte sich nun endgültig wieder beruhigt. Ich versuchte, ihn ebenfalls abzureiben, aber er konnte mit dieser Art von Zuwendung weniger anfangen. Vielleicht war er ja auch noch nicht richtig zugeritten und an Menschen gewöhnt.

Ich überprüfte den Verband an seinem Bein und stellte fest, dass er sich nicht gelockert hatte. Dann überkam mich ein Gefühl, als würde ich beobachtet. Plötzlich ging die Lampe aus, und der Stall versank in völliger Dunkelheit.

Zuerst nahm ich an, ein Windstoß hätte die Flamme ausgeblasen, aber im Stall war es unnatürlich ruhig, und ich spürte deutlich die Gegenwart eines anderen Menschen.

»Hallo«, sprach ich in die Finsternis. »Wer ist da?«

Keine Antwort.

Ohne das Licht der Lampe war es unmöglich, irgendetwas zu erkennen. Ich glaubte, das Quietschen von Stiefelleder und ein ganz leises Klirren von Metall zu hören.

»Sir Thomas? Seid Ihr das?«

Wieder keine Antwort.

Ein kalter Schauder lief mir den Nacken und die Schultern hinunter. Irgendetwas stimmte nicht.

Als meine Augen sich an die Düsternis im Innern des Stalls gewöhnt hatten, kam es mir vor, als könnte ich in der Tür den Umriss einer Gestalt ausmachen.

Obwohl ich mich im Stall notfalls auch blind zurechtfand, war ich doch sehr vorsichtig, als ich über den festgetrampelten Erdboden

30

schlich. Ich tastete in der Dunkelheit nach der Lampe und nahm sie an mich, um zur Abtei zurückzugehen und sie dort am Küchenkamin wieder anzuzünden. Gerade als ich das Gebäude verlassen wollte, traf mich ein wuchtiger Schlag auf die Schultern und zwang mich in die Knie. Ich schrie vor Schmerz auf und fiel mit dem Gesicht auf die Erde.

Ich versuchte, mich auf Hände und Knie aufzurichten, bekam dabei aber einen Tritt in die Rippen. Ich rief nun laut um Hilfe, um die Brüder herbeizuholen. Aber die Stallungen lagen weit von der Abtei entfernt, und es war unwahrscheinlich, dass mich jemand hörte.

Der nächste Schlag schleuderte mich seitwärts an die Wand und trieb mir die Luft aus der Lunge. Ich stöhnte und versuchte wieder zu rufen, bekam aber keine Luft.

Außer Schatten konnte ich immer noch nichts erkennen, aber ich spürte, dass gleich ein neuer Schlag folgen würde, und zog mich an der Wand hoch. Mir war klar, dass mein Angreifer auch nicht besser sehen konnte als ich und dass meine Vertrautheit mit dem Stall jetzt meinen einzigen Vorteil darstellte. Ich dachte daran, durch die Tür ins Freie zu rennen, fühlte aber, dass mein Angreifer sich zwischen mich und den Fluchtweg postiert hatte. Stattdessen ließ ich mich also wieder auf alle viere fallen und kroch hastig über den Boden in den Verschlag, in dem Sir Hughs Hengst untergebracht war.

Er war nicht damit einverstanden, seine Unterkunft zu teilen, und fing an zu tänzeln und unruhig zu schnauben. Ich hatte gehofft, dass das passieren würde. Wenn es mir gelang, die Pferde aufzuscheuchen, würde der Lärm, den sie machten, in der Dunkelheit meine Flucht aus dem Stall übertönen. Ich erhob mich neben dem Hengst und ahmte ein Wiehern nach. Das machte ihn vollends verrückt, weil er nun glaubte, ein anderer Hengst sei in sein Gebiet eingedrungen.

Er wieherte und schnaubte und trat heftig gegen die Wände seines Abteils.

Im Stall regte sich etwas, aber bei all dem Krach konnte ich nicht erkennen, in welche Richtung mein Angreifer sich bewegte. Die anderen Pferde ließen sich von der Empörung des Hengstes anstecken und begannen nun ihrerseits, zu trampeln und zu schnauben.

Ich war sicher, mein Angreifer dachte, ich würde über die Abtrennungen der einzelnen Verschläge klettern und mich so an die Eingangstür heranarbeiten. Ich kletterte auch tatsächlich aus dem Abteil, aber anstatt mich der Tür zu nähern, zog ich mich über die Abtrennungen in den rückwärtigen Teil des Stalls zurück, immer darauf bedacht, so leise wie möglich voranzukommen, während der Lärm der Pferde dazu beitrug, meine Bewegungen zu tarnen.

Über dem letzten Abteil im tiefsten Inneren des Stalls befand sich ein kleiner Dachboden, wo wir während der Wintermonate unser Heu lagerten. An seinem anderen Ende gab es eine Tür und einen Flaschenzug, mit dem wir nach der Ernte die Heuballen nach oben hievten. Ich wusste, der Angreifer würde mich hören, wenn ich sie eintrat.

Mit ein paar Schritten über den Bretterboden war ich an der Außenwand. Ich tastete nach der Klinke, warf die Tür auf, riss das Seil vom Haken und schwang mich hinaus ins Freie. Aus dem Stall hörte ich jetzt, wie sich Schritte eilig entfernten, und vermutete, dass mein Angreifer versuchen würde, zur Rückseite des Stalls zu rennen, um mich abzufangen, bevor ich den Boden erreicht hatte. Ich stieß noch einmal einen lauten Schrei aus und hoffte, jemand würde ihn hören. Dann hangelte ich mich schnell das Seil hinab.

Am Boden angekommen, war ich nicht sicher, in welche Richtung ich laufen sollte. Jeder Fluchtweg könnte mich direkt in die Arme meines Angreifers führen. Ich entschloss mich, das Risiko einzugehen, wandte mich nach links, wobei ich wieder schrie, so laut ich konnte, und rannte auf die Ecke des Stalls zu. Einen Moment lang schien es mir, als hörte ich Schritte hinter mir, vielleicht auch einen unterdrückten Fluch, aber ich rannte, so schnell es meine schmerzenden Beine und Rippen zuließen, und blieb nicht stehen, um mich umzusehen.

Als ich die Ecke des Stalls umrundete, sah ich die Abtei vor mir. Es war fast Zeit für die Abendandacht, und Kerzenlicht flackerte in einigen der Fenster. Ich schrie wieder um Hilfe, doch ich wusste, wenn die Brüder bereits die heiligen Lieder sangen, würde mich kaum jemand hören.

Mein einziger Gedanke war, die Abtei zu erreichen, bevor man mich fangen konnte. Aber dann erwischte mich ein neuer Schlag über den Schultern, und ich fiel benommen zu Boden und konnte mich nur noch zusammenrollen und hoffen, dass meine Schmerzen bald nachlassen würden.

Dann hörte ich plötzlich summende, grunzende Laute. Ich sah von der Erde auf und erblickte eine Öllampe, die auf mich zugeschaukelt kam. Augenblicklich erkannte ich die vertrauten Töne, raffte mich mit einer letzten Anstrengung auf und taumelte auf das Licht zu. Hinter mir hörte ich einen Fluch und das Geräusch sich entfernender Schritte. In wenigen Sekunden hatte ich den Träger der Lampe erreicht und fiel bewusstlos in die Arme von Bruder Tuck.

KAPITEL FÜNF

Das Gefühl von kaltem Wasser auf meiner Stirn riss mich aus dem Schlaf. Ich lag auf dem Bett in meiner kleinen Dachkammer, hoch über dem Erdgeschoss der Abtei. Vor fünf Jahren, an meinem zehnten Geburtstag, hatten mir die Brüder großherzig meinen eigenen Raum hier zwischen den Dachbalken geschenkt, den man erreichte, wenn man vom Schlafsaal, den die Mönche sich teilten, eine kurze Leiter emporstieg. Die Kammer wurde nur durch ein kleines kreisförmiges Fenster in der Dachspitze erhellt, und ich konnte gerade noch aufrecht darin stehen. Doch ich hatte diesen Ort ganz für mich allein und fühlte mich hier geborgen.

Bruder Tuck wusch mir mit einem nassen Lappen das Gesicht. Ich war noch nicht wieder richtig bei mir, aber ich hörte Stimmen, während ich abwechselnd einschlief und wieder zu mir kam.

»Das ist in keinster Weise akzeptabel. Ich werde nicht erlauben, dass er geht, solange seine Sicherheit nicht gewährleistet ist«, glaubte ich den Abt mit Zorn in der Stimme sagen zu hören.

»Ich weiß. Aber wir haben das schon besprochen, und Ihr habt zugestimmt, dass er bei mir sicherer ist«, sagte eine Stimme, die mir bekannt vorkam. Dann schlief ich wieder ein und hoffte, dass mir beim nächsten Erwachen nicht mehr sämtliche Knochen wehtun würden.

Als ich die Augen wieder aufschlug, lächelte Bruder Tuck mich an, und ich sah den Abt und Sir Thomas neben meinem Bett stehen und miteinander reden. Ich versuchte, mich zu erinnern, was ich von ihrem Gespräch gehört hatte, konnte es aber nicht.

»Nach dem, was dieser nichtswürdige Sir Hugh getan hat, bin ich nicht sicher, ob …«

Sir Thomas hob die Hand, um ihn zu unterbrechen. »Ehrwürdiger Vater, Sir Hugh ist nicht die Bedrohung, wegen der wir uns Sorgen machen müssen. Überlasst ihn nur getrost mir …« Dann merkte er, dass ich aufgewacht war.

»Tristan, wie fühlst du dich?«, erkundigte sich der Abt.

»Es geht mir gut, ehrwürdiger Vater«, antwortete ich.

»Kannst du uns sagen, was passiert ist?«, fragte Sir Thomas.

Für einen Moment schwieg ich. Es war seltsam zu sehen, wie sich alle diese Männer in meiner kleinen Kammer drängten. Sowohl der Abt als auch Sir Thomas mussten gebückt stehen, und aus irgendeinem Grund, vielleicht weil ich wegen der Schmerzen nicht klar denken konnte, fand ich das furchtbar lustig. Ich kicherte.

»Tristan?«, fragte der Abt noch einmal.

»Ich bin nicht sicher. Ich habe im Stall gearbeitet. Als ich fast fertig war, ging die Lampe aus. Und als ich den Stall verlassen wollte, hat mich jemand angegriffen«, erklärte ich.

»Hast du eine Ahnung, wer das war?«

»Nein, Herr, überhaupt nicht. Ich konnte doch nichts sehen. Zuerst wurde ich von hinten niedergeschlagen. Und dann habe ich nur noch versucht, mich zu retten«, sagte ich.

»Ihr werdet Sir Hugh dazu befragen müssen«, sagte der Abt.

»Ich kann einen Marschall des Ordens nicht verhören, wenn ich weder Beweise noch Zeugen für diesen Überfall habe. Ich bin sicher, Sir Hugh hat ein Alibi. Er macht sich nicht selbst die Hände auf solche Weise schmutzig«, sagte Sir Thomas verächtlich.

»Das ist abscheulich«, sagte der Abt. »Wir sind ein friedliebender Orden. Dass Sir Hugh diesen Jungen nur wegen einer geringfügigen Verletzung seines Pferdes attackiert, ist nicht hinnehmbar. Es muss etwas unternommen werden.«

»Ich stimme Euch zu, aber auf der Grundlage von bloßen Mutmaßungen kann ich nicht einschreiten«, sagte Sir Thomas.

Nachdem er sich noch einmal erkundigt hatte, ob es mir gut ging, verließ der Abt mit Bruder Tuck meine Kammer.

»Es tut mir leid, dass dir das zugestoßen ist, Tristan«, sagte Sir Thomas.

»Es ist nicht Eure Schuld, Herr«, sagte ich.

Er nickte. »Tristan, aufgrund dieser Ereignisse ist dies wahrscheinlich kein geeigneter Zeitpunkt, unser Gespräch fortzusetzen. Allerdings reiten wir mit dem ersten Morgenlicht. Ich nehme an, du bist noch nicht dazu gekommen, mein Angebot zu überdenken?« Sir Thomas schaute mich erwartungsvoll an.

»Doch, Herr, ich habe darüber nachgedacht, aber ich habe noch keine Entscheidung getroffen«, sagte ich. Was ganz der Wahrheit entsprach. Man hatte mir wirklich nicht viel Zeit zum Überlegen gelassen.

»Nun, Gott sei Dank bist du nicht ernsthaft verletzt. Vielleicht kannst du es ja noch überschlafen und mir morgen früh Bescheid geben«, sagte er.

»Ja, Herr«, sagte ich.

Er nickte und ging aus der Kammer.

Stöhnend vor Anstrengung und Schmerzen, erhob ich mich und ging zum Tisch. Ich nahm die Kerze auf und betrachtete mein Gesicht in dem Metallspiegel, der am Kerzenhalter angebracht war. Ich hatte einen kleinen Kratzer auf der einen Wange und einen purpurroten Bluterguss auf der Stirn, aber ansonsten sah ich aus wie immer: ein kantiges Gesicht mit hellen blauen Augen, die unter zerzausten hellbraunen Haaren hervorspähten.

Ich blieb im flackernden Lichtschein der Kerze stehen und dachte an mein Leben hier in St. Alban. Daran, wie die Mönche mich Lesen und Schreiben gelehrt hatten. Wie Bruder Rupert mir Französisch beigebracht hatte, seine Muttersprache. Und wie der Abt, der, so streng er auch war, sich mit Begeisterung und Freude in der Welt der Zahlen bewegte, sein ganzes Wissen über Mathematik an mich weitergegeben hatte. Ich erinnerte mich, wie die Brüder neben mir im Stall oder im Garten arbeiteten und mich stets wie ihresgleichen behandelten.

In der Ecke stand eine kleine hölzerne Truhe, die meinen ganzen Besitz enthielt. Zwei Hemden zum Wechseln, ein Ersatzpaar wollener Beinkleider und die blaue Wolldecke, in der mich die Brüder gefunden hatten. Ich öffnete den Deckel der Kiste und nahm das Stückchen Pergament heraus, das geschützt unter meinen Hemden und Beinkleidern in der Ecke lag. Es war die Botschaft, die zwischen den Falten der Decke gesteckt hatte, damals, in jener Nacht, als man mich vor der Abtei ausgesetzt hatte.

Vom ständigen Auf- und Zufalten war das Pergament abgenutzt und zerknittert. Aber ich hatte die Botschaft schon seit einiger Zeit nicht mehr gelesen. Dieser Zettel, auf den nur ein paar geheimnisvolle Worte gekritzelt waren, die ›meine Unschuld‹ verkündeten, und eben diese Decke waren die einzigen Hinweise auf meine wahre Identität.

Ich zog die Decke aus der Truhe und hielt sie mir gegen das Gesicht, wie ich es schon so oft getan hatte. Sie war ganz weich geworden, und im Lauf der Zeit war die Farbe verblasst. Als kleiner Junge hatte ich versucht, mir ihren Geruch einzuprägen, und mich gefragt, ob die Decke wohl den Duft meiner Mutter oder meines Vaters bewahrte. Es gab eine Zeit, in der ich glaubte, dass, sollte ich jemals meine Eltern finden, ich sie an diesem Geruch erkennen würde. Doch nun war dieser Duft vollständig verflogen. Es war lediglich eine alte Decke, blau gefärbt und locker gewebt, an den Rändern ausgefranst, und an einer Ecke fehlte ein kleines Dreieck. Das einfache, abgetragene Umschlagtuch eines Bauern. Aber sie war ein Teil von mir.

Ich legte die Decke wieder in die Truhe und blies die Kerze aus. Ich wusste nicht, ob Sir Thomas und seine Ritter mich an den Ort führen konnten, wo ich die Antworten auf meine Fragen finden konnte. Wer war ich? Lebten meine Eltern noch? Warum hatten sie mich ausgesetzt? Ich sehnte mich danach, diese Dinge zu erfahren, und mir war klar, dass ich die Antworten hier in der Abtei niemals bekommen würde. Bis tief in die Nacht warf ich mich auf meinem Lager hin und her, bis mir die Lider schwer wurden und der Schlaf mich übermannte.

Mit dem ersten Morgenlicht waren die Templer zum Aufbruch bereit. Hoch zu Ross warteten sie im Innenhof der Abtei auf mich. Die Brüder standen auf den Stufen, als ich durch die Tür kam. Ich hatte meine Habseligkeiten zu einer Rolle gebunden, die jetzt mit einer Schnur befestigt über meiner Schulter hing. Ich hatte unruhig geschlafen, denn ich war mir meiner Wahl immer noch nicht sicher, aber schließlich war ich doch zu der Überzeugung gelangt, dass ich diese Gelegenheit ergreifen musste. Die Brüder würden vielleicht sagen, es sei der Wille Gottes, aber ich spürte, dass es mein eigener war. Ich glaubte, wenn ich nicht wenigstens den Versuch unternahm, die Antworten zu finden, die ich suchte, würde ich niemals in Frieden leben können.

Ich sah Sir Thomas und Sir Hugh an der Spitze der Reiterkolonne stehen. Sie sprachen mit gedämpfter Stimme, schienen sich aber zu streiten. Endlich warf Sir Hugh die Hände in die Luft und schoss mir einen gehässigen Blick zu, als er zu seinem Pferd ging. Ich nahm an, er hatte gerade erfahren, dass ich das Regimento begleiten würde, und war von der Neuigkeit nicht sehr erbaut. Sir Thomas nickte mir nur lächelnd zu und saß dann ebenfalls auf.

Die Stirn des Abts war gerunzelt, und er blickte mich gespannt an. Bruder Rupert strahlte und faltete die Hände vor der Brust, ich konnte ihn ein Gebet murmeln hören. Ich fand das tröstlich, denn allem Anschein nach würde ich auf dieser Reise alle Fürbitten brauchen, die ich bekommen konnte.

Ich stieg vorsichtig die Treppe hinunter, immer noch wund und steif. Aber ich hatte bei dem Überfall in der vergangenen Nacht anscheinend keine bleibenden Schäden erlitten.

»Tristan«, sagte der Abt. »Es will mir scheinen, du hast eine Entscheidung getroffen.«

»Ja, ehrwürdiger Vater. Ich habe mich entschlossen, Sir Thomas' Angebot anzunehmen und diese Ritter ins Heilige Land zu begleiten.«

»Bist du sicher, dass es dir gut genug geht, um diese Reise anzutreten?«, fragte er.

»Ja, ehrwürdiger Vater, ich fühle mich viel besser. Ich bin nicht ernsthaft verletzt«, sagte ich.

»Gut.« Für einen Moment betrachtete mich der Abt schweigend. Dann schenkte er mir ein seltenes Lächeln. »Wir wussten, dieser Tag würde kommen«, sagte er schließlich. »Zugegebenermaßen hatten wir ihn nicht so früh erwartet. Aber es war uns klar, dass du uns irgendwann verlassen würdest. Dies ist ein trauriger Tag für St. Alban.«

Die Worte des Abts bewegten mich tief. »Habt Dank, ehrwürdiger Vater«, sagte ich.

Bruder Rupert trat vor und hielt mir einen kleinen Lederbeutel entgegen. Als ich ihn nahm, konnte ich das Klimpern von Münzen hören und ihr Gewicht in meiner Hand fühlen.

»Es sind nur ein paar Kreuzer«, sagte er. »Wir haben unter den Brüdern eine Kollekte eingesammelt. Du brauchst womöglich einige wichtige Dinge, wenn du in Dover ankommst. Das hier ist nicht viel, aber es sollte helfen.«

Ich war zu gerührt, um zu sprechen. Die Brüder hatten allesamt das Armutsgelübde abgelegt, und alles Geld, das sie eventuell verdienten, ging direkt an die Abtei. Diese ›Kollekte‹ konnte also nur aus der Abteikasse stammen. Das erklärte wahrscheinlich auch den schmerzlichen Ausdruck im Gesicht des Abts.

»Bruder Rupert«, sagte ich. »Ich weiß eure Fürsorge zu schätzen, aber ich kann das nicht annehmen …« Ich wollte ihm das Geld zurückgeben, aber er schloss seine Hände über meiner Hand und drückte sie fest um den Beutel.

»Tristan, du bist einer von uns. Wir würden einen Bruder niemals mit leeren Händen hinaus in die Welt schicken. Du hast dir dies durch deine harte Arbeit und dein gutes Herz verdient. Nimm es und denke nicht mehr daran«, sagte er.

Bevor ich noch etwas erwidern konnte, mischte sich Sir Hugh ein. »Wenn du mit uns kommen willst, *Knabe*, dann solltest du dich zusammenreißen. Wir brechen jetzt auf, und du bist unberitten, also wirst du dich anstrengen müssen, Schritt zu halten. Verabschiede dich und ab dafür.« Seine Stimme war kalt und hatte einen zutiefst verstörenden Unterton.

Bruder Rupert bedachte Sir Hugh mit einem Blick, der für einen

40

Mönch ziemlich gehässig ausfiel. Er drückte mir die Hände und klopfte mir auf die Schulter.

»Wo ist Bruder Tuck?«, fragte ich. »Ich kann nicht gehen, ohne ihm Auf Wiedersehen zu sagen.«

In diesem Augenblick hörte ich zu meiner Linken Hufgetrappel. Ich drehte mich um und sah Bruder Tuck um die Abtei herumkommen. An einer Leine führte er Charlemagne, eines unserer Zugpferde. Charlemagne trug den uralten Sattel, den die Brüder gelegentlich benutzten. Bruder Tuck strahlte mich an und brachte das Pferd vor mir zum Stehen.

»Dies ist die letzte unserer Gaben«, sagte Bruder Rupert. »Er wird dich nach Dover bringen, zwar langsam, aber du solltest mit den anderen mithalten können. Dort kannst du ihn im Stall von St. Bartholomew lassen. Die Priester in Dover werden sich bis zu unserem nächsten Besuch um ihn kümmern.«

Ich blickte zum Abt, der zustimmend nickte. Bruder Tuck lächelte und umschlang mich in einer solch bärenhaften Umarmung, dass er mich von den Füßen hob. Er setzte mich wieder ab, nahm mein Gesicht in seine riesigen Pranken und küsste mich auf beide Wangen. Obwohl er nicht hören oder sprechen konnte, besaß Bruder Tuck eine geradezu unheimliche Fähigkeit, alles zu erfahren und zu wissen, was um ihn herum vorging. Er verstand, dass ich Abschied nahm, und seine liebevolle Geste rührte mich bis ins Innerste.

Ich sah die anderen Brüder an. Sie waren meine Familie. »Lebt wohl. Ich werde euch alle vermissen. Ich verspreche, ich komme wieder. Schon bald, hoffe ich.«

Bruder Tuck formte seine Hände zu einem Steigbügel und hob mich auf Charlemagnes Rücken. Während ich mich im Sattel zurechtsetzte, reichte er mir die Zügel. Sir Hugh gab das Kommando zum Abmarsch. Die Ritter waren Meister der Reitkunst, und ihre Streitrosse sprangen in absolutem Gleichmaß vorwärts. Sir Thomas hatte einen Platz nahe dem Ende der Kolonne eingenommen, und als er an mir vorbeiritt, zügelte er sein Pferd etwas und winkte mir, an seiner Seite zu reiten.

Ich stieß Charlemagne sanft mit den Fersen an, und er setzte sich in Bewegung. Nur langsam, denn er war ja an den Pflug gewöhnt und nicht an den Sattel. Er war das sanftmütigste aller Pferde, aber Schnelligkeit gehörte nicht zu seinen Stärken. Ich würde alle Hände voll zu tun haben, nicht hinter den Schlachtrossen des Regimentos zurückzubleiben.

Dieses lammfromme Reittier, das mich nun in ein neues Leben trug, war also meine letzte Gabe aus den vollen Herzen der edelmütigsten Männer, die ich je gekannt hatte.

KAPITEL SECHS

DOVER, ENGLAND

Nach vielen Stunden im Sattel senkte sich die Sonne am westlichen Horizont. Wir erklommen einen Hügel, und unter uns lag die Stadt Dover. Vom Kamm des Hügels aus konnte ich das Meer riechen. Der Ort, der bei meinem Besuch vor drei Jahren nur ein kleines Dorf gewesen war, hatte sich sehr verändert.

Auf einem Hügel im Norden wurde gerade eine große Burg instand gesetzt. Ich sah Männer auf dem Holzgerüst, das den Hauptturm umhüllte, herumklettern. Wie Ameisen krochen sie die Leitern hinauf und hinunter. Ich konnte Seile sehen, an denen Felsbrocken und Fässer voll Sand hochgezogen wurden, und Arbeiter, die die Steine einpassten, um die Mauern zu verstärken.

Unter uns breitete sich die Stadt am Fuß der weißen Klippen aus, die sich so herrlich über dem Wasser erhoben. Ein riesiger Marktplatz, auf dem es von Ständen und Zelten wimmelte, nahm das Zentrum der Stadt ein.

Als wir den Hügelkamm zur Hauptstraße hinunterritten, die in die Stadt führte, bemerkte ich immer mehr, was für ein Lärm dort herrschte.

Straßenhändler priesen mit lauter Stimme ihre Waren an. Aus einem kleinen Gasthaus drangen die Rufe und Gesänge fröhlicher Zecher. Das klingende Hämmern eines Schmieds, der gerade ein

Stück rot glühenden Stahl formte, erfüllte die Luft. Wir waren in einen wahren Hexenkessel geraten. Sogar Charlemagne fing an, den Kopf herumzuwerfen und zu schnauben, um sein Missfallen an der lautstarken Betriebsamkeit um uns herum kundzutun.

»Hast du schon einmal eine Stadt gesehen?«, fragte Sir Thomas, der meine staunenden Blicke bemerkt hatte.

»Jawohl, Herr. Ich war schon vor ein paar Jahren einmal mit den Brüdern hier. Aber damals kam mir Dover viel kleiner vor. Nicht so voller Menschen. Und ruhiger.«

»Ohne Zweifel«, sagte Sir Thomas. »Der Krieg ist gut für Dover. Viele Kreuzfahrer sammeln sich hier, um sich nach Outremer einzuschiffen. König Richard will die Burg mit mehr Truppen und stärkeren Mauern ausstatten. König Philipp von Frankreich ist zwar momentan unser Verbündeter, aber Verbündete können sich jederzeit in Feinde verwandeln. Für jede Armee, die England vom Meer aus angreift, wäre Dover ein naheliegendes Ziel, also muss die Burg darauf vorbereitet sein, alle Eindringlinge aufzuhalten, bis Verstärkung eintrifft. Als ich in meiner Kindheit das erste Mal hierherkam, war Dover ein verschlafenes Fischernest. Heute gibt es in der Stadt weitaus mehr Gastwirte und Kaufleute als Fischer.«

Wir ritten weiter in die Stadt hinein und kamen schließlich zu einer Gruppe von stattlichen Gebäuden, die von einem dichten Zaun umschlossen war. Über dem Eingang wehte ein zweifarbiges Banner, die untere Hälfte braun und die obere weiß. »Siehst du das Banner der Tempelherren, Tristan?«, sagte Sir Thomas. »Diese Fahne weht über jeder Komturei der Templer. Weiß steht für den Himmel über uns und Braun für die Erde, auf der wir stehen. Wohin dich dein Weg auch führt, du musst nur Ausschau nach diesem Banner halten, und man wird dich als Bruder willkommen heißen.«

Wir ritten durch das Haupttor, und als wir unsere Pferde zum Stehen brachten, eilten Ritter und Knappen aus dem Gebäude und riefen uns Grüße zu. Als wir abstiegen, mischten sie sich unter uns und redeten aufgeregt auf ihre Waffenbrüder ein.

»Unser Orden unterhält eine Komturei wie diese in den meisten größeren Städten und Ortschaften in ganz Europa. Jeder Templer kann sich hier ausruhen, in den Waffen üben oder sich neu ausrüsten«, erklärte Sir Thomas.

Er wurde durch einen hünenhaften Mann, dessen Vollbart bis zu seinem Gürtel hing, unterbrochen.

»Thomas!«, brüllte er, näherte sich mit langen Schritten und klopfte Sir Thomas wuchtig auf die Schultern. Er war mindestens einen Kopf größer als Sir Thomas und mit Leichtigkeit der größte Mann, den ich je gesehen hatte, er war sogar noch riesenhafter als Bruder Tuck. Seine Arme waren so dick wie junge Bäume und seine Hände so groß wie Schinken.

»Ihr riecht wie ein schweißiges Pferd, und Ihr seht noch viel schlimmer aus«, grölte der Riese.

Sir Thomas lachte. »Sir Basil, Ihr seid dünn geworden. Sicherlich habt Ihr zu wenig Nahrung zu Euch genommen, seitdem ich Euch zum letzten Mal sah«, antwortete er mit einem verschmitzten Grinsen.

Sir Basil brüllte vor Lachen und tätschelte seinen mächtigen Bauch. »Wohl wahr, doch dann habe ich dem Koch ein für alle Mal die Meinung gesagt. Das Essen hier war kaum genießbar, als ich ankam. Mit leerem Magen ist schlecht kämpfen, auch bei den Tempelherren. Die Küche war in einem mitleiderregenden Zustand. Die schlimmste von allen Komtureien, die ich je gesehen habe. Doch nun haben wir eine Speisekammer, wie es sich für Kriegsleute geziemt, dafür habe ich gesorgt. Bleibt mir vom Leibe mit Kohlsuppe und hartem Brot! Jetzt haben wir richtiges Essen. Fleisch und Käse in Hülle und Fülle! Aber es hat mich doch sehr ermattet, ständig diesen Koch zu überwachen.«

Sir Thomas lächelte. »Es tut gut, Euch wiederzusehen, Bruder Basil. Ich möchte Euch das neueste Mitglied unseres Regimentos vorstellen. Dies ist Tristan von St. Alban. Er hat dort bei den Mönchen gelebt und ist nun zu uns gestoßen, um als mein Knappe zu dienen.«

»Gut, gut, gut«, sagte Sir Basil. »Mönche, sagt Ihr? Willkommen, junger Tristan. Willkommen! Also Knappe bei Sir Thomas? Hat er es dir denn nicht gesagt? Du kannst doch nur ein Knappe sein, wenn du auch einem richtigen Ritter dienst! Sir Thomas nippt an seinem Wein wie ein Rehkitz und kämpft wie ein Mädchen. Das ist doch kein Soldat! In unserer letzten Schlacht musste ich ihn an einem Baum festbinden, damit er nicht ausriss wie ein verängstigtes Kätzchen. Ganz allein hielt ich einem Dutzend Sarazenen stand, während er sich im Unterholz verkroch. Wenn du den Knappendienst anstrebst, solltest du besser mit mir reiten. Dann wirst du schon sehen, wie ein wahrer Ritter lebt!«

Verwirrt sah ich von einem zum anderen. Zuerst hatte es so ausgesehen, als wären die beiden Freunde, doch jetzt hatte Sir Basil Sir Thomas aufs Schlimmste beleidigt.

Sir Thomas sah meinen verdutzten Gesichtsausdruck und musste lachen.

Dann stimmte Sir Basil in das Gelächter ein und drosch mir auf die Schulter. »Wir scherzen doch nur, mein Junge, alles nur Spaß! Bei meiner Seele, es gibt keinen besseren Ritter als Sir Thomas. Höre ihm aufmerksam zu, und du wirst es noch zum Großmeister des Ordens bringen! Willkommen, mein Lieber! Willkommen!«

Noch nie hatte ich einen Mann kennengelernt, der so voller Energie steckte. Sir Basil riss meine Hand auf und nieder wie einen Pumpenschwengel und stapfte dann davon, um die anderen Ritter unserer Gruppe zu begrüßen. Seine dröhnende Stimme übertönte alle anderen, und keiner seiner Waffenbrüder blieb von seinen gutmütigen Beleidigungen verschont.

Sir Thomas grinste und sah zu, wie Sir Basil sich durch die Menge schob. Dann wandte er sich wieder an mich: »Nun gut, Tristan, es gibt viel zu tun. Zuallererst solltest du das Pferd der Brüder zum Stall der Kirche hier bringen. Dann komm so schnell du kannst zurück. Wir müssen deine Ausrüstung zusammenstellen. Bald schon laufen unsere Schiffe nach Outremer aus, und bis dahin wollen wir mit deiner Ausbildung möglichst weit vorankommen. Also, ab mit dir.«

Die Kirche von St. Bartholomew war ganz in der Nähe. Tatsächlich konnte ich von unserem Standort im Hof aus schon ihren Glockenturm sehen. Sir Thomas führte sein Pferd am Zügel zu den Stallungen, und ich lenkte Charlemagne zurück zum Tor.

Das wackere Arbeitstier war erschöpft und folgte mir ohne größeren Widerstand. Dover summte und brummte vor Betriebsamkeit, und mir war, als würde ich mich niemals an den Lärm und das Durcheinander gewöhnen. Ich kam vorbei an vollen Läden und Gasthäusern und an schreienden Händlern auf dem Marktplatz. Der Duft von gebratenem Fleisch und der Rauch aus den Schmieden entlang der Straße drangen auf mich ein. Und neben allem nahm ich den äußerst unangenehmen Geruch von Hunderten menschlicher Wesen wahr, die auf engstem Raum zusammenlebten.

Offen gestanden achtete ich nicht darauf, wohin ich ging, und so wurde ich fast von einer Kolonne Soldaten niedergeritten, die auf die Straßenkreuzung geprescht kam, die ich gerade überqueren wollte.

Ich hatte noch nie so prunkvolle Reiter gesehen, und als ich Charlemagne erschrocken zum Stehen brachte, schrie mich einer von ihnen grob an:

»Pass doch auf, du Trottel! Beweg deinen elenden Ackergaul, und mach Platz für die Garde des Königs!«

Es war also eine Abteilung der königlichen Garde, die mich fast zertrampelt hätte! Und es war noch nicht einmal eine gewöhnliche Abteilung, denn an der Spitze der Kolonne trug ein Reiter ein Banner in leuchtendem Scharlachrot, auf dem drei prächtige goldene Löwen aufgestickt waren. Ich hatte es noch nie vorher gesehen, doch viele Reisende hatten es mir in der Abtei beschrieben. Es war das Wappen des Königs, und während ich es noch ungläubig anstarrte, war er auch schon da und ritt auf dem herrlichsten weißen Hengst, den ich je gesehen hatte, an mir vorbei.

Richard Löwenherz war in Dover eingetroffen.

KAPITEL SIEBEN

Die Nachricht, dass König Löwenherz angekommen war, verbreitete sich schnell in der ganzen Stadt. Die königliche Garde war durch die Masse der Menschen auf der Kreuzung gezwungen, langsamer zu reiten, und diese Verzögerung gab mir einen Moment Zeit, König Richard näher zu betrachten. Sein Pferd war wunderschön, so weiß wie eine Wolke. Er war in ein schimmerndes Kettenhemd gehüllt und trug darüber einen leuchtend roten Mantel, auf dem dieselben drei goldenen Löwen aufgestickt waren, die auch sein Banner zierten. Er hatte keinerlei Kopfbedeckung auf, schon gar keine Krone, ja nicht einmal einen Helm. Sein Bart war voll, jedoch sauber gestutzt, im Gegensatz zu den Sitten der Templer. An seinem Gürtel hing ein mächtiges Kriegsschwert, und seine Beine steckten in ledernen Reithosen.

Als die Bürger von Dover bemerkten, dass der König durch ihre Hauptstraße ritt, brachen sie in Jubel aus, und er winkte ihnen grüßend zu. Aber bevor die Menge weiter anwachsen konnte, hatten die Reiter auch schon die Kreuzung passiert, und ich folgte ihrem Zug in Richtung Burgtor.

Wenn Dover vorher laut und lärmend gewesen war, so hatte die Ankunft des Königs seinen Bürgern noch mehr Grund zu ausgelassenem Gejohle und Gelächter gegeben. Als ich meinen Weg zur Kirche wieder aufnahm und weiter die Straße entlangritt, konnte

49

ich förmlich sehen, wie sich die Neuigkeit von Mensch zu Mensch und von Laden zu Laden verbreitete. Einige Leute riefen mir zu und fragten, ob der König tatsächlich gekommen sei, und ich gab zur Antwort, dass ich ihn wirklich und wahrhaftig mit meinen eigenen Augen gesehen hatte.

Als ich St. Bartholomew erreichte, erbot sich ein freundlicher Priester, mir die nahe gelegenen Stallungen der Kirche zu zeigen. Er kannte die Brüder der Abtei gut und erklärte sich bereit, das Pferd zu versorgen, bis sie es abholen kamen. Ich führte Charlemagne in ein Stallabteil und gab ihm Futter und Wasser. Es widerstrebte mir, ihn hier zurückzulassen, weil ich wusste, dass ich damit meine letzte Verbindung mit St. Alban löste.

Charlemagne schien dies auch zu spüren. Während er ruhig sein Heu kaute, gab ich ihm einen Klaps, und er drehte sich um und stupste mir sanft die Schnauze gegen den Hals. Mir war, als wüsste er, dass wir uns nicht wiedersehen würden, und wolle ebenfalls Abschied nehmen.

Der Priester hatte untätig dabeigestanden, während ich das Pferd im Stall untergebracht hatte, und fing nun an, von einem Bein aufs andere zu treten und sich zu räuspern. Ich begriff, dass ich seine Zeit genug beansprucht hatte, bedankte mich noch einmal und suchte mir meinen Weg zur Straße zurück. Ich hoffte, dass es bei meiner Rückkehr in die Komturei bald etwas zu essen geben würde, denn ich war nun hungrig und durstig geworden. Vielleicht würde ich ja Gelegenheit haben zu sehen, welche Wunder Sir Basil mit der Küche vollbracht hatte. Sir Thomas hatte angekündigt, dass meine Ausbildung zum Knappen unverzüglich beginnen würde, aber ich hatte gehofft, er meinte damit, erst nachdem wir die Möglichkeit gehabt hatten, uns ein wenig von der Reise zu erholen.

Die Abenddämmerung senkte sich über die Stadt, und die Sonne tanzte den Hügelkamm im Westen entlang. Ein goldener Schein übergoss die Häuser und Straßen. Und von überall her wehte der Duft der Abendmahlzeiten, so stark, dass mein Magen zu knurren begann.

Als ich mich der Komturei näherte, bemerkte ich Sir Hugh, der mit einem anderen Tempelritter, den ich vorher noch nicht gesehen hatte, vor dem Tor stand. Die beiden sprachen mit gedämpften Stimmen mit zwei anderen Männern, die die Uniform der Garde des Königs trugen. Ob die beiden Mitglieder der Einheit waren, die gerade durch die Stadt geritten war, oder zu einer anderen gehörten, die hier in Dover stationiert war, konnte ich nicht erkennen. Aber Sir Hugh unterhielt sich so angespannt mit ihnen, als sei er wegen irgendetwas sehr aufgewühlt. Sie standen neben dem Tor, wo die Abendschatten am dichtesten waren, und steckten die Köpfe zusammen, wohl um nicht belauscht zu werden.

Ich wollte nicht, dass Sir Hugh mich sah. Bevor er den Blick in meine Richtung wenden konnte, duckte ich mich rasch hinter einen Wagen, der auf der Straße abgestellt war. Von dort beobachtete ich die Männer, während das Gespräch seinen Gang nahm.

Ich sah einen Augenblick lang zu, konnte aber immer noch nichts hören. Sir Hugh griff in seinen Gürtel und brachte einen Fetzen Pergament zum Vorschein, den er an einen der Gardesoldaten weitergab. Er reichte ihnen auch einen schmalen Beutel, von dem ich annahm, dass er Münzen enthielt. Man war sich wohl einig geworden, denn die Gardisten nickten, bestiegen ihre Pferde und ritten in die falsche Richtung davon. Falsch deswegen, weil sie sich nicht zur Burg wandten, wohin die anderen Soldaten den König geleitet hatten, sondern nach Westen, als ob sie die Stadt verlassen wollten.

Sir Hugh sah ihnen nach, bis sie außer Sichtweite waren. Er sagte etwas zu dem anderen Templer, der nickte, und zusammen verschwanden sie durch das Tor der Komturei. Ich wartete noch ein paar Minuten ab, um sicherzugehen, dass sie nicht plötzlich wieder auftauchten, dann kam ich hinter dem Wagen hervor.

Rasch betrat ich das Gelände und überlegte, was ich von diesem Erlebnis halten sollte. Mein Instinkt sagte mir, dass Sir Hugh Böses im Schilde führte. Andererseits war er immerhin der Marschall des Regimentos. Gewiss hatte er mit der königlichen Garde auch vollkommen normale Angelegenheiten zu besprechen. Vielleicht hatte man ja über militärische Strategie diskutiert oder über den Bedarf an Proviant oder an anderem Material.

Wenn ich Sir Thomas erzählte, was ich gesehen hatte, würde er mich dann für einen Narren halten? Würde er glauben, dass ich seinen Brüdern nachspioniert und mir ein Interesse an etwas angemaßt hatte, das mich nichts anging?

Als ich den Hauptsaal betrat, war unüberhörbar, dass das Abendessen in vollem Gang war. Die Templer waren ein wesentlich redseligerer Menschenschlag als die Mönche, und an allen Tischen wurden lautstark Gespräche geführt. Sir Thomas saß mit Sir Basil und einigen anderen an der hinteren Wand, also ging ich zu ihnen.

»Tristan! Da bist du ja«, sagte Sir Thomas, als er mich kommen sah. »Ich habe mich schon gefragt, warum du so lange brauchst.«

»Er musste doch noch seinem alten Ackergaul einen Abschiedskuss geben!«, rief Sir Basil, und sämtliche Ritter am Tisch brachen in Gelächter aus, während ich fühlte, wie ich rot wurde.

»Schont mir den Jungen noch ein wenig, Sir Basil«, sagte Sir Thomas. »Gebt ihm ein oder zwei Tage, um sich zurechtzufinden, bevor Ihr Eurem Humor freien Lauf lasst.«

»Sir Thomas, ich muss Euch etwas sagen …« Ich wollte berichten, was ich draußen auf der Straße gesehen hatte, aber bevor ich die Worte gefunden hatte, unterbrach er mich.

»Du solltest deinen Teller füllen und schnell essen, wir haben heute Abend noch wichtige Dinge zu tun und wenig Zeit dafür«, sagte er. Vom Platz neben sich nahm Sir Thomas ein braunes Gewand und hielt es mir hin. »Wenn du mit Essen fertig bist, zieh das an. Das ist der Kittel eines Servante. Als Angehöriger des Ordens wirst du ihn von nun tragen.«

»Gewiss, Herr, und es wird sehr viel zu tun geben, nehme ich an?«, fragte ich.

»Keine Arbeit heute Abend, mein Junge, dafür ist morgen noch genug Zeit. Doch iss schnell, und zieh dich dann um. Du willst dich doch bei der Audienz beim König sehen lassen können.«

Ich sah von meinem neuen Kittel auf und blickte ihm ins Gesicht. Er hatte wieder dieses Blitzen in den Augen, aber ich konnte sehen, dass er es ernst meinte.

»Verzeiht, Sir Thomas. Aber habt Ihr gerade ›Audienz beim König‹ gesagt?«

»In der Tat, mein Lieber. Du bist doch nicht etwa doch schwerhörig? Ich könnte den Arzt bitten, dich zu untersuchen, wenn du möchtest«, sagte er mit gespielter Besorgnis.

»Nein, Herr, nicht nötig, meine Ohren sind in Ordnung«, sagte ich. Aber ich stand mit meinem Gewand in den Händen da wie ein Tropf und muss wohl ziemlich dumm ausgesehen haben.

»Tristan?«, sagte Sir Thomas.

»Ja, Herr?«

»Essen? Umziehen? Wir haben nicht viel Zeit, der König erwartet uns in Kürze«, sagte er.

Sir Thomas lächelte mir zu. Sir Basil tauchte neben mir auf, mit einem Teller voller Essen. Er stellte ihn auf den freien Platz am Tisch und machte eine einladende Handbewegung.

In meiner Aufregung vergaß ich Sir Hugh und die geheimnisvolle Szene auf der Straße. Ich aß schnell, denn das Essen war köstlich, aber nicht einmal mein schrecklicher Heißhunger konnte verhindern, dass die Gedanken in meinem Kopf rasten. Ich, Tristan von St. Alban, als Waisenkind geboren, würde an diesem Abend den König treffen!

KAPITEL ACHT

Als wir unsere Mahlzeit beendet hatten, zeigte mir ein Knappe namens Quincy, der Sir Basil diente, unsere Unterkunft. Quincy war zwei Jahre jünger als ich, aber in vielerlei Hinsicht eine Miniaturversion seines Ritters. Er war groß und stark und hatte ein rundes Gesicht mit gesunden roten Backen. Er lachte gern und führte mich auf Sir Basils Geheiß fröhlich zu meiner Schlafstelle.

»Wir schlafen in einem Nebengebäude hier auf dem Grundstück«, sagte er, als wir den Hauptsaal durch eine Hintertür verließen. Wir mussten nur eine kurze Strecke über den Hof gehen, vorbei an ein paar weiteren kleineren Gebäuden.

»Das hier ist die Waffenkammer«, erklärte er und zeigte auf das erste Gebäude, an dem wir vorbeigingen. »Hinter der Waffenkammer befinden sich die Stallungen. Und wir schlafen hier.« Inzwischen hatten wir ein kleines, ganz aus Holz erbautes Haus erreicht, quadratisch und schmucklos. Quincy öffnete die Tür und führte mich hinein.

Innen war es dunkel, nur ein paar Kerzen und Öllampen brannten. In der Mitte des Raums stand ein langer Holztisch mit Bänken an beiden Seiten. Zehn Strohsäcke waren an den Wänden entlang verteilt. Am anderen Ende des Häuschens gab es einen Kamin, der die ganze Breite des Raumes einnahm. Es gab auch ein paar Fenster, die tagsüber Licht hereinlassen würden, aber zurzeit wirkte alles feucht, schmuddelig und nicht besonders wohlriechend.

»Riecht es hier immer so sauber und frisch?«, erkundigte ich mich.

Quincy lachte, was mich schon wieder an Sir Basil erinnerte. »Immer«, sagte er. »Komm. Ich schlafe hier in der hinteren Ecke. Der Platz neben mir ist frei. Du kannst ihn haben, wenn du willst.«

»Hab Dank«, sagte ich.

Ich ließ die Rolle mit meinen Habseligkeiten fallen, zog mir das Hemd über den Kopf und schlüpfte in den Kittel, den Sir Thomas mir gegeben hatte. Er war ein einfaches Kleidungsstück aus brauner Wolle, mit einer Kapuze und einem Strick, der als Gürtel diente. Zwei lange Schlitze vorne und hinten sollten wohl das Reiten erleichtern.

Ich betrachtete Quincy, der dieselbe Uniform anhatte, die ich jetzt trug. Ich gebe gerne zu, dass ich, als Sir Thomas mir die Stelle als sein Knappe anbot, gehofft hatte, ein schmuckvolleres Gewand mit einem roten Kreuz und vielleicht sogar mein eigenes Kettenhemd zu tragen. Ich sah nun, dass ich mich getäuscht hatte.

»Templer haben doch strahlend weiße Mäntel mit roten Kreuzen, und wir müssen dies hier anziehen?«, sagte ich.

Quincy zuckte nur die Achseln. »Alle Servantes tragen das.«

Hm. Vielleicht würde es ja später noch etwas mit dem Kettenhemd werden.

»Wir sollten sofort wieder zurück in den Hauptsaal«, sagte Quincy. »Wir brechen gleich zur Burg auf.«

»Kommst du auch mit zum König?«, fragte ich.

»Ja. Ich habe von den Brüdern gehört, dass König Richard in zwei Tagen aufbricht, um seine Flotte bereit zu machen. Wir haben noch ungefähr eine Woche für unsere Vorbereitungen, dann laufen wir aus, um uns ihm anzuschließen. Heute Abend möchte er das Regimento begrüßen. Ein einfacher Empfang ohne weitere Förmlichkeiten, sagt man. Um uns für unsere Dienste zu loben und mit einigen der Brüder darüber zu sprechen, was uns wohl bei der Ankunft in Outremer erwartet und dergleichen Dinge«, sagte er.

»Und warum sind wir auch eingeladen? Ist es nicht seltsam, dass auch Knappen an einer solchen Zusammenkunft teilnehmen?«

»Das möchte man meinen«, sagte Quincy. »Ich habe gehört, dass Sir Thomas und Sir Hugh heftig miteinander gestritten haben, nachdem Sir Thomas das gesamte Regimento eingeladen hatte. Aber Sir Thomas hielt an seinem Standpunkt fest, dass jedes Mitglied des Regimentos gleichermaßen sein Leben aufs Spiel setzt und deswegen auch den Dank des Königs verdient. Sir Hugh hat das überhaupt nicht gefallen, nach allem, was ich so höre.«

»Was weißt du über Sir Hugh?«, fragte ich.

Quincy gab nicht gleich Antwort. Er sah sich erst im Raum um, als wolle er sich doppelt vergewissern, dass wir allein waren. Er setzte zu sprechen an, dann schwieg er noch einen Moment, als müsse er seine Worte mit äußerster Sorgfalt wählen.

»Ich weiß, wir haben uns gerade erst kennengelernt, aber wenn Sir Thomas dich als Knappen gewählt hat, dann heißt das für mich, dass du ein anständiger Kerl bist. Also lass dich warnen: Komm Sir Hugh nicht in die Quere. Er ist heimtückisch und grausam. Er hat es nur durch seine mächtigen Freunde zum Marschall gebracht, und er herrscht durch Furcht. Ein paar von den anderen Knappen erzählen, dass man ihn verdächtigt, die Gesetze der Templer gebrochen zu haben. Er soll wehrlose Gefangene hingerichtet und über Knappen und Sergeantos ohne jeden Grund die Prügelstrafe verhängt haben. Aber er ist vorsichtig und berechnend, niemand konnte ihm bisher etwas nachweisen, und seine Opfer haben zu viel Angst, gegen ihn auszusagen.«

Ich dachte an die letzte Nacht im Stall der Abtei und überlegte, ob es tatsächlich Sir Hugh gewesen war, der mich überfallen hatte. Nach allem, was Quincy da erzählte, klang es mehr als wahrscheinlich.

»Man sagt, der Großmeister höchstpersönlich hat Sir Thomas diesem Regimento zugeteilt, um Sir Hugh Einhalt zu gebieten. Sir Hugh hasst Sir Thomas, fürchtet ihn aber auch. Jedenfalls rate ich dir, Sir Hugh und seinen Schleimern aus dem Weg zu gehen. Er ist verrückt und gefährlich!«

»Seine ›Schleimer‹?«, fragte ich.

»So nennt sie Sir Basil. ›Sir Hugh und seine Kumpanen kommen nur auf ihrer Schleimspur voran‹, sagt er immer. Eine kleine Gruppe Ritter in diesem Regimento unterstützt Sir Hugh. Aber Sir Thomas ist derjenige, dem die Mehrheit der Männer folgen wird. Halte dich an ihn, und es wird dir nichts passieren.«

»Er scheint wirklich sehr mutig zu sein«, sagte ich.

»Ha, du solltest mal die Geschichten über ihn hören! Frag Sir Basil bei Gelegenheit mal danach, wie Sir Thomas sich auf dem Schlachtfeld verhält. Meine Lieblingsgeschichte ist die, in der Sir Thomas und seine Männer von einer Gruppe Sarazenen in einer Schlucht ohne Ausgang eingeschlossen sind, nicht weit von der Ebene von Jerusalem. Nach den Gesetzen der Templer dürfen wir uns erst vom Schlachtfeld zurückziehen, wenn wir mehr als drei zu eins in der Minderzahl sind. Bei diesem Scharmützel hatten die Sarazenen gerade Verstärkung erhalten und waren fast fünfmal so viele wie wir. Sie drängten die Templer über das Feld zurück, und Sir Thomas gab Befehl, dass die Ritter sich in ein paar Meilen Entfernung neu formieren sollten. Doch in all dem Staub und dem Durcheinander bog die Kolonne falsch ab und saß dann ohne Ausweg in dieser Schlucht fest.«

»Und was geschah dann?«, fragte ich gespannt.

»Die Sarazenen merkten, dass die Templer in der Falle saßen, und stellten für einen Moment den Angriff ein, weil sie ihre Kapitulation erwarteten. Stattdessen befahl Sir Thomas den Rittern, mit eingehängten Lanzen anzugreifen. Sir Basil sagt, sie ritten in vollem Galopp gegen die feindlichen Linien an, und die Sarazenen waren von dieser wahnwitzigen Attacke so überrumpelt, dass sie ihre Reihen nicht mehr halten konnten und Fersengeld gaben. Sir Thomas und seine Ritter hetzten sie über die ganze Ebene von Jerusalem, bis die Sarazenen ihre Hauptstreitmacht erreicht hatten. Und wieder einmal waren die Templer die Herren des Schlachtfeldes.«

»Unglaublich!«, sagte ich. Doch nach allem, was ich in den letzten zwei Tagen von Sir Thomas gesehen hatte, fiel es mir nicht schwer, Quincys Geschichte Glauben zu schenken.

Wir liefen über das Grundstück und fanden das Regimento am vorderen Tor versammelt. Es war nun dunkel, und viele der Sergeantos trugen Fackeln. Außerhalb der Komturei war die Stadt zur Ruhe gekommen. Der Marktplatz war fast leer, die Läden waren geschlossen, und die Karren der Straßenhändler waren von der Straße verschwunden.

Wir bildeten eine lockere Kolonne und marschierten die Straßen entlang. Sir Thomas ging vorne in der Nähe von Sir Hugh, der die Führung übernommen hatte. Nach ein paar Minuten waren wir an der Burg über der Stadt angekommen.

Das Burgtor war geöffnet, und im Innenhof herrschte reges Treiben. Fackeln und Lagerfeuer spendeten den Arbeitern Licht, die immer noch geschäftig hin und her hasteten. Mehrere riesige Karren und Wagen wurden mit verschiedenen Materialien be- und entladen. Auch auf der Brüstung hoch über uns arbeiteten noch Handwerker.

Unsere Kolonne überquerte den Hof, und nacheinander betraten wir die Halle der Burg. Noch nie in meinem Leben hatte ich einen Raum von solcher Größe gesehen. Eine Unmenge von Öllampen erleuchtete ihn, und die Wände waren in regelmäßigen Abständen mit kunstvollen Wandbehängen geschmückt. Am Ende der Halle stand eine mächtige, lange Banketttafel, von der die Diener gerade die Essensreste abräumten, die darauf hindeuteten, dass hier ein verschwenderisches Festmahl stattgefunden haben musste.

Der König stand am anderen Ende des Raums, im Mittelpunkt einer Gruppe von Männern, die lebhaft diskutierten. Er war noch so angezogen, wie ich ihn in der Stadt gesehen hatte, und er hielt eine Pergamentrolle in der Hand. Einige Soldaten der königlichen Garde hielten regungslos hinter ihm an der Wand Wache.

Wir stellten uns in lockeren Reihen an der Wand gegenüber dem König auf. Sir Thomas, Sir Hugh und die anderen Ritter standen vorne, die Sergeantos und die Knappen bildeten an der Wand die letzte Reihe. Ich suchte mir einen Platz neben Quincy, von dem aus ich Sir Thomas und die anderen sehen konnte. Wir warteten alle darauf, dass der König sein Gespräch beenden und zu uns sprechen würde.

Als seine Unterredung beendet war, entließ er die Männer, mit denen er sich beraten hatte. Während sie aus dem Raum gingen, schritt er durch die Halle auf Sir Hugh und Sir Thomas zu. Im Saal wurde es still, alle waren gespannt, was der König sagen würde.

»Thomas Leux!«, rief Richard Löwenherz freudig. Er strahlte und schüttelte Sir Thomas die Hand. »Ihr seht kampfbereit aus. Wie lange ist das nun her?«

Sir Thomas verbeugte sich leicht. Neben ihm wurde Sir Hughs Gesicht kalt, und seine Augen verdunkelten sich. Er starrte mit einem Ausdruck des tiefsten Neids auf Sir Thomas.

»Damals wart Ihr noch Prinz der Normandie, Euer Hoheit. Wir haben dem französischen König bei Bourneau Unterricht im Kriegshandwerk erteilt. Mehr, als ihm lieb war.«

»Ich erinnere mich. Ich erinnere mich sogar sehr gut«, sagte der König. »Am besten erinnere ich mich an einen jungen Ritter, der unsere Reihen zusammenhielt und den Angriff anführte, mit dem sich das Kriegsglück zu unseren Gunsten wendete.«

Sir Thomas neigte wieder den Kopf und wirkte verlegen. »Ihr seid bei Weitem zu großzügig mit Eurem Lob, Euer Hoheit«, sagte er.

»Eigentlich hat er ja von mir gesprochen!«, sagte Sir Basil unüberhörbar.

Alle Anwesenden, auch der König, brachen in schallendes Gelächter aus.

»Und ich sehe, dass dieser Schelm hier sich kein bisschen verändert hat«, sagte der König und schüttelte Sir Basils Hand. »Sir Basil, es ist gut, Euch zu sehen, mein Freund. Wie geht es Euch?«

»Tag für Tag schwinde ich ein wenig mehr dahin, Euer Hoheit«, sagte Sir Basil.

Dies löste weiteres Gelächter aus, da Sir Basil ja einen Kopf größer und zahlreiche Pfunde schwerer als der König war. Als das Lachen verstummt war, fiel mir auf, dass der König Sir Hugh noch nicht begrüßt hatte. Der war darüber bestimmt nicht sehr glücklich.

Dann, so schnell, wie sie aufgetaucht war, verschwand die freundliche Miene vom Gesicht des Königs.

»Und nun, Ihr Ritter, die Ihr meinem Vater so ehrenvoll dientet, habt Ihr die Gelübde der Tempelbrüder abgelegt? Ihr kehrt dem jahrelangen Dienst an der Krone den Rücken, um allein dem Papst Eure Treue zu schwören?« Der König blickte Sir Thomas direkt an. Schlagartig wurde es wieder still im Saal.

Sir Thomas' Gesicht blieb regungslos. Der Ausdruck von Sir Hugh jedoch wechselte von Eifersucht zu brennender Neugier. Er rückte etwas von Sir Thomas ab, als wollte er jede Verbindung mit dem Ritter vermeiden, der sich nun von seinem Monarchen in die Enge getrieben sah.

Sir Thomas sah dem König offen ins Gesicht. Dann sprach er mit fester Stimme: »Ich würde gerne glauben, dass es zuallererst Gott ist, dem wir dienen«, sagte er. »So lautet der Eid, den alle Brüder schwören, wenn sie in den Orden eintreten. Wir kämpfen für alle Christenmenschen. Ohne Rücksicht darauf, wer ihr König ist.«

In der Halle war es so still, dass ich sicher war, ich hätte es gehört, wenn in der Küche eine Maus geniest hätte.

Das Gesicht des Königs hellte sich wieder auf. Er musterte Sir Thomas einen Augenblick, dann lächelte er.

»Gut gesagt, alter Freund. Vergebt mir meine Unhöflichkeit. Ich habe an Eurer Seite gekämpft. Ich weiß, Ihr habt das Herz eines Kriegers. Wir leben in gefährlichen Zeiten. Viel gibt es zu tun. Und wie immer ist der Königshof voller Gerüchte und Intrigen, und ich muss mir derer gewiss sein, die bereit sind, mir in diesen Heiligen Kreuzzug zu folgen.«

»Dann lasst unsere Dienste in diesem Kreuzzug die geringste von Euren Sorgen sein, Euer Hoheit. Wir sind Brüder des Tempels. Wir haben den Schwur geleistet, Outremer zu beschützen und zu verteidigen, und dies werden wir auch tun«, sagte Sir Thomas. Bei seinen Worten brachen die anderen Ritter in stürmische Beifallsrufe aus, mit Ausnahme von Sir Hugh, der nur schweigend und ohne große Begeisterung applaudierte.

»Wir werden Saladin aus dem Heiligen Land jagen, Herr, darauf könnt Ihr Euch verlassen«, sagte Sir Basil.

Die Anspannung war nun aus dem Saal gewichen. Auch der König entspannte sich sichtlich, nahm Sir Thomas am Arm und sagte etwas zu ihm, das ich im allgemeinen Stimmengewirr nicht verstehen konnte. Dafür ließ ich Sir Hugh nicht aus den Augen. Sein Gesicht hatte wieder den normalen säuerlichen Ausdruck angenommen. Er wirkte wie eine Spinne, die bewegungslos in ihrem Netz lauert und auf den geeigneten Moment wartet, um sich auf ihre Beute zu stürzen.

»Hast du den König schon einmal gesehen?«, fragte ich Quincy.

»König Richard nicht, aber als ich klein war, habe ich seinen Vater, König Heinrich, bei einem Turnier in Ulster gesehen. Sir Basil sagt, das Königreich wird König Heinrich schon bald vermissen.«

»Tristan!«

Sir Thomas sah von der anderen Seite der Halle zu mir herüber. Er winkte mich zu sich.

Mit einem Schlag war ich sehr nervös. Sir Thomas machte weiter auffordernde Gesten. Was dachte er sich nur? Warum musste er unbedingt jetzt mit mir reden, wenn er so nahe beim König von England stand? Konnte das nicht warten? Gestern hatte ich noch in einem Gemüsegarten Unkraut gejätet, und heute stand ich keinen Steinwurf weit weg von Seiner Majestät, dem König. Das war einfach zu viel für mich. Und doch musste ich gehorchen. Zögernd ging ich auf Sir Thomas zu.

»Herr?«, sagte ich.

Er nahm mich beim Arm, und wir drehten uns so, dass wir dem König gegenüberstanden. »Euer Majestät«, sagte er.

Der König hielt mitten im Gespräch mit einem anderen Ritter inne und wandte sich Sir Thomas zu. Mir schenkte er keine weitere Beachtung.

»Ja, Sir Thomas?«

»Mein Knappe, Euer Hoheit. Ich würde Euch gerne meinen Knappen vorstellen, Tristan. Er kommt aus der Abtei St. Alban und steht erst seit Kurzem in meinen Diensten. Er ist ein begabter junger Mann, tüchtig und tapfer. Ich bin sicher, er wird eines Tages Großmeister des Ordens werden«, sagte Sir Thomas.

Sir Hugh mischte sich ein. »Sir Thomas, wahrhaftig, ich bin sicher, der König hat dringendere Verpflichtungen als die, Euren *Knappen* kennenzulernen.« Er spie das Wort aus, als hätte er einen Klumpen Hühnerfedern verschluckt.

Der König machte ein verwundertes Gesicht und sah von Sir Hugh zu Sir Thomas, doch dann fiel sein Blick auf mich. Er musterte mich, so wie jeder Herrscher einen seiner Untertanen betrachten würde. Auf dieselbe Art, wie man ein Pferd oder eine Kuh ansieht, bevor man sich zum Kauf entschließt. Aber dann wurden seine Augen ganz schmal.

»Tristan, sagt Ihr?«, fragte er.

»Ja, Euer Majestät«, antwortete ich. Ich war völlig entgeistert und wusste überhaupt nicht, was ich tun oder sagen sollte, aber wenigstens brachte ich das heraus. Ich fühlte den sanften Druck von Sir Thomas' Hand in meinem Rücken und verbeugte mich.

»Du kommst mir bekannt vor, sind wir uns schon einmal begegnet?«, fragte der König.

»Begegnet, Euer Hoheit? Oh nein. Nein, Herr, ich bin zum ersten Mal in einer Stadt … Ich …«

»Ich könnte schwören, dass ich dich schon einmal gesehen habe«, unterbrach er mich.

»Nun, Euer Majestät, ich war heute Nachmittag in der Stadt, als Ihr durch die Straßen geritten seid. Vielleicht …«

»Nein, nein, aber irgendetwas an dir erscheint mir vertraut …« Er ließ die Worte in der Luft hängen.

Ich stand stumm da und wusste nicht, was ich sagen oder tun sollte. Der König sah mich an, und ich hielt seinem Blick stand, aber der Raum kam mir nun erheblich wärmer vor, und auf meiner Stirn fühlte ich erste Schweißtropfen.

»Ich habe Tristan auch erst gestern kennengelernt«, erklärte Sir Thomas. »Er hat sein Leben bis jetzt in einem Kloster verbracht. Wir haben dort übernachtet, und ich habe genug von seinem Fleiß und seiner Zuverlässigkeit gesehen, um ihn zu bitten, mein Knappe zu werden.«

»Faszinierend«, sagte der König und hörte nicht auf, mich anzustarren.

»Euer Majestät, bitte vergebt meinem *Stellvertreter* seine schlechten Manieren. Es wird Zeit, uns zu verabschieden. Es sind noch viele Vorbereitungen zu treffen, bevor wir nach Outremer aufbrechen«, sagte Sir Hugh.

Sir Thomas ging nicht darauf ein. Er lächelte den König nur an und hob dabei eine Augenbraue, so als ginge es um einen Scherz, in den er als Einziger eingeweiht war.

»Wie? Ja, gewiss«, sagte der König, riss den Blick von mir los und wandte sich wieder Sir Thomas zu. »Es ist gut, Euch zu sehen, alter Freund. Das nächste Mal wird es im Heiligen Land sein. Wenn wir Sultan Saladin vom Schlachtfeld jagen?«

»Wenn Gott es so will, Euer Hoheit«, sagte Sir Thomas und verneigte sich. Er zog mich leicht am Arm, und wir ließen den König in einem kleinen Kreis von Tempelrittern zurück, der sich sofort um ihn bildete. Ich konnte hören, wie sie alle wortreich von ihm Abschied nahmen.

65

Als wir die Halle durchquerten, beugte sich Sir Thomas zu mir und sprach mit leiser Stimme: »Ein interessanter Abend, meinst du nicht auch?«

Mir fiel keine Antwort ein. Nur Fragen. Warum meinte Sir Thomas, er müsse mich unbedingt dem König vorstellen? Und warum hatte ich, als König Richard Löwenherz mich anblickte, Furcht in seinen Augen gesehen?

KAPITEL NEUN

it dem Morgen nach der Audienz bei König Richard begann mein erster voller Tag im Orden. Nachdem wir von der Burg zurückgekehrt waren, fühlte ich mich, als hätte ich kaum den Kopf auf meinen Strohsack gelegt, als Quincy mich auch schon bei Sonnenaufgang wieder wachrüttelte. Nach der Morgenmesse und den Gebeten ließ mich Sir Thomas zu den Ställen rufen, wo ich ihn antraf, als er gerade den Vorderhuf des kastanienbraunen Hengstes, den er gestern geritten hatte, untersuchte.

»Guten Morgen, Tristan«, sagte er.

»Guten Morgen, Herr«, erwiderte ich und versuchte, hinter meiner Hand ein Gähnen zu verbergen.

»Ich hoffe, wir rauben dir nicht allzu viel von deiner Nachtruhe«, sagte er.

»Nein, Herr«, sagte ich nur.

»Ausgezeichnet. Deine erste Aufgabe heute Morgen ist es, mein Pferd zu John, dem Schmied, zu bringen, seine Hufeisen haben sich während der Reise gelockert. Du findest seine Werkstatt gegenüber der Taverne *Zum pfeifenden Schwein*, am westlichen Ende des Marktplatzes.« Er reichte mir einen kleinen Beutel, in dem ich Münzen klimpern hörte. »Um den Schmied zu bezahlen«, sagte er.

Sir Thomas strich mit der Hand über die Nase seines Pferdes. »Sein Name ist *Ohnefurcht*«, sagte er noch.

67

»Jawohl, Herr.«

»Spute dich, mein Junge«, rief Sir Thomas mir hinterher. »Wir haben noch viel zu tun in den wenigen Tagen, bevor wir nach Outremer aufbrechen.«

Ich begab mich also wieder auf den Weg, der mich gestern nach St. Bartholomew geführt hatte, und erreichte bald den Marktplatz. Dort wandte ich mich an der Hauptkreuzung nach Westen, wie es Sir Thomas gesagt hatte. Ich sah ein paar Soldaten der königlichen Garde in voller Uniform herumstehen. Ich fragte mich, ob der König wohl gerade den Markt besichtigte, bemerkte aber keine Anzeichen dafür, dass er irgendwo in der Nähe war.

Die Läden und Buden wurden weniger, und ich gelangte in eine ruhigere, aber immer noch belebte Straße. Vor mir zu meiner Rechten fiel mir ein Gebäude auf, über dessen Tür ein Schild in Form eines Schweins hing. Und wirklich, auf der anderen Straßenseite befand sich eine kleine Schmiedewerkstatt. Es war ein Gebäude mit drei Seiten, nach vorne offen, und ich konnte das Feuer, die Esse und den Amboss sehen.

Ich band Ohnefurchts Zügel an einen Haltepfosten vor der Werkstatt. Ein Mann von der königlichen Garde lungerte auf der Straße herum und bemühte sich, unauffällig auszusehen, wobei er den Unterarm auf den Griff seines Schwertes gestützt hielt. Er schien mich zu beobachten, aber als ich mich zu ihm umdrehte, wandte er den Blick ab und tat so, als sei er an allen möglichen anderen Dingen interessiert, nur nicht an mir.

»Hallo?«, rief ich in die Werkstatt.

»Einen Moment!«, antwortete eine Stimme hinter dem Haus.

Also wartete ich. Die Werkstatt wirkte sauber und gepflegt. Als ich genauer hinsah, merkte ich, dass sie eigentlich nicht nur dreiseitig war, sondern dass die Vorderfront sich in Angeln an der Wand nach oben drehen ließ und mit zwei Balken an den Seiten abgestützt war, sodass sie am Ende des Tages wieder heruntergeklappt werden konnte, wenn der Schmied Feierabend machte.

Während ich wartete, richtete ich meine Aufmerksamkeit wieder auf die Straße und sah den Gardesoldaten auf mich zukommen. Ohne mich anzusehen, betrat er die Taverne.

Ein paar Minuten später öffnete sich die Tür der Taverne, und zwei Männer schwankten ins Freie, blinzelten und rieben sich die Augen. Sofort gerieten sie in Streit miteinander. Sie waren beide ungefähr gleich groß, aber einer schien der Anführer zu sein, und er versetzte dem anderen einen wütenden Stoß. Der Mann stolperte rückwärts, verlor das Gleichgewicht und plumpste auf die staubige Straße. Ich wollte es nicht, aber er hatte beim Hinfallen so komisch ausgesehen, dass ich nicht anders konnte als loszuprusten.

Der, der noch auf den Beinen war, hörte mich. Er riss den Kopf hoch und schielte zu mir herüber. Dann murmelte er seinem Kumpanen, der sich gerade wieder aufrappelte, etwas zu, und die beiden überquerten die Straße und sahen sich dabei verstohlen nach allen Seiten um.

»Wo hast du das Pferd her, Junge?«, sagte derjenige, der das Kommando zu haben schien.

Er war nicht besonders hochgewachsen, aber auch nicht klein, kräftig gebaut und vielleicht etwas größer als ich. Langes, schwarzes, fettiges Haar klebte ihm im Gesicht, das auch noch von einem verwilderten Bart entstellt wurde. Seine Augen waren gerötet, und er stank aus dem Mund. Sein Gefährte sah aus, als sei er in noch schlimmerer Verfassung. Er hatte hellere Haut, aber sein Haar war so verdreckt, dass man die ursprüngliche Farbe kaum ausmachen konnte.

»Warum fragt Ihr?«, antwortete ich.

»Wo hast du das Pferd her?«, fragte er noch einmal.

»Dieses Pferd gehört meinem Herrn, Sir Thomas Leux von der Bruderschaft der Tempelritter. Ich wüsste nicht, was das Euch anginge …«

Schwarzhaar fixierte mich mit einem Auge. Das andere hielt er geschlossen, und er verzog das Gesicht, als ob seine Sehkraft beeinträchtigt wäre.

»Es geht mich etwas an«, unterbrach er mich, »weil ich glaube, dass du lügst. Ich glaube, ich sollte dich der Stadtwache melden«, sagte er.

»Wie Ihr wollt«, sagte ich nur.

Die Brüder hatten mich oftmals vor den Gefahren des Branntweins gewarnt. Allerdings hatte ich noch nie zuvor einen Betrunkenen getroffen, also hatte ich auch keine Vorstellung, welche Wirkung Alkohol auf einen Mann haben konnte.

Ich drehte mich um und wollte auf der anderen Seite von Ohnefurcht Zuflucht suchen, in der Hoffnung, dass die Männer das Interesse verlieren und weitergehen würden oder dass der Schmied sich endlich zeigen würde. Aber als ich das tat, ergriffen mich plötzlich von hinten zwei Arme. Übel riechender Atem schlug mir ins Gesicht, als mir jemand ins Ohr zischte: »Ich weiß was Besseres. Ich bringe den Gaul einfach selbst zur Wache. Ich bin sicher, so ein Tempelherr spuckt eine hübsche Belohnung aus, damit er sein gestohlenes Pferd wiederkriegt.«

»Ich bin kein Dieb«, wollte ich rufen, aber die Arme drückten stärker zu und schnürten mir die Luft ab. Die Worte blieben mir in der Kehle stecken.

Ich versuchte mich loszureißen, aber der Griff wurde nur immer fester, als ich mich hin und her wand. Ich wurde vom Boden hochgehoben, und meine Beine zappelten hilflos in der Luft.

Aus dem Augenwinkel sah ich den hellhäutigen Mann die Hand ausstrecken, um Ohnefurchts Zügel loszubinden. Ich trat zu und fühlte seine Fingerknochen zwischen meinem Stiefel und dem Holz des Pfostens knirschen.

Der Mann heulte auf vor Schmerz und Wut, und bevor ich wusste, wie mir geschah, lag ich auch schon auf der Erde, und zwei Paar Beine traten auf mich ein. Ich versuchte, wieder auf die Füße zu kommen und mich zu Ohnefurcht zu flüchten. Aber das Pferd wurde unruhig, tänzelte hin und her, wieherte und scharrte nervös mit den Hufen. Ich wollte nicht auch noch versehentlich einen Huftritt an den Kopf bekommen, also war alles, was mir einfiel, mich zu einer Kugel zusammenzurollen und zu hoffen, dass den Männern die Puste ausging, bevor ich ernsthaft verletzt wurde.

Mein Gesicht war fast gänzlich im Straßenschmutz vergraben, aber ich sah verschwommen, wie ein drittes Paar Beine sich von hinten auf die Männer zubewegte. Hatten sie jetzt noch einen Spießgesellen aufgetrieben, der ihnen bei ihrem Diebeswerk helfen sollte?

Doch dann ertönte ein ersticktes Kreischen, und augenblicklich hörten die Tritte auf. Eine dröhnende Stimme rief: »Genug! Was seid ihr nur für Lumpen! Ich habe euch schon einmal gewarnt, wenn ihr weiter meine Kunden belästigt, verliert ihr einen Finger auf meinem Amboss!«

Keiner der Männer gab Antwort. Ich blickte auf und sah die beiden in der Luft hängen. Hinter ihnen stand ein Riese, der sie an den Hemdkragen gepackt hielt, die er so fest um ihre Hälse zusammengedreht hatte, dass ihre Gesichter schon blau anliefen.

Ohne ein weiteres Wort ging er die Straße ein paar Schritte in

Richtung Marktplatz entlang und schleuderte sie zu Boden. Als die beiden sich aufrappelten, verpasste er jedem noch einen gezielten wuchtigen Tritt ins Hinterteil.

»Wenn ich noch einmal einen von euch in dieser Straße erwische, werdet ihr euch wünschen, nie geboren worden zu sein!«

Die beiden nahmen die Beine in die Hand und machten sich hastig davon, während der Riese ihnen noch ein paar passende Drohungen nachbrüllte. Dann drehte er sich um und ging an die Stelle zurück, wo ich immer noch im Dreck lag und nach Atem rang.

Als er so über mir stand, verdunkelten sein Kopf und seine Schultern die Morgensonne. Eine gigantische Hand, am Ende des dicksten Armes, den ich je gesehen hatte, streckte sich mir entgegen und zog mich auf die Beine. »Da es sich bei dem Pferd, das hier steht, um Ohnefurcht handelt, musst du der neue Knappe von Sir Thomas sein«, sagte er.

Gestern noch dachte ich, Sir Basil sei der gewaltigste Mann, den ich jemals gesehen hatte, aber er hätte sich wie ein Baby in die Schürze des Schmieds kuscheln können. Seine Hände waren groß wie Gänse, und seine Schultern waren so muskulös, dass es aussah, als befände sich kein Hals zwischen ihnen und dem mächtigen Haupt mit dem Vollbart und den dunklen Locken.

»Der bin ich«, sagte ich und klopfte mir den Staub ab. »Ich heiße Tristan und diene Sir Thomas jetzt als Knappe. Ihr müsst John der Schmied sein.«

Der Riese machte eine leichte Verbeugung. »Ganz recht. Mein Name ist John Little. Aber nenn mich lieber Little John – das tun alle.«

Also, das konnte ich mir wiederum beim besten Willen nicht vorstellen.

KAPITEL ZEHN

Little John, wie sein Spitzname lautete, arbeitete schnell, als er Ohnefurcht neu beschlug. Für einen so riesenhaften Mann bewegte er sich sehr anmutig und präzise, kein Handgriff war verschwendet. Er ging geschickt mit dem Pferd um und redete beruhigend auf es ein, während er nacheinander die Eisen von den Hufen entfernte, und er streichelte ihm sanft die Flanken, damit es nicht ausschlug, als er sie wieder annagelte. Während er so seiner Arbeit nachging, fragte er mich aus:

»Wo hat Sir Thomas dich denn gefunden, Tristan?«

»Ich habe bis jetzt bei den Mönchen in der Abtei St. Alban gelebt«, sagte ich.

»Von St. Alban habe ich schon gehört. Wolltest du die Gelübde ablegen?«

»Nein, Sir. Ich bin ein Waisenkind. Man hat mich als Baby bei den Mönchen ausgesetzt. Sir Thomas und seine Männer kamen vor zwei Tagen auf der Durchreise vorbei. Und da hat er mich gefragt, ob ich sein Knappe werden wolle.«

»Ich verstehe«, sagte Little John. Für eine Weile arbeitete er schweigend vor sich hin. Er löste das lockere Hufeisen von Ohnefurchts Vorderbein, trug es zur Esse und pumpte den Blasebalg, bis die Kohlen hellorange glühten. Das Eisen erhitzte sich und wurde im Feuer erst weiß und dann orange. Er legte es auf den Amboss, nahm einen

Hammer von der Werkbank und schlug einige Male auf das Eisen ein, bis es eine Form angenommen hatte, mit der er zufrieden war. Er tauchte das Hufeisen in eine Wanne voll Wasser, und zischend stieg der Dampf zur Decke. Und in wenigen Augenblicken hatte er das Eisen schon wieder befestigt.

»Kennt Ihr Sir Thomas schon lange?«, erkundigte ich mich.

Little John richtete sich auf und wischte sich die Hände an der Schürze ab. »Ja, schon eine ganze Weile. Bevor Sir Thomas in den Tempelorden eintrat, war ich Schmied in der Armee von König Heinrich, und man hatte mich Sir Thomas' Regiment zugeteilt. Nachdem ich aus der Armee ausgeschieden war, habe ich mich hier in Dover niedergelassen. Wenn Sir Thomas in der Stadt ist, versäumt er es niemals, seine Pferde bei mir neu beschlagen zu lassen. Ich statte Sir Thomas auch mit seinen Schwertern aus. Komm, ich zeige dir etwas.«

Little John ging durch die Hintertür, zu einer weiteren Werkbank, die im rückwärtigen Teil des Hauses an der Wand stand. Darauf lag ein kurzes Schwert, das nagelneu aussah. Er hielt es mir mit dem Griff nach vorn entgegen. »Nimm es«, sagte er.

Ich nahm das Schwert und prüfte sein Gewicht. Es war ungefähr einen halben Meter lang, und der Griff war mit schwarzem Leder überzogen. Ich hatte noch nie ein Schwert gehalten und war überrascht, wie schwer und massig es in meiner Hand lag.

»Zum ersten Mal ein Schwert in der Hand?«, fragte Little John.

»Jawohl«, sagte ich.

»Nun, ich glaube, du wirst bald vertraut mit ihnen werden. Da, wo du hingehst, musst du dich mit Schwertern und Waffen auskennen. Das hier nennt man das Heft«, sagte er und zeigte auf den ledernen Griff, den ich mit meiner Hand umschloss. »Diese Metallstäbe, die seitlich über dem Heft hervorstehen, nennt man Parierstangen. Sie bilden den Handschutz. Der Metallknopf da, am Ende des Hefts, ist der Knauf.«

Ich sah auf den Knauf und merkte, dass dort ein kleines Bild eingraviert war. Es zeigte zwei Ritter, die gemeinsam auf einem Pferd saßen.

»Das ist ein Symbol der Templer«, sagte Little John. »Die Ritter des Tempels legen ein Armutsgelübde ab, und sich ein Pferd zu teilen bedeutet, dass sie willens sind, im Dienste Gottes auf alles Weltliche zu verzichten.«

Ich nickte verständnisvoll, denn ich hatte solche Darstellungen schon gestern auf Gemälden und Wandteppichen in den Fluren und Sälen der Komturei gesehen.

»Das hier ist ein Kurzschwert. Man gebraucht es in erster Linie zur Selbstverteidigung. Es ist aus bestem Stahl und sehr scharf. Aber es ist nicht dafür gedacht, dem Gewicht eines Kriegsschwerts oder eines sarazenischen Krummschwerts standzuhalten. Es ist gut für schnelle Stöße und Stiche, nicht für einen richtiggehenden Schwertkampf. Na los. Probier es aus. Schwing es ein paarmal hin und her.«

Ich trat ein paar Schritte zurück und führte das Schwert in einem Kreuzmuster durch die Luft. Ich hatte keine Ahnung von Schwertern, aber es schien eine vorzügliche Waffe zu sein. Nicht zu schwer und gut ausbalanciert.

»Es ist wunderbar«, sagte ich.

Little John streckte den Arm aus und nahm das Schwert vorsichtig in die Hand.

»Nimm das Heft tiefer in die Faust, etwa so«, sagte er. »Pass auf, dass deine Hand eng an den Parierstangen anliegt, damit sie geschützt ist. Komm, ich zeige es dir.«

Und so erteilte mir Little John meine erste kurze Lektion im Schwertkampf und lehrte mich, die Waffe korrekt zu handhaben, damit ich mich nicht versehentlich selbst damit verletzte.

Nach nur wenigen Minuten tat mir von diesen Übungen schon der Arm weh, und ich erklärte Little John, dass ich nun mit Ohnefurcht wieder zur Komturei zurückmusste. Zu meiner Überraschung nahm er eine Scheide von der Werkbank, schob das Schwert hinein und hielt es mir wieder hin. »Es gehört dir«, sagte er.

Mir blieb der Mund offen stehen. »Was? Nein, Sir, das kann ich auf keinen Fall annehmen.«

Little John lachte, streckte die Hand nach der Börse aus, die mir Sir Thomas mitgegeben hatte, und ließ den Beutel in einer Tasche seiner Schürze verschwinden. »Siehst du, du hast mich ja schon bezahlt! Sir Thomas gibt immer ein Schwert bei mir in Auftrag, wenn er einen neuen Knappen hat. Dieses hier hat er schon vor ein paar Monaten bestellt, und ich habe daran gearbeitet, seitdem sein letzter Knappe den Orden verlassen hat.«

»Sir, ich weiß gar nicht, was ich sagen soll«, stotterte ich. »Habt Dank. Ich danke Euch sehr. Es ist eine wunderbare Waffe. Ich weiß Eure Mühe zu schätzen.«

»Es war mir ein Vergnügen, Tristan. Noch ein Rat: Behalte dieses Schwert immer bei dir. Wenn du wieder einmal auf ein paar Tunichtgute triffst, so wie heute, dann zögere nicht, es zu gebrauchen. Reinige und schärfe es regelmäßig. Halte es in Ehren, und es wird auch dir Ehre machen.« Er lächelte.

»Das werde ich tun, Sir. Ich verspreche es. Und noch einmal vielen Dank. Doch jetzt, wenn Ihr gestattet, muss ich zurück zur Komturei. Sir Thomas wird schon auf mich warten. Wir haben noch viel zu tun, bevor wir in See stechen.«

»Dann viel Glück, Tristan. Sir Thomas ist einer der besten Männer, die ich je gekannt habe. Als sein Knappe wirst du deinen Weg machen. Hör auf alles, was er dich lehren kann. Vertrau ihm. Und noch einmal alles Gute. Ich hoffe, dass wir uns eines Tages wiedersehen.«

Little John winkte mir nach, als ich die Straße entlangging. Alle paar Schritte berührte ich das Heft des Schwerts, das nun an meinem Gürtel hing. Vor meinem geistigen Auge sah ich mich schon, wie ich Sir Thomas und den Templern mit hocherhobenem Schwert in die Schlacht folgte.

Als ich das Gewimmel auf dem Marktplatz wieder erreicht hatte, bemerkte ich, dass die königliche Garde dort immer noch Präsenz zeigte. Tatsächlich waren nun sechs der Gardesoldaten zu sehen, und sie hielten ganz eindeutig Ausschau nach mir. Ich konnte mir ihr Interesse an meiner Person nicht erklären, aber etwas an ihrer Haltung beunruhigte mich. Ich beschleunigte meinen Schritt, kam aber wegen des mittäglichen Gedrängels nicht recht voran. Es ist nicht leicht, einen Hengst schnell durch solche Menschenmassen zu steuern.

Als ich in die Straße einbiegen wollte, die zur Komturei führte, fand ich mich von der Menge eingekeilt. Ich fasste Ohnefurchts Zügel kürzer, damit er nicht scheute, aber verglichen mit dem Lärm und dem Chaos eines Schlachtfelds schien ihm der Marktplatz nicht das Geringste auszumachen.

Aus dem Augenwinkel bemerkte ich, wie zwei Gardesoldaten zu mir aufschlossen und mir in gleichbleibendem Abstand folgten.

Die Menschenmenge machte einen Heidenlärm, und ich kam nur schwer voran. Als ich mich an einer Reihe von Verkaufsständen entlangarbeitete, drängte sich ein Mann, der einen Karren voll Gemüse schob, dicht vor uns über die Straße, und ich musste Ohnefurcht zum Stehen bringen und warten, bis der Weg wieder frei war.

Ich konnte also nicht weiter und wollte mich gerade nach den Gardesoldaten direkt hinter mir umdrehen, als ich inmitten des Lärms auf dem Marktplatz ein Geräusch hörte, dass mich vor Furcht erstarren ließ: das unverkennbare Klirren eines Schwerts, das aus seiner Scheide gezogen wird.

KAPITEL ELF

Ich hatte schon die Hand am Schwertgriff, zögerte aber noch. Ich konnte mich nicht entscheiden, ob ich mich meinen Angreifern stellen oder die Flucht ergreifen sollte. Ich spürte, dass gleich etwas Schreckliches passieren würde, als der Mann mit dem Gemüsekarren auf einmal den Weg freigab und wie aus dem Boden gewachsen Sir Basil vor mir stand.

»Tristan!«, dröhnte seine Stimme über den Straßenlärm hinweg. »Ich habe mich schon gefragt, wo du steckst!«

Ein Gefühl der Erleichterung ergriff mich. Ich warf rasch einen Blick über die Schulter und stellte fest, dass die königliche Garde spurlos verschwunden war, als wären die Soldaten in der Menge untergetaucht. Mein Atem beruhigte sich wieder, aber die Angst ließ mich immer noch frösteln. Warum waren sie mir gefolgt? Und, was noch beängstigender war, wollten sie mich wirklich angreifen?

Waren sie geschickt worden, um mich zu verhaften? Hatte ich während unserer kurzen Unterhaltung etwas gesagt, das den König gegen mich aufgebracht hatte? Ich hatte keine Antwort auf diese Fragen.

»Sir Thomas wünscht, dass du dich unverzüglich wieder in der Komturei einfindest«, sagte Sir Basil.

Einen Moment lang überlegte ich, ob ich ihm von der Garde und von dem Geschehen auf dem Marktplatz erzählen sollte, doch dann musste ich mir eingestehen, dass ich keine wirklichen Beweise für mein Erlebnis hatte. Vielleicht hatte ich mich ja auch geirrt? Ich stand einen Augenblick stumm da und versuchte mir über die Sache klar zu werden. Sir Basil bemerkte meinen verwirrten Gesichtsausdruck. »Was ist denn los, mein Lieber?«, fragte er.

»Ich … Ich dachte, ich … Nichts, Herr. Nichts. Ich gehe sofort zur Komturei zurück«, stammelte ich.

»Sir Thomas wartet schon auf dem Übungsfeld auf dich«, sagte Sir Basil, zwinkerte mir zu und ging weiter, um sich wieder den unbekannten Angelegenheiten zu widmen, die ihn hierhergeführt hatten. Mir gelang es, mit Ohnefurcht im Schlepptau ohne weitere Zwischenfälle die Komturei zu erreichen. Ich dachte darüber nach, ob ich Sir Thomas berichten sollte, was sich auf dem Marktplatz zugetragen hatte. Doch als ich am Übungsfeld ankam, beschloss ich, es für mich zu behalten. In der Tat würde es mir schwerfallen, überhaupt einen der Gardisten, die mir heute gefolgt waren, zu identifizieren. Vielleicht würde ich es ihm später erzählen, wenn ich Zeit gehabt hatte, mir die ganze Sache noch einmal durch den Kopf gehen zu lassen.

Das Übungsfeld lag hinter der Komturei, nicht weit von unserem Quartier. Ich sah zu, wie ein Ritter mit seinem Pferd trainierte und im Slalom durch eine Reihe Pfosten preschte, die in den Boden eingeschlagen waren. Schließlich hob sich der Ritter, der eine Lanze mit stählerner Spitze führte, leicht in den Steigbügeln. Er spornte sein Pferd an, hielt die Lanze fest an seine Rippen gedrückt und stieß sie durch einen Stahlring, der an einer Zielscheibe hing. Der Ring löste sich von dem Faden, mit dem er befestigt war, und rutschte an der Lanze hinunter, die der Ritter nun in den Himmel reckte. Er zügelte sein Pferd und trabte zur Zielscheibe zurück. Dann senkte er die Lanze, und sein Knappe trat vor, streifte den Ring ab und band ihn wieder an den Pfosten.

»Gut gemacht, Bruder Wesley«, rief Sir Thomas.

Dann fiel sein Auge auf mich. »Da bist du ja. Ich sehe, Little John hat dir mein Geschenk überreicht.«

»Herr, ich hatte ja keine Ahnung. Ich bin nicht sicher, ob ich eine solche Gabe annehmen kann.«

Sir Thomas hob die Hand. »Nur kein weiteres Aufheben, mein Junge. Du bist mein Knappe. Es ist meine Pflicht, dafür zu sorgen, dass du ordentlich ausgerüstet bist. Das Schwert gefällt dir also?«

»Ja, Herr, es ist eine wunderbare Waffe«, sagte ich.

Sir Thomas strahlte mich an. »Sehr schön. Ausgezeichnet. Nun gut, dann ist das jetzt wohl der ideale Zeitpunkt, um mit deiner Unterweisung im Waffenhandwerk zu beginnen. Folge mir.«

In einer Ecke des Feldes stand ein Gestell voller Waffen. Sir Thomas zog ein mächtiges Kriegsschwert hervor und reichte es mir. Es war länger und schwerer als mein eigenes Schwert, und ich hatte Mühe, es hochzuheben, geschweige denn, es dort zu halten.

»Du wirst viel üben müssen, um Kraft in deinen Armen und deinem Oberkörper zu bekommen«, sagte er. »Ein Schlachtfeld ist ein ungeeigneter Ort, um herauszufinden, dass du etwas im entscheidenden Moment nicht heben oder bewegen kannst.«

Sir Thomas hängte das Kriegsschwert wieder in das Gestell, nahm stattdessen zwei hölzerne Übungsschwerter heraus und reichte mir eines davon.

»So musst du es halten«, sagte er. Er streckte das Heft des Schwerts vor, damit ich sehen konnte, wie sich seine beiden Hände darumschlossen. Der Zeigefinger der linken Hand lag leicht über dem kleinen Finger der rechten. Ich ahmte den Griff nach und hielt mein Schwert in Kampfstellung vor mir.

So begann also meine Ausbildung im Schwertkampf. Sir Thomas

war ein meisterhafter Fechter, und nach einer Weile war ich übersät mit Striemen und blauen Flecken von dem Holzschwert, mit dem er auf mich einprügelte. Es zuckte vor und zurück wie die Zunge einer Schlange. Wenn es mir tatsächlich einmal gelang, einen seiner Stöße zu blocken oder zu parieren, dann haute er es mir gleich darauf zweimal oder dreimal umso schneller um die Ohren.

Von diesem Augenblick auf dem Feld an wurden Waffenübungen und Arbeit mein einziger Lebensinhalt. Während der nächsten Wochen tauchte ich ganz in die Welt der Templer ein und lernte schnell, was man von mir erwartete. Wie in meinem früheren Leben gab es unendlich viele Arbeiten zu verrichten. Doch schon nach den ersten Tagen hatte ich den Unterschied erkannt: Wo die Mönche einzig darauf aus waren, ihren Acker zu bestellen und zu Gott zu beten, drehte sich bei den Templern alles um den Kampf. Tatsächlich sagte Sir Basil, das Leben eines Tempelritters sei in drei Stufen eingeteilt – die Vorbereitung auf den Kampf, den Kampf selbst und die Vorbereitung auf den nächsten Kampf.

Meistens bekamen wir Knappen unsere Waffenausbildung am Nachmittag. Es war während einer solchen Lektion, dass Sir Hugh einen weiteren Versuch unternahm, mich zu demütigen.

Wir übten gerade mit den Holzschwertern, unter den wachsamen Augen von Hauptsergeanto LeMaire. Er war ein untersetzter, aber kräftig gebauter Mann, ein strenger Zuchtmeister auf dem Übungsfeld, doch ein hervorragender Lehrer. An diesem Tag ließ er uns eine Serie von Hieben und Stößen üben und teilte uns dann paarweise zu Sparringskämpfen ein. Mein Partner war Quincy.

Sir Hugh kam die Reihen der Knappen entlangstolziert, als sei er ein General, der seine Truppen inspiziert. Zuerst dachte ich, er würde mich übersehen, da er angehalten hatte, um die Kampftechnik zweier anderer Knappen zu korrigieren. Ich beobachtete ihn aus dem Augenwinkel und musste zugeben, dass Sir Hugh ein ausgezeichneter Schwertkämpfer war, womöglich ebenso gut wie Sir Thomas. Er war elegant und geschmeidig, und ich begriff, dass er in einem Kampf ein fürchterlicher Gegner sein würde. Während er näher kam, übten Quincy und ich weiter und versuchten, seine Gegenwart zu ignorieren, in der Hoffnung, er würde weitergehen. Aber bald schon stand er neben uns und sah uns beim Sparring zu.

Quincy führte mit seinem Holzschwert einen Stich nach mir. Ich trat vor, hieb mit der aufrecht gehaltenen Klinge nach rechts und blockierte seinen Stoß, wie man es mir beigebracht hatte. Er machte einen Schritt zurück und wollte wieder angreifen, doch Sir Hugh unterbrach uns.

»Das war die erbärmlichste Parade, die ich jemals gesehen habe«, sagte er.

Seine Worte verletzten mich, aber ich wollte mir das nicht anmerken lassen. »Vergebt mir, Herr. Mir fehlt noch die Übung«, sagte ich.

»Keine Ausreden. Wir sind hier, um zu kämpfen. Wenn du das nicht kannst, bist du für uns ohne Nutzen. Ein schwaches Glied in der Kette, so wie du eines bist, kann uns alle das Leben kosten.« Sir Hughs Augen bohrten sich in meine, aber ich weigerte mich, auf seinen Köder hereinzufallen. »Dann werde ich so lange üben, bis ich das stärkste Glied bin, Herr«, sagte ich.

Sir Hugh schnaubte verächtlich. »Gib mir dein Schwert«, sagte er zu Quincy.

Quincy war sich einen Moment lang unsicher, was er tun sollte, aber dann übergab er die Waffe eingeschüchtert an Sir Hugh.

»Greif mich an«, befahl er mir.

Ich stand reglos vor ihm.

»Im Namen Gottes, Junge, ich habe dir einen Befehl erteilt! Greif an!«, brüllte er.

Ich machte einen halbherzigen Ausfall mit meiner Waffe. Blitzartig parierte er meinen Stoß, holte aus und versetzte mir hämisch grinsend einen wuchtigen Schlag auf den rechten Oberarm. Mein Arm wurde sofort taub, und ich schrie auf vor Schmerz.

»Deine Deckung taugt gar nichts«, sagte er. »Wenn das hier ein echtes Schwert wäre, läge dein Arm jetzt im Staub. Greif wieder an.«

Mein rechter Arm war unterhalb des Ellenbogens vollkommen gefühllos, und ich konnte das Schwert nicht vernünftig halten. Mein Schmerzensschrei hatte die Übungskämpfe der anderen Knappen zum Stillstand gebracht, und sie und Sergeanto LeMaire blickten verblüfft zu uns herüber und warteten ab, was als Nächstes geschehen würde.

»Herr, mein Arm …«, sagte ich.

»Führ schon meinen Befehl aus, Junge! Greif an!« Sir Hugh wartete gar nicht erst ab, bis ich mich rührte, sondern machte einen Riesensatz nach vorn, schwang das Holzschwert hoch in die Luft und ließ es mit aller Macht auf mich niedersausen. Ich hatte kaum einen Sekundenbruchteil, um meine Waffe, die ich nur in der linken Hand hielt, nach oben zu reißen und sie in Position für einen Block zu bringen.

Sir Hughs Schwert fuhr pfeifend herab und traf mit einem lauten Krachen auf meines. Da ich nur mit einer Hand kämpfte, konnte ich es nicht gänzlich aufhalten. Sein Schlag landete auf meiner rechten Schulter, und ich hörte ein schreckliches knirschendes Geräusch.

Dieses Mal schrie ich noch lauter. Ich war sicher, dass meine Schulter gebrochen war. Das Schwert fiel mir aus der Hand, und ich blickte entsetzt auf meinen rechten Arm, der jetzt vollkommen nutzlos an meiner Seite hing. Die Tränen schossen mir in die Augen, aber ich tat alles, was ich konnte, um sie zurückzuhalten. Diese Genugtuung wollte ich Sir Hugh nicht geben.

»Das war hundsmiserabel. Völlig misslungen! Du hast für den Kampf nicht das geringste Talent«, sagte Sir Hugh. »Das sind nur Übungswaffen, und nicht einmal damit kannst du umgehen. Was willst du anfangen, wenn dich jemand mit einer echten Waffe angreift?«

Zu meinem Entsetzen ließ Sir Hugh das hölzerne Übungsschwert auf die Erde fallen. Fassungslos sah ich, wie er sein Kriegsschwert aus der Scheide an seinem Gürtel zog und begann, es vor mir durch die Luft zu schwingen.

»Das hier ist kein Spiel, Dummkopf. Das ist Krieg. Wir ziehen in die Schlacht. Was tust du, wenn es keine Übung mehr ist? Was tust du, wenn es ernst wird?«

Er umkreiste mich und schwang dabei das Schwert hin und her. Mit jedem Mal kam er näher an mein Gesicht. Ich blickte mich hastig um. Die Knappen sahen uns weiter schweigend zu. Sergeanto Le-Maire wirkte besorgt, aber da Sir Hugh sein höchster Vorgesetzter war, konnte er wenig tun.

»Sir Hugh …«, bat er.

»Still, Sergeanto!«, herrschte Sir Hugh ihn an.

Mit hocherhobenem Schwert drang er auf mich ein. Ich sah, wie es im Bogen auf mich herunterschwang, und konnte gerade noch zur Seite springen. Die Waffe durchschnitt die Luft genau an der Stelle, wo ich eben noch gestanden hatte.

Er ging im Halbkreis um mich herum und hob wieder das Schwert über den Kopf. Als sich seine Arme senkten, warf ich mich zur Seite, stolperte aber über das Holzschwert, das ich fallen gelassen hatte. Ich stürzte zu Boden und konnte mich gerade noch auf den Knien abfangen. Sir Hughs Schwert sauste über meinen Kopf hinweg.

Er drehte sich mit dem Schwung und trat dann vor, um mir den Rest zu geben. Wieder hob er das Schwert und holte weit aus. In diesem Moment sah ich meine Chance.

Mit der linken Hand griff ich nach dem Übungsschwert. Als er auf mich zukam, schob ich es ihm rasch zwischen die Knöchel. Es funktionierte prächtig. Er stolperte über die Holzklinge und schlug der Länge nach zu Boden. Sir Hugh entfuhr ein Aufschrei der Überraschung, und sein Mantel flog ihm über Kopf und Schultern.

Ich raffte mich schnell vom Boden auf, während er brüllte und fluchte. Er sprang gleich wieder auf, mit feuerrotem Gesicht und Augen, die Blitze auf mich abschossen. Ich konnte mir ein Grinsen nicht verkneifen, worauf seine Gesichtsfarbe von Feuerrot ins Purpurfarbene wechselte.

Die Brüder von St. Alban hatten mich gelehrt, stets die andere Wange hinzuhalten. Auch hätte ich an meinen niedrigen Rang denken sollen. Er war der Marschall, und ich war ihm den Respekt schuldig, der seinem Amt gebührte. Aber ich konnte nicht anders. Ich hatte diesem Mann doch nichts getan, womit ich diese Behandlung verdient hätte.

»Vielleicht bin ich ja doch nicht das schwächste Glied in der Kette, Sir Hugh«, sagte ich. Die anderen Knappen reagierten darauf mit einem nervösen Lachen. Sogar Sergeanto LeMaire kicherte hinter vorgehaltener Hand.

»Du glaubst wohl, du bist besonders komisch? Du glaubst, das hier ist ein Spiel? Ich habe genug von dir und deinen frechen …« Sir

Hugh verstummte und hob wieder das Schwert. Ich duckte mich und machte mich bereit, wieder auszuweichen.

Als Sir Hugh das Schwert über den Kopf hob, erschien hinter ihm eine riesige Hand und entriss ihm die Waffe ohne viel Federlesens. Es war Sir Basil. Sir Hugh taumelte nach vorne, blieb schon wieder an dem Übungsschwert hängen und landete abermals wie ein nasser Sack im Dreck.

Das Nächste, was ich sah, war Sir Thomas, der neben ihm kniete. Sir Hugh rollte sich auf den Rücken und wollte aufstehen, aber Sir Thomas legte ihm eine Hand auf die Brust und drückte ihn zu Boden. Sir Basil stand ein paar Meter neben ihnen und wirbelte das Schwert in seinen Riesenpranken. In seinen Händen sah es aus wie ein Spielzeug.

»Was soll das bedeuten? Nehmt Eure Hand von mir!«, sagte Sir Hugh.

Sir Thomas sprach ganz leise. So leise, dass Sir Hugh, Sir Basil, Quincy und ich die Einzigen waren, die ihn hören konnten.

»Wisset dies«, sagte er, und es klang so, als könne er seinen Zorn nur mühsam beherrschen. »So etwas wird nie wieder vorkommen. Habe ich mich klar ausgedrückt? Ihr werdet Euch unter keinen Umständen nochmals meinem Knappen nähern. Solltet Ihr es doch tun, sollte ihm irgendetwas zustoßen, sollte er auf irgendeine Weise verletzt werden und sollte ich herausfinden, dass Ihr der Anlass dafür wart, so werde ich Euch zur Strecke bringen. Ihr werdet diesem Jungen kein Leid antun. Nickt mit dem Kopf, wenn Ihr mich verstanden habt.«

Sir Hughs Gesicht war kalt wie ein Stein, und seine Augen sprühten Gift. Er sah mich an, dann Sir Thomas, und zischte: »Ihr seid ein Narr. Ich weiß Bescheid, Sir Thomas. Verlasst Euch darauf. Wir wissen beide, wer er ist. Ihr denkt, Ihr könnt ihn beschützen? Ha. Ich glaube kaum.«

Sir Thomas legte den Kopf schräg, und seine Augen bohrten sich ganz kurz in die von Sir Hugh. Ich spürte, wie sich mein Magen zusammenkrampfte, und vergaß für einen Moment die Schmerzen in meinem Arm und meiner Schulter. Plötzlich bekam ich kaum noch Luft. Was meinte Sir Hugh? Wusste er etwas über meine Herkunft?

»Ihr wisst nichts, Sir Hugh. Gar nichts. Und um es noch einmal klarzustellen, dieser Junge steht von nun an unter meinem Schutz. Ich habe ein Auge auf Euch, Sir Hugh. Meine Männer ebenfalls. Wenn ihm irgendetwas passiert, seid Ihr der Erste, den ich zur Verantwortung ziehe.« Sir Thomas packte Sir Hugh am Mantel und zog ihn ganz dicht an sein Gesicht. »Habt Ihr mich verstanden?«

Sir Hughs Augen wurden schmal. Er sah nicht so aus, als fürchtete er sich, aber er wusste, dass Sir Thomas, zumindest für den Augenblick, die Oberhand hatte. Er nickte kaum erkennbar.

»Ausgezeichnet«, sagte Sir Thomas. »Und jetzt werde ich Euch auf die Beine helfen, und Sir Basil gibt Euch Euer Schwert zurück. Ihr werdet es nehmen und das Feld verlassen. Wenn Ihr es jemals wieder gegen Tristan erhebt, solltet Ihr es am besten auch gleich gegen Euch selbst richten, denn es wird das Letzte sein, was Ihr jemals auf dieser Erde tun werdet. Sind wir uns so weit einig?«

Sir Hugh sagte nichts, er nickte nur noch einmal kurz. Sir Thomas stand auf und zog dabei Sir Hugh vom Boden hoch. Der drängte sich an Sir Thomas vorbei, riss Sir Basil sein Schwert aus der Hand und stürmte vom Feld.

»Sergeanto, fahrt mit den Übungen fort«, sagte Sir Thomas. Die Knappen drehten sich sofort um und machten weiter, als ob nichts geschehen wäre.

»Tristan, bist du verletzt?«, fragte Sir Thomas.

»Nicht ernsthaft, Herr«, sagte ich. »Ich glaube nicht, dass etwas gebrochen ist. Aber es tut ganz schön weh.«

Sir Thomas tastete meine Schulter ab, und ich zuckte zusammen. »Es fühlt sich nicht gebrochen an«, sagte er.

»Tristan, es tut mir leid, ich wusste nicht, was ich tun sollte«, sagte Quincy. Er sah mich mit niedergeschlagenen Augen an, als würde er jeden Augenblick in Tränen ausbrechen.

»Es ist nicht deine Schuld, Quincy. Du kannst nichts dafür. Mach dir keine Gedanken«, sagte ich. Er lächelte mich dankbar an.

»Das stimmt, Quincy. Dich trifft keine Schuld hier. Die liegt einzig und allein bei Sir Hugh«, sagte Sir Basil. Er strahlte mich an. »Tristan, ich habe gesehen, wie du dich verteidigt hast. Sehr einfallsreich.«

»Herr, ich bedaure, dass es meinetwegen zu diesem Streit gekommen ist«, sagte ich.

»Unsinn!«, fiel mir Sir Thomas ins Wort. »Ich bin froh, dass du nicht ernsthaft verletzt bist. Sir Basil? Würdet Ihr und Quincy uns einen Moment entschuldigen?«

Sir Basil nickte und ging zusammen mit Quincy vom Feld.

»Tristan, sag mir ganz genau, was passiert ist. Ich habe ja nur das Ende mitbekommen«, sagte er.

Während wir das Feld verließen, berichtete ich ihm, wie Sir Hugh meine Fechttechnik bemängelt und versucht hatte, mich so lange zu reizen, bis ich etwas tat, das ihm einen Grund geben würde, mich anzugreifen. Als wir an ihnen vorübergingen, unterbrachen Sergeanto LeMaire und die anderen Knappen ihr Training und klatschten Beifall. Ein paar Pfiffe und »Heil, Tristan« waren zu hören.

»Wie gut, dass Sir Hugh das nicht hört«, sagte Sir Thomas lachend.

Das war wohl wirklich besser so. Sir Thomas bog ab, als wolle er wieder zurück in die Komturei.

»Herr?«

»Ja?«

»Was hat Sir Hugh gemeint? Als er sagte, er weiß, wer ich bin? Und Ihr habt gesagt, dass ich von nun an unter Eurem Schutz stehe?«

Sir Thomas sah mich mit seinem gewohnten Lächeln an. Aber seine Augen sagten etwas anderes. Ich wusste nur nicht, was. Sie wichen meinem Blick aus, und zum ersten Mal, seit wir uns kannten, sah mir Sir Thomas nicht offen ins Gesicht.

»Tristan, Sir Hugh ist ein Idiot. Ich habe einfach gemeint, dass ich als Ritter meinen Knappen verteidigen und ihn vor allen Gefahren beschützen werde. Wer weiß, was er sich sonst noch gedacht hat?«

Ich nickte, war aber immer noch unsicher und blieb auf dem staubigen Feld stehen, um diese verwirrenden Ereignisse zu verarbeiten. Sir Thomas wandte sich wieder ab, um zu gehen, hielt aber dann nochmals an.

»Weißt du, er mag ein arroganter Narr sein, aber er ist ein gefährlicher Mann, dem man nicht trauen darf. Niemals. Ich befehle dir, ihm aus dem Weg zu gehen. Geh nicht in die Nähe von Sir Hugh, niemals und unter keinen Umständen. Ganz besonders nicht alleine, ist das klar?«

»Ja, Herr«, sagte ich.

Dann ließ mich Sir Thomas stehen, und während ich mich bemühte, all das, was ich gerade gesehen und gehört hatte, zu verstehen, sah ich die ganze Zeit seine Augen vor mir.

Augen, in denen zu lesen gewesen war, dass es in dieser Sache noch viel zu sagen gab.

KAPITEL ZWÖLF

Mai 1191
DOVER, ENGLAND
Aufbruch nach Outremer

Nach den Geschehnissen auf dem Übungsfeld hatte Sir Thomas plötzlich deutlich weniger Zeit für mich und bat die Sergeantos und sogar einige der anderen Ritter, meine Ausbildung zu übernehmen. Ich hatte den Verdacht, dass er mir aus dem Weg ging. Vielleicht, weil er Angst hatte, dass ich ihm weitere Fragen stellen würde. Und wenn wir uns tatsächlich einmal sahen und miteinander sprachen, ließ er mich deutlich spüren, dass das Thema für ihn erledigt war. In den ersten Tagen dachte ich kaum an etwas anderes als an Sir Hughs Enthüllungen – wenn man sie denn so nennen konnte –, aber schließlich ging mir auf, dass es stimmte, was Sir Thomas gesagt hatte: Der Mann war ein Narr. Wahrscheinlich wusste er überhaupt nichts von mir und meiner Herkunft und wollte mich lediglich aus purer Grausamkeit mit seinen seltsamen Andeutungen quälen.

Die nächsten Tage vergingen jedenfalls wie im Flug. Als wollte Sir Thomas mich davon abhalten, weiter über Sir Hughs Worte nachzugrübeln, überschüttete er mich mit Arbeit. Jeden Morgen hatte der Hauptsergeanto eine noch längere Liste von Aufgaben für mich, und bei all der Arbeit und dem Waffentraining fiel ich jeden Abend völlig erschöpft auf meinen Strohsack und hatte keinerlei Energie mehr, noch an etwas anderes als an Schlaf zu denken.

Drei Wochen später kamen sechs mächtige Templergaleeren, die heimkehrende Kreuzfahrer an Bord hatten, im Hafen an. Das waren die Schiffe, die uns ins Heilige Land bringen würden. Die Schiffe hatten sich auf ihrer Rückreise von Outremer verspätet, und ihre Ankunft löste in der Stadt beträchtliche Aufregung aus. Die Menschen versammelten sich im Hafenviertel, um die Rückkehrer gebührend zu begrüßen. Die Nachrichten aus dem Heiligen Land wurden eifrig verbreitet und diskutiert. Offensichtlich unternahm Saladin von Jerusalem aus massive Vorstöße auf die Küstenstädte. Ich erfuhr, dass unser Heer in der Nähe einer Stadt namens Akkon an Land gehen würde. Von dort aus würden wir versuchen, Saladin zurück in die Wüste zu drängen. König Richard war entschlossen, den Sultan nach Süden zu treiben und Jerusalem zurückzuerobern.

Der König war schon bald nach dem Empfang in der Burg aus Dover abgereist. Sir Thomas sagte, er sei nach London unterwegs und dass seine Flotte von Portsmouth auslaufen würde. Ich war noch nie im Leben an Bord eines Schiffes oder auch nur auf einem Boot gewesen, und nun würde ich als Teil der königlichen Flotte über das Meer segeln!

Am Morgen der Abfahrt marschierten wir mit Sir Thomas, Sir Basil und dem gesamten Regimento zu den Docks. Nicht alle von uns würden auf die weite Reise gehen. Einige blieben zurück, um die Komturei instand zu halten. Für viele galt es also, Abschied von den Kameraden zu nehmen.

Sir Hugh drängte sich grob an mir, Quincy und den anderen Knappen vorbei, würdigte uns aber keines Blickes. Zügig bestieg er eines der langen Beiboote, und dessen Mannschaft legte sich in die Riemen und ruderte ihn hinaus zu einem der Schiffe, die im Hafen vor Anker lagen.

Sir Thomas stellte sich zu mir. »Bist du bereit, mein Junge?«

»Ja, Herr«, sagte ich.

Und so stiegen wir ebenfalls in ein Langboot. Die Ruderer brachten uns zu unserem Schiff, und ich war sehr erleichtert, als ich merkte, dass wir für ein anderes eingeteilt waren als Sir Hugh. Die Boote legten an den Seiten der Schiffe an, von denen breite Netze herunterhingen. Alle kletterten die Netze hoch und zogen sich über die Reling an Bord.

Ich fand den mir zugewiesenen Platz unter Deck und legte meine Deckenrolle auf die schmale Hängematte, in der ich schlafen würde. Es war sehr eng hier. Die Kojen erstreckten sich über die ganze Länge der Wände. Drei Mann schliefen jeweils übereinander, auf wenig mehr als ein paar Stricken. Ich war froh, die unterste Hängematte erwischt zu haben. Unser Abteil befand sich im Bug, und das einzige Licht kam von ein paar kleinen Schlitzen, die man hoch über der Wasserlinie in die Seitenwände geschlagen hatte. Es war feucht und finster und roch alles andere als sauber. Aber ich schwor mir, dass ich es für die nächsten paar Wochen aushalten würde.

Ich wollte noch einmal die Sonne sehen und ging an Deck zurück, wo Sir Thomas nahe dem Heck mit Sir Basil zusammenstand. Ich stieg die schmale Treppe zum Achterdeck hoch und gesellte mich zu ihnen.

»Herr, wie lange dauert es, bis wir zur königlichen Flotte stoßen?«, fragte ich.

»Wir treffen sie morgen in Portsmouth«, sagte Sir Thomas.

»Und wie lange werden wir dann bis Outremer unterwegs sein?«

»Das hängt ganz vom Wind ab. Die schnellste Überfahrt, von der ich weiß, hat zwei Wochen gedauert. Aber normalerweise würde ich sagen, mindestens drei. Vorausgesetzt, dass wir von allen Schwierigkeiten verschont bleiben«, sagte er verschmitzt.

»Schwierigkeiten? Was für Schwierigkeiten denn?«, fragte ich besorgt.

»Oh, das Übliche. Stürme, Piraten, Angriffe durch feindliche Flotten. Es soll auch schon vorgekommen sein, dass Seeungeheuer uns ein wenig aufgehalten haben«, sagte er.

Piraten? Stürme? Seeungeheuer? Davon hatte mir vorher niemand etwas gesagt. Warum hatte man mir das verschwiegen?

Sir Thomas lachte leise, als er mein bestürztes Gesicht sah. »Nur keine Sorge, mein Junge. Es wird uns schon nichts zustoßen«, sagte er. Aber ich hörte ihn gar nicht, sondern dachte nur an Piraten und Seeungeheuer.

»Es geht los, Tristan, schau nur.«

Mittlerweile hatte unser Schiff die Segel gesetzt und den Anker gelichtet. Ich sah in die Richtung, in die Sir Thomas zeigte, und erblickte die weißen Klippen von Dover in unserem Rücken. Noch nie im Leben hatte ich etwas so Wunderschönes gesehen. Die kreideweißen Klippen erstrahlten im Licht der Sonne. So wie sie sich übergangslos aus dem Meer erhoben, sahen sie aus, als hätte Gott aus dem Himmel nach unten gelangt, um den saubersten und reinsten Teil dieser Welt aus der Erde zu ziehen, damit alle sich daran erfreuen konnten. Die Klippen ragten über der Stadt auf wie eine Festung der himmlischen Heerscharen, und während ich den Anblick tief in mich aufnahm, hatte ich jeden Gedanken an Piraten schon bald vergessen.

Ich sah zu, wie die Klippen kleiner wurden, als wir nach Süden in den Ärmelkanal fuhren. Hier war die See rauer, aber auch der Wind war stärker, und wir machten gute Fahrt.

Kurz nach Tagesanbruch erreichten wir Portsmouth, wo uns die königliche Flotte begrüßte. Das Flaggschiff von König Löwenherz segelte an der Spitze einer Formation von zwanzig Schiffen aus dem Hafen. Sein Banner mit den drei goldenen Löwen auf scharlachrotem Grund schmückte den Hauptmast und wehte stolz in der Brise.

Das heißt, wenigstens hat man es mir später so erzählt. Ich sah nichts von all dem, denn ich lag unter Deck auf meiner Hängematte. Ich wälzte mich hin und her und musste mich ständig übergeben. Ich hielt mir den Bauch und wünschte, ich wäre tot.

Ich bin immer gesund gewesen und hatte mich so gut wie nie mit den Krankheiten angesteckt, die die Mönche in der Abtei gelegentlich heimsuchten. An jenem Tag jedoch glaubte ich, nun für das alles bezahlen zu müssen. Noch nie hatte ich mich so elend gefühlt. Bei jeder Bewegung des Schiffs drehte sich mir der Magen um, und sogar die Augen in ihren Höhlen taten mir weh. Ich lag in der schaukelnden Hängematte und gelobte Gott, dass ich tun würde, was immer er von mir verlangte, wenn er es nur schaffte, dass das Schiff nicht mehr hin und her und auf und nieder schwankte.

Quincy war es, der mir von dem Treffen der Flotten erzählte und von der imposanten Schiffsformation, die nun nach Outremer aufbrach. Die Bewegung des Schiffs schien ihn nicht im Geringsten zu stören. Er besuchte mich oft im Laderaum, wo ich auf meinem Lager kaum den Kopf heben konnte, und hielt mich über die täglichen Ereignisse auf dem Schiff auf dem Laufenden.

Endlich, am dritten Tag, beruhigte sich mein Magen ein wenig, und ich schleppte mich an Deck und blinzelte in die Sonne wie ein Maulwurf. Das Deck vor mir hob und senkte sich regelmäßig, und schon wurde mir wieder schlecht. Ich klammerte mich an die Reling und wartete, bis der Anfall von Übelkeit nachlassen würde. Es tat gut, die frische und reine Luft einzuatmen. Doch auf eine Karriere als Seemann würde ich wohl verzichten müssen.

Sir Thomas fand mich, wie ich mich verzweifelt an die Reling krallte.

»Fühlst du dich etwas besser?«, erkundigte er sich.

»Ich hoffe nur, dass ich nie wieder zur See fahren muss«, sagte ich.

»Ach was. Sei froh, dass wir nicht den Landweg nehmen. Das dauert Monate. Endloses Reiten. Staub in der Kehle. Brennende Sonne. Eiskalter Regen. Den Hintern wund vom Sattel. Glaub mir, das hier ist weitaus besser«, sagte er.

»Wenn Ihr meint, Herr«, antwortete ich und fühlte mich immer noch sterbenskrank. Sir Thomas lächelte gutmütig über meine Leiden und machte sich davon.

Die meiste Zeit auf dem Schiff war es schrecklich langweilig. Wir befanden uns oft außer Sichtweite des Festlandes, und es war nichts zu sehen außer Wasser. Und immer nur Wasser. Man konnte wenig tun, nur schlafen oder an Deck auf und ab gehen. An einigen Tagen übernahm ich sogar eine Schicht an den Rudern, nur um eine Beschäftigung zu haben.

Auf dem Mittelmeer wurde der Wind dann kräftiger, und das Schiff glitt schneller über das Wasser. Als wir die Meerenge von Gibraltar passierten, sah ich den mächtigen Felsen, der schon seit Anbeginn der Zeit diese Durchfahrt bewachte. Ein paar Tage nachdem wir den Felsen hinter uns gelassen hatten, umsegelten wir die Insel Zypern, hielten uns aber nicht weiter auf, weil der König so schnell wie möglich Akkon erreichen wollte.

Auf den Tag genau drei Wochen nachdem wir Dover verlassen hatten, erreichten die Schiffe das Festland – einen Tagesritt westlich von Akkon. Hier wurde die Küste flacher und bildete einen natürlichen Hafen. Wir mussten mit den Pferden an Land schwimmen und brauchten zwei volle Tage, um die ganze Fracht und alle Vorräte von den Schiffen abzuladen. Meine Beine fühlten sich an wie zwei steinerne Säulen, als ich nach fast drei Wochen auf See zum ersten Mal wieder festen Boden betrat. Ich wollte zuerst die Erde küssen, beließ es dann aber doch bei der Freude darüber, dass sie sich nicht bewegte, wenn ich ging.

Ich wusste nicht genau, was ich mir von Outremer erwartet hatte, aber die Landschaft überraschte mich. Ich hatte die Ritter von der ausgedörrten Wüste reden hören und betrachtete nun erstaunt das Küstengebiet, das zwar felsig war, aber auch üppig mit grünen Bäumen und Sträuchern bewachsen. Das Klima war selbstverständlich wärmer als in England, doch in vielerlei Hinsicht erinnerte mich die Gegend an Dover, nur dass die Klippen hier aus Stein und nicht aus Kreide waren.

Wir schlugen unser Lager direkt auf dem Sand auf. Innerhalb eines Tages erhob sich am Strand eine Stadt aus Soldatenzelten, von denen jedes das Banner eines Regimentos oder eine Kriegsfahne hisste. Riesige Kochfeuer wurden angefacht, und ich liebte es, des Nachts den glühenden Funken zuzusehen, wie sie in den Himmel emporschwebten. Es war, als trüge jeder von ihnen eine Botschaft zu Gott. Die Templer feierten beim Schein der Feuer die Heilige Messe und verbrachten Stunden mit Gesang und Geschichtenerzählen. So erwarteten wir unseren Marschbefehl.

Das Zelt, das dem König als Hauptquartier diente, war nur ein paar Meter von meinem Schlafplatz entfernt. Ab und zu sah ich ihn davorstehen, an einem Tisch, der mit Landkarten und anderen Dokumenten bedeckt war. Er verbrachte Stunden mit seinen militärischen Beratern. Pläne wurden ausgearbeitet und Schlachtordnungen festgelegt. Im Lager verbreitete sich die Kunde, dass Sarazenen in der Nähe wären.

Wir verbrachten die folgende Woche damit, uns zu organisieren, auszuruhen und uns auf den Zug gegen Akkon vorzubereiten. Als die Pferde sich erholt hatten und wieder an festen Untergrund gewöhnt waren, erging der Befehl, auszurücken. Quincy und ich gingen mit den anderen Knappen die Pferde unserer Ritter holen, die mit zusammengebundenen Vorderbeinen am Strand bereitstanden. Quincy wirkte ganz ruhig und pfiff leise vor sich hin, während wir die Sättel und das Zaumzeug zusammensuchten.

»Bist du denn nicht nervös?«, fragte ich ihn.

»Was? Nervös? Wieso? Ach, natürlich. Du bist ja zum ersten Mal in feindlichem Gebiet. Man gewöhnt sich daran«, sagte er.

»Wirklich?« Das konnte ich mir nicht vorstellen.

»Aber sicher. Du wirst schon sehen. Die Ritter sind alle gut ausgebildet. Sie wissen ganz genau, was sie tun. Alles wird gut.« Er lächelte. Aber ich fand seine Zuversicht nicht ansteckend. Meine Nerven waren bis zum Zerreißen gespannt.

Ich hatte Ohnefurcht schon gesattelt und marschbereit gemacht, als Sir Thomas sich zeigte. Sein Kettenhemd war auf Hochglanz poliert und leuchtete in der Sonne. Ich half ihm, den Rest seiner Uniform anzulegen, und als er vollständig gerüstet war, bestieg er sein Pferd. Ich hielt ihm das Kriegsschwert entgegen, und er schnallte es sich fest um die Hüften. Dann reichte ich ihm die Lanze mit der Eisenspitze und hoffte, er würde nicht merken, wie mir die Hände zitterten. Er rückte sich im Sattel zurecht, hob sich ein paarmal in den Steigbügeln, um eine bequeme Position zu finden, dann saß er still.

»Bist du bereit?«, fragte er mich.

Nein! Ich war höchstens dafür bereit, mich auf dem Schiff zu verkriechen und nach England zurück zu flüchten.

»Jawohl, Herr«, sagte ich.

»Hast du Angst?«, wollte er wissen.

Mehr als das. Ich fürchtete mich zu Tode. Meine Hände bebten, während ich meine Arbeiten verrichtete, und mein Atem ging stoßweise. Es fühlte sich an, als hätte ich einfach nicht genug Luft in der Lunge. Ich hatte das Gefühl, in einen Tunnel zu blicken. Es gab nichts, was mir half, mit der Angst fertig zu werden. Alles, was ich bis dahin gelernt hatte, das Training, die Waffenübungen, war wie weggeblasen. Und doch – ich konnte und durfte Sir Thomas nicht denken lassen, dass er eine Wahl getroffen hatte, die seiner unwürdig war.

»Ein wenig«, antwortete ich.

»Das ist gut, Tristan. Wenn du mir gesagt hättest, dass du keine Angst hast, dann hätte ich dir nicht geglaubt. Das Wichtigste ist, jederzeit wachsam zu sein. Hier in Outremer brechen Schlachten meist schnell und ohne Vorwarnung aus. Halte die Augen offen. Wenn es zum Kampf kommt, konzentriere dich auf deine Pflichten. Es wird oft vorkommen, dass ich meine Lanze verliere oder dass sie bricht. Bleib in der Nähe des Quartiermeisters, und wenn du mich zurückreiten siehst, kommst du mir mit einer neuen entgegen. Du wirst das schon schaffen. Mag sein, dass wir überhaupt keinen Feindkontakt haben. Unsere Kundschafter haben zwar Patrouillen der Sarazenen gesichtet, sind aber noch auf keine nennenswerte Streitmacht gestoßen. Womöglich marschieren wir ohne größeren Widerstand gegen Akkon«, sagte er.

Aus irgendeinem Grund bezweifelte ich das stark. Irgendetwas sagte mir, dass ich bald mein erstes Gefecht erleben würde. Tod lag in der Luft. Wir befanden uns in einem fremden Land, in dem wir als Eindringlinge galten, und nichts und niemand war hier noch so, wie es sein sollte.

Der Befehl zum Abmarsch ertönte. Die Ritter und die gewappneten Brüder setzten sich in Viererreihen in Bewegung. Sie ließen das Lager hinter sich und wandten sich ins Landesinnere, auf das höher gelegene Gebiet zu, das sich am Strand entlang in östlicher Richtung erhob. Die Sergeantos und Knappen bildeten den Schluss. Ich ritt eine Fuchsstute, und Quincy hielt sich an meiner Seite. An meinem Sattel war eine lederne Halterung angebracht, und ich schob eine Ersatzlanze für Sir Thomas hinein.

»Bist du immer noch nervös?«, fragte Quincy.

»Ach, woher denn. In St. Alban mussten wir uns ständig gegen Angriffe anderer Klöster verteidigen. Verglichen mit einer Horde plündernder Benediktinermönche ist das hier gar nichts.«

Quincy starrte mich an und runzelte die Stirn.

»War nur ein Witz. Die Vorstellung, dass ich hier vielleicht meinem Tod entgegenmarschiere, macht mich furchtbar nervös.«

Quincy grinste. »Ich sage dir, meistens passiert gar nichts. Wir verbringen mehr Zeit mit sinnlosem Herumreiten als mit Kämpfen. Und hier hinten kriegen wir sowieso nicht viel mit.«

Um mich abzulenken, versuchte ich, die Größe unseres Heeres abzuschätzen. Bei der Länge der Kolonne war es schwer, auf ein genaues Ergebnis zu kommen. Ich zählte zwölf Templerfahnen. Bei einer Stärke von etwa siebzig Rittern in einem Regimento, zusammen mit den Gewappneten Brüdern, den Sergeantos und den Knappen, kam ich auf fast 2000 Mann. Das schloss natürlich auch die Soldaten der königlichen Garde mit ein, die ja keine Templer waren. Ich wusste, dass die Templer nicht vom Schlachtfeld wichen, wenn sie nicht mehr als drei zu eins unterlegen waren. Der Gedanke, einer Streitmacht von sechstausend Sarazenen gegenüberzustehen, ließ mich vor Angst erstarren.

Wir ritten stundenlang und hielten nur selten an, um die Pferde zu schonen und sie zu tränken. Am Nachmittag, als wir gerade eine niedrige Hügelkette hochgestiegen waren, kam unser Zug plötzlich zum Stehen. Das vordere Ende der Kolonne löste sich auf und geriet durcheinander, man hörte Kommandorufe und Trompetensignale. In all der Verwirrung und dem Krach fing ich ein einzelnes Wort auf, das mein Herz bis zum Hals schlagen ließ.

Sarazenen!

KAPITEL DREIZEHN

Ich lernte schnell, dass der Krieg im Grunde organisiertes Chaos ist und dass er, wie Sir Thomas sagte, meist ohne Vorwarnung über einen hereinbricht.

Im Tal unter uns stand ein großes Heer der Sarazenen. Die Angst in mir wurde bei ihrem Anblick nur größer. Sie sahen prächtig und kampfbereit aus. Ihre Linien schienen sich fast unendlich auszudehnen. Ich hatte Mühe, das alles zu begreifen. Die Sarazenen begannen ihre leuchtenden Kriegsbanner hin- und herzuschwenken. Anders als unsere Fahnen hingen ihre Flaggen waagerecht von langen Stangen, die von berittenen Trägern gehalten wurden. Ich zählte ihre Fahnen – ihre Streitmacht war ungefähr so groß wie unsere. Es war, als wären sie durch Zauberei vor uns aufgetaucht. Hätten unsere Kundschafter und berittenen Patrouillen sie nicht schon eher entdecken müssen? Von meinem Platz am Ende der Kolonne hatte ich den Eindruck, dass wir vollkommen ahnungslos in sie hineingerumpelt waren.

Als sich die Sarazenen über das Tal verteilten, sah es von oben aus, als bildeten ihre Turbane regelmäßige Muster. Die meisten dieser Kopfbedeckungen waren weiß, aber hier und da bemerkte ich auch einige mit Streifen in anderen Farben, Grün und Schwarz.

»Warum haben manche der Sarazenen gestreifte Turbane?«, fragte ich Quincy über den ohrenbetäubenden Lärm der allgemeinen Truppenbewegungen hinweg.

»Das sind ihre Hauptleute. Sie lenken die Schlacht und geben Befehle an die einzelnen Einheiten weiter«, antwortete er.

Von irgendwoher aus ihren Linien erschallte ein Trompetensignal, und ihre Kavallerie ging in Stellung.

Ihre Pferde waren atemberaubend schön; hochgewachsene, majestätische Rösser, von Kopf bis zu den Hufen eingehüllt in farbenprächtige Decken. Manche davon bedeckten ihre Köpfe vollständig, nur für ihre Augen waren Löcher in den Stoff geschnitten. Viele dieser Schabracken waren mit Sternen oder anderen Motiven verziert.

»Warum decken sie ihre Pferde so gründlich ab?«

»Sir Basil sagt, sie tun das, um die Tiere vor der Sonne zu schützen, wenn sie durch die Wüste reiten. Sie sind prächtig anzusehen, oder?«, fragte Quincy.

Die Reiter waren mit Krummschwertern und Schilden bewaffnet, trugen aber keine Lanzen. Das wunderte mich, sah es doch so aus, als verschaffte es unseren Rittern mit ihren langen Lanzen einen Vorteil. Aber vielleicht machten die Schilde das ja wieder wett.

Ich wandte den Blick von den berittenen Kriegern und fasste ihre Fußsoldaten näher ins Auge. Sie waren in einfache Kittel gekleidet, meist in Weiß oder in einem hellen Braun. Alle trugen sie das furchterregende Krummschwert. Anstatt die Waffe am Gürtel einzuhängen, wie wir es taten, hatten sie sie über die Schulter gebunden, wohl wegen des großen Gewichts. Hier und da sah ich ein paar Männer, die sich mit Armschienen geschützt hatten, aber ansonsten konnte ich in ihrem ganzen Heer keinerlei Rüstungen oder Kettenhemden erkennen.

Trotz der bösen Überraschung formierten sich unsere Truppen rasch in einer Linie entlang des Hügelkamms. Der König und seine Garde nahmen das Zentrum ein. Ich sah Sir Thomas zur Linken

103

des Königs Aufstellung nehmen, mit etwa dreißig berittenen Tempelherren. Sir Basil übernahm die rechte Flanke mit einer ähnlich großen Abteilung.

Die anderen Regimentos folgten, bis sie sich alle entlang des Höhenzugs verteilt hatten. Die Gewappneten Brüder saßen ab und ließen ihre Pferde bei den Sergeantos. Sie waren für den Kampf ohne Pferd ausgebildet und würden als Erste angreifen, um die feindlichen Linien aufzubrechen. Mit gezogenen Schwertern und vorgehaltenen Schilden stellten sie sich in drei Reihen vor dem König auf. Für mich sah es so aus, als ob alle in heilloser Verwirrung durcheinanderrannten, aber ehe ich mich versah, hatten alle unsere Kämpfer ihre Plätze auf dem Hügel eingenommen und waren für den Angriff bereit.

Unter uns waren die Sarazenen noch dabei, ihre Männer und Pferde in Position zu bringen. Hinter ihren Reihen erhoben die Signalgeber mannshohe, gerade Kriegshörner und riefen die Männer zu den Waffen. Auf dem Boden des flachen Tales ordneten sie ihre Streitmacht so an, dass sie fast wie ein Spiegelbild der unseren wirkte, und standen uns dann in vier- oder fünfhundert Metern Abstand gegenüber. Während sie sich für den Angriff rüsteten, riefen sie unablässig »Allah Akbar«.

»Quincy! Was schreien die da?«, rief ich.

»Das ist ihr Schlachtruf. Er bedeutet ›Gott ist groß!‹.«

Als Antwort auf das Gebrüll der Sarazenen erhoben die Ritter ihre Stimmen und sangen aus dem Psalm Davids: »Nicht uns, oh Herr, nicht uns, sondern Deinem Namen gib Ehre!«

»Pass auf!«, schrie Quincy mir durch den Lärm zu. »Wenn der Psalm zu Ende ist, gehen sie zum Angriff über!«

Dann hörte ich das Schmettern unserer Trompeten, und die Schlacht hatte begonnen.

Meine Stute tänzelte unruhig, als der Lärm und die Schlachtrufe die Luft erfüllten. Ich beugte mich vor und tätschelte ihr den Hals, um sie zu beruhigen. Wir Knappen bemühten uns angestrengt, unsere Ritter im Auge zu behalten, die nun dem Feind entgegenritten. In all dem Lärm hörte ich die Templer »Beauseant!« rufen. Das war einer ihrer Kriegsrufe und bedeutete ›Sei ehrenvoll!‹. Sir Thomas und die Ritter um ihn herum legten die Lanzen ein und brausten wie ein Mann vorwärts. Ihre Pferde preschten über den steinigen Boden, und sogar aus dieser Entfernung war das Donnern ihrer Hufe ohrenbetäubend.

Der König und seine Garde beteiligten sich nicht am Angriff. Sie behielten ihre Position auf dem Hügel bei und sahen zu, wie zuerst die Gewappneten Brüder und dann die Ritter sich dem Feind entgegenwarfen. Um den Sarazenen die Ehre zu geben: Sie ließen sich nicht so ohne Weiteres zurückdrängen. Stattdessen gingen sie sofort zum Gegenangriff über, und ihre Reiter stürmten unseren Rittern mit hocherhobenen Krummschwertern entgegen. Die erste Welle von Sarazenen und Rittern prallte mit einem enormen Dröhnen aufeinander. Stahl traf auf Stahl. Pferde bäumten sich auf, Männer schrien, und Staub wogte zum Himmel. In dem Chaos aus zusammengedrängten Leibern und wirbelnden Staubwolken, das im Tal unter uns tobte, verlor ich Sir Thomas aus den Augen.

Ich blickte zum König auf seinem weißen Streitross und bemerkte mit Abscheu, dass sich Sir Hugh, ebenfalls hoch zu Ross, neben ihn gestellt hatte. Er trug keine Lanze und schien damit zufrieden zu sein, die Kampfhandlungen aus sicherer Entfernung zu verfolgen. Ich wandte mich wieder der Schlacht unter mir zu und versuchte, eine Spur von Sir Thomas zu entdecken. Für einen Moment überlegte ich, meinem Pferd die Sporen zu geben und nach ihm zu suchen, aber die

Angst hielt mich zurück. Meine Finger krampften sich um die Zügel, und ich fühlte mich wie gelähmt, unfähig, mich zu bewegen oder zu sprechen.

Ohne Vorwarnung begann sich die Schlacht gegen uns zu wenden. Einige der Gewappneten Brüder brachen aus den Reihen aus und wollten zurück zu unserer Stellung auf dem Hügel rennen. Ich hörte die wütenden Rufe von König Richard und seinen Beratern, die ihnen befahlen, umzukehren und sich wieder dem Feind zu stellen. Der König gab seinem Schlachtross die Sporen, ritt den Hügel hinunter und stellte sich der ersten Welle der flüchtenden Männer in den Weg. Er schwang sein Schwert und schrie auf sie ein. Da ich so weit weg war, gingen seine Worte im Schlachtenlärm unter. Auf die Männer schienen sie aber zu wirken. Für einen Augenblick blieben sie stehen und sammelten sich wieder.

Von irgendwoher ertönte ein Kommando, und die Sergeantos, die bis jetzt in Reserve gehalten worden waren, ritten den Hügel hinunter und griffen in den Kampf ein. Der Staub war jetzt noch dichter als vorher und machte es fast unmöglich, etwas zu sehen. Aber ich erkannte trotzdem, dass wir an Boden verloren.

König Richard befand sich noch nicht im dichtesten Getümmel, aber er steuerte genau darauf zu, während er seine Truppen beschwor, weiterzukämpfen. Ohne einen Gedanken an seine eigene Sicherheit trieb er sein Pferd weiter in die Menge ineinander verkeilter Körper.

Plötzlich bäumte sich das Pferd unter ihm auf und warf ihn ab. Der König taumelte auf die Beine und hielt immer noch die Zügel, aber das Pferd war wie von Sinnen vor Furcht. Es riss sich los und galoppierte den Hügel hinauf. König Richards tollkühne Attacke hatte seine Garde überrascht, und sie hatte ihn noch nicht wieder eingeholt. Zudem waren die Männer, die vom Schlachtfeld flüchteten, zwischen den König und seine Leibwache geraten. Noch hatte niemand bemerkt, dass er ganz allein und wehrlos im Staub stand. Ein Strom von Männern drängte sich in panischer Angst an ihm vorbei, dicht gefolgt von den Sarazenen.

»Quincy, der König!«, schrie ich und zeigte dorthin, wo sich Richard nun einer Gruppe von Sarazenen aus nächster Nähe gegenübersah. Die Ritter wehrten sich tapfer, wurden aber immer noch zurückgedrängt. Der König hatte sein Schwert in der Hand und hob einen Schild auf, den ein Soldat bei seinem planlosen Rückzug fallen gelassen hatte.

Ohne weiter nachzudenken, gab ich meinem Pferd die Sporen und ritt auf den König zu. Ich hatte keinerlei Plan als den, mich zwischen den König und seine Angreifer zu stellen.

Ein paar verstreute Männer rannten an mir vorbei, aber am Fuß des Hügels hatte der Kampf an Heftigkeit verloren. Ich sah, wie ein Sarazene auf König Richard zurannte und sein Krummschwert über dem Kopf schwang. König Richard machte einen Schritt seitwärts und stieß dem Mann sein Schwert zwischen die Rippen.

Ein paar Sekunden später brachte ich mein Pferd neben dem König zum Stehen und sprang aus dem Sattel.

»Euer Majestät! Ihr seid in Gefahr! Bringt Euch in Sicherheit!«, schrie ich.

Der König parierte den Hieb eines weiteren Sarazenen, und ich zog mein Kurzschwert und griff den Mann meinerseits an. Ich drosch wild und so hart ich konnte auf ihn ein und schrie, was meine Lunge hergab. Der Mann hielt inne und starrte mich an. Mühelos blockte er meine unkontrollierten Schläge ab. Doch dann drehte er sich aus einem mir unerfindlichen Grund um und nahm Reißaus.

Der König sah mich an, sagte aber kein Wort.

»Bitte, Euer Majestät! Nehmt endlich mein Pferd!«, bat ich.

König Richard griff nach den Zügeln und stieg rasch auf. Ich sah ihm nach, als er sich seinen Weg durch das Menschenknäuel bahnte und den Hügelkamm wieder erreichte.

Um mich herum tobte das Grauen. Ich hörte Stimmen, die zu Gott flehten, und die schrillen Schreie der Sterbenden. Als ich über meine Schulter blickte, sah ich, dass eine große Zahl unserer Gewappneten sich wieder in vollem Rückzug den Hügel hinauf befand. Wenn sich unser Glück nicht wendete, würde der Feind uns aufreiben.

Mein Blick fiel auf ein Templerbanner im erstarrten Griff eines Sergeanto, der tot auf der Erde lag. Ohne mich zu besinnen, riss ich es ihm aus der Hand und hob es hoch über den Kopf. Ich schwenkte die Fahne hin und her und schrie so laut ich konnte: »Beauseant! Beauseant!«

Anfangs zeigten meine Rufe wenig Wirkung. Dann hörte ich ein paar Männer in meiner Nähe lauthals einstimmen. Sogleich nahmen noch einige andere den Schlachtruf auf. Den ganzen Hügelzug entlang hielten unsere fliehenden Soldaten in ihrem Lauf inne, blieben stehen und sahen zu uns in das schmale Tal hinunter. Ich schrie noch lauter, so laut, dass ich dachte, meine Kehle würde Feuer fangen. Langsam sammelten sich die Männer, die eben noch weglaufen wollten, wieder. Und mit einem mächtigen Aufbrüllen stürzten sie sich erneut in den Kampf.

Sekunden später raste ein Strom von Männern an mir vorbei, viele davon von Schwerthieben gezeichnet. Sie bluteten aus zahlreichen Wunden, und viele hinkten, aber sie rannten wieder in die richtige Richtung. Sie brachen in die Linien der Sarazenen ein und schrien und brüllten und heulten wie eine Horde Teufel.

Ein wirbelnder Strudel des Schlachtens zog mich mit sich. Ich hörte Männer vor Schmerzen kreischen, als Körper aufeinandertrafen. Aus erster Hand erfuhr ich, wie es klingt, wenn ein Knochen von einem Schwert durchschlagen wird.

Und ich lernte das grauenvolle schmatzende, reißende Geräusch kennen, das ertönt, wenn eine Lanze sich in das Fleisch eines Menschen bohrt.

Rings um mich her stritten Männer wie verzweifelte, in die Enge getriebene Tiere. Manche hatten weder Schwert noch Schild und kämpften nur noch mit bloßen Händen, gruben ihren Gegnern die Daumen in die Augen, bissen sie in die Finger und rissen sie an den Haaren. Ich sah einen Sergeanto, dem nur noch sein Helm geblieben war. Er nahm ihn ab und schwang ihn wild um sich und schlug damit mehrere Männer bewusstlos, bevor er selbst von drei Sarazenen übermannt wurde.

Ich ließ das Banner nicht los, hielt es vor mich in die Höhe und feuerte unsere Männer an, bis ich vor Heiserkeit nicht mehr konnte. Meine Arme pochten von der Anstrengung, die Fahne zu tragen und mein Schwert zu schwingen. Nach einer Weile, vielleicht lag es an meiner Erschöpfung, kam es mir vor, als hätte die Zeit sich verlangsamt, und der Lärm und das Durcheinander des Schlachtfelds wichen dem Eindruck einer seltsamen Ruhe. Es war so, als sähe ich alle Bewegungen durch Wasser. Mir war schwindlig, und mein Kopf wurde ganz leicht, wie im Fieber, aber ich wusste instinktiv, dass ich das Banner hochhalten musste und mein Schwert nicht loslassen durfte, wenn ich am Leben bleiben wollte.

Endlich hatten wir die feindlichen Linien durchbrochen. Bald jagten unsere Männer den Gegner über das Schlachtfeld. Noch ein paar Minuten, und alles war vorbei. Die Sarazenen waren vernichtend geschlagen. Sie bliesen zum Rückzug und flüchteten gen Osten. Unsere Ritter und die Gewappneten Brüder stießen einen gewaltigen Freudenschrei aus. Langsam legte sich der Staub, und die Pferde beruhigten sich. Alles, was übrig blieb, war das Blutbad um mich herum.

Der Boden war mit reglosen Körpern übersät. Von dort, wo ich stand, konnte ich kaum erkennen, wer Freund oder Feind war. Es machte auch weiter keinen Unterschied, denn sie alle waren entweder tot, lagen im Sterben oder waren schwer verwundet. Der Lärm des Gemetzels wurde schnell abgelöst durch Bitten um Gnade oder Gebete, mit denen entweder Gott oder Allah um Erlösung angefleht wurden. Der Anblick nahm mir meine letzte Kraft, und ich musste meine ganze Konzentration aufbieten, nicht einfach umzukippen und ohnmächtig im Staub liegen zu bleiben. Ich suchte überall nach Sir Thomas und fand ihn auch bald, wie er neben einem verletzten Sarazenen kniete und ihm Wasser reichte. Auch Sir Basil half, die Verwundeten zu versorgen. Mich überkam ein überwältigendes Gefühl der Erleichterung, dass beide noch am Leben waren.

Mir war übel von dem Blutvergießen um mich herum. Verwundete Männer, die Arme oder Beine verloren hatten, heulten auf in ihrer Pein. Manche krochen auf allen vieren durch den Dreck und winselten um Hilfe. Ich verschloss meine Augen vor dem Bild des Grauens.

Als ich zum Hügel hochblickte, sah ich König Richard, der nun wieder auf seinem Schlachtross saß. Neben ihm flatterte sein Banner heiter im Wind. Er ließ den Blick über das Feld schweifen und reckte sein Schwert im Triumph in den Himmel. Ich sah wieder auf das mit Leichen und Sterbenden bedeckte Feld. Irgendwie hatte ich mein Schwert noch in der Hand und war entsetzt, dass es von Blutflecken übersät war. Ich hatte keine Erinnerung daran, wie das geschehen war.

Wenig später ritt Quincy auf mich zu, sprang vom Pferd und redete aufgeregt auf mich ein.

»Tristan! Ich habe gesehen, was du für den König getan hast! Alle Knappen reden schon davon! Du bist ein Held! Haben wir nicht einen ehrenvollen Sieg errungen?«, fragte er voller Begeisterung.

Es kam mir ganz und gar nicht ehrenvoll vor. Nichts an diesem Ort hatte irgendetwas mit Ehre zu tun.

KAPITEL VIERZEHN

Juni 1191
DIE BELAGERUNG VON AKKON

In jener Nacht kampierten wir direkt auf dem Schlachtfeld. Ich war erschöpft, aber unser Sieg bedeutete nur noch mehr Arbeit und Mühsal. Alle, selbst die Ritter, halfen mit, die Gefallenen vom Schlachtfeld zu tragen. Die Ärzte schufteten wie besessen die ganze Nacht hindurch, um die Verletzten zu versorgen. Begräbniskommandos wurden eingeteilt und die letzten Gebete über den einfachen Gräbern unserer toten Kameraden gesprochen.

Die Schlacht war gewonnen, aber ich wurde das Gefühl nicht los, dass wir einen zu hohen Preis gezahlt hatten. Fast hundert Männer waren erschlagen worden, und ungefähr doppelt so viele waren verwundet.

Als ich endlich einen Moment zur Ruhe kam, ließ ich mich neben einem Kochfeuer zu Boden fallen, merkte aber, dass ich keinerlei Appetit hatte. Ein Kessel voller Fleischbrocken schmorte auf den Kohlen, aber schon beim bloßen Gedanken an Essen wurde mir übel. So saß ich einfach nur da und starrte ins Nichts.

Ich spürte eine Bewegung in meiner Nähe und sah auf. Sir Thomas stand neben mir. Ich hätte mich erheben sollen, aber ich war zu müde.

»Ich komme gerade von einer Besprechung mit dem König«, sagte er.

»Ja, Herr?« Ich ahnte, was jetzt kommen würde.

»Er hat mir erzählt, dass ihm heute Nachmittag ein gewisser Knappe an einem kritischen Punkt des Gefechts zu Hilfe kam.«

Sein Tonfall ließ nicht erkennen, ob er wütend oder stolz war.

»Hat er das gesagt?«

»Ja. Anscheinend hat dieser Knappe dem König sein Pferd überlassen, damit er sich in Sicherheit bringen konnte.«

Ich zuckte mit den Schultern und starrte weiter ins Feuer.

»Tristan, was du getan hast, war unglaublich tapfer. Und mindestens genauso gefährlich. Ich glaube, ich hatte dir ausdrücklich befohlen, deinen Posten nur zu verlassen, wenn ich in der Schlacht deine Hilfe benötigte.«

Ich blickte zu Sir Thomas auf und sah ein besorgtes Lächeln in seinem Gesicht. Er war also wenigstens nicht böse auf mich.

»Vergebt mir, Herr. Ich weiß nicht, was über mich kam. Als ich den König dort unten sah, wie er den Sarazenen ausgeliefert war, musste ich … nun ja … ich habe einfach nicht weiter nachgedacht«, stammelte ich.

»Ich verstehe. Und nun bist du der Held der ganzen Armee. Du hast einen Kampfgefährten gerettet, ohne an dich selbst zu denken. Und dieser Kampfgefährte war auch noch der König selbst. Das ist bei einem Krieger ein Zeichen von Größe, Tristan. Aber tu mir einen Gefallen. Keine solchen Heldentaten mehr. England kann sich immer einen neuen König suchen. Für mich dagegen ist es nicht so einfach, einen guten Knappen zu finden«, sagte er.

Ich sah Sir Thomas an, und er zwinkerte mir zu.

»Ruh dich etwas aus«, sagte er noch. »Morgen früh ziehen wir weiter.«

Ich freute mich über sein Lob, aber ansonsten trugen Sir Thomas' Worte wenig dazu bei, die widersprüchlichen Gefühle zu bändigen, die in mir tobten. Ich bemühte mich, die Dinge, die ich an diesem Tag gesehen hatte, zu verarbeiten und, was noch wichtiger war, zu verstehen, warum das alles überhaupt hatte geschehen müssen. Doch schließlich übermannte mich die Erschöpfung, und ich schlief direkt neben dem Feuer ein.

Am nächsten Nachmittag hatte unser Heer die Ebene durchquert, die die Stadt Akkon umgab. Und wir lösten dort eine starke Streitmacht der Kreuzfahrer ab, die die Stadt schon seit ein paar Monaten belagerte. Es war ein wunderschönes Fleckchen Erde, direkt an der Meeresküste. Ich konnte hören, wie die Wellen sich an den Felsen brachen, und das Geräusch erschien mir fast tröstlich. Die Stadt selbst lag auf einem Felsen, der über das Meer hinausragte. Der Hafen wurde von mehreren Schiffen der Kreuzfahrer blockiert. Hinter den steinernen Wällen konnte ich die Dächer der Stadt sehen. Und als wir unsere Stellung einnahmen, stimmten die Sarazenen ihre Kriegsrufe an. Aber schon bald wurde ihnen das langweilig, und sie verstummten.

»Schön hier«, sagte ich zu Quincy, als wir die Landschaft betrachteten.

»Stimmt. Sir Basil war schon vor Jahren einmal hier. Er sagt, damals war es noch eine ziemlich wilde Gegend. Unter der Stadt gibt es eine Menge Höhlen, und ich nehme an, viele Piraten und anderes Diebesgesindel haben sie als Schlupfwinkel benutzt. Vielleicht haben wir ja einmal Gelegenheit, sie zu erforschen«, sagte er.

Meinetwegen konnten die Piraten ihre Höhlen gern behalten. Ich zog den freien Himmel bei Weitem vor. Und wer wusste schon wirklich, ob sich nicht immer noch der eine oder andere Freibeuter dort verborgen hielt? Ich war zwar noch nie welchen begegnet, aber ich war mir ziemlich sicher, dass ich Piraten nicht mögen würde, schon allein aus Prinzip.

Die Besatzungstruppen der Sarazenen hatten schon monatelang in Akkon ausgehalten und verzweifelt auf Verstärkung gehofft, die Saladin aber bis jetzt noch immer nicht geschickt hatte.

Gleich nach seiner Ankunft traf sich König Richard unter einer Parlamentärsflagge mit den Anführern der Sarazenen und forderte, dass sie ihm unverzüglich die Stadt übergaben. Natürlich weigerten sie sich.

Sechs Wochen lang kampierten wir vor der Stadt. Es gab einige kleinere Scharmützel, aber hauptsächlich warteten wir einfach darauf, dass sie aufgaben. Sie waren erschöpft, der Proviant ging ihnen aus, und bei der überwältigenden Anzahl ihrer Kranken und Verwundeten konnten sie kaum noch eine Verteidigung aufrechterhalten. Doch der König zog es vor, sie auszuhungern. Er wollte nicht unnötig Männer bei einem Angriff opfern, wenn der Gegner aller Wahrscheinlichkeit nach sowieso bald kapitulieren würde.

Am 11. Juli ergaben sie sich schließlich, und Akkon war unser. Wir marschierten durch das Stadttor ein, und ich sah zu, wie die Sarazenen als Kriegsgefangene abgeführt wurden.

Die christlichen Bürger von Akkon waren überglücklich, ihre Stadt nun wieder unter der Kontrolle der Kreuzritter zu wissen. Zwar hatte Saladin dafür gesorgt, dass man sie während der Besatzung gut behandelte. Er erlaubte ihnen, ihre Religion frei auszuüben, ihre Wohnungen zu behalten und ihren Geschäften nachzugehen. Doch als die Belagerung begonnen hatte, war nicht nur die Stadt umstellt. Die Sarazenen riegelten auch den Hafen ab und unterbrachen so den Nachschub an Lebensmitteln und Medizin. Bald schon hatten Hunger und Krankheit die Bevölkerung heimgesucht.

Der König sandte sofort Botschaften nach Zypern und an weiter östlich gelegene Stützpunkte, und schon nach ein paar Tagen kamen die ersten Schiffe mit Proviant und Medizin an. Die Templerärzte rekrutierten uns Knappen, damit wir ihnen halfen, die Kranken zu pflegen, und wir teilten unser Essen mit denen, die dem Hungertod nahe waren. In jenen Tagen offenbarte sich mir der wahre Charakter von Männern wie Sir Thomas, Sir Basil, Quincy und den anderen Templern. Sie kämpften nicht allein um des Kampfes willen. Ihr Ziel war es, ihre christlichen Brüder und Schwestern zu befreien.

In den ersten Tagen in Akkon verbrachte ich jede freie Minute damit, die Stadt zu erkunden. Wie in Dover bildete auch hier ein Marktplatz den Mittelpunkt der Stadt. Gepflasterte Straßen führten von hier aus in alle vier Himmelsrichtungen. Jedes Gebäude war aus Stein gebaut und hatte farbenprächtige Vordächer, die die Eingangstüren und Fenster schmückten. Das war ein großer Unterschied zu Dover, denn dort waren alle Häuser aus Holz. Und wirkte Dover laut und lebendig, so war die Stimmung in Akkon ruhiger und gedrückter. Wahrscheinlich hatte die lange Belagerung den Menschen ein Stück ihrer Heiterkeit genommen.

In Akkon angekommen, fühlte ich genau das, was ich auch schon bei unserer Ankunft vor einigen Wochen gefühlt hatte: Dies war ein fremder Ort. Alles – von den scharfen Gerüchen der Kochfeuer bis zu den eleganten Torbögen der Häuser und Tempel – war für mich neu und ungewohnt. Es würde einige Zeit dauern, bis ich mich daran gewöhnt hatte.

Sir Thomas und ich brachten unsere Ausrüstung in unser Zimmer in der Ritterhalle. Im Gegensatz zu Dover, wo die Knappen in getrennten Quartieren untergebracht waren, teilten sich hier die Ritter mit ihren Knappen einen Raum.

Unsere Tage verliefen bald nach einem ähnlichen Muster wie in der Komturei in Dover. Wir versorgten unsere Pferde, pflegten unsere Ausrüstung und arbeiteten daran, die Verteidigungsanlagen der Stadt auszubessern. Denn obwohl wir auf unserem Weg ein Sarazenenheer aufgerieben und geschlagen hatten, rechnete niemand damit, dass Saladin so leicht aufgeben würde.

»Diese Niederlage wird der Sultan nicht auf sich sitzen lassen«, sagte Sir Thomas, als wir die Brüstung auf der Ostmauer entlanggingen. »Er wird bald wieder hier sein, und dann sind zur Abwechslung wir die Belagerten.«

Eine unbändige Energie trieb Sir Thomas in jenen Tagen an. Er war überall gleichzeitig. Ich war tief beeindruckt vom Umfang und von der Vielseitigkeit seines Wissens über Kriegstaktiken. Ich lernte sehr viel, indem ich ihm einfach nur zuschaute. Keine Einzelheit war ihm zu unbedeutend. Er stieg auf die Türme und die Zinnen entlang der Stadtmauer, um Schwachstellen aufzuspüren. Er überprüfte ständig die Sichtlinien der Bogenschützen und vergewisserte sich, dass alle unsere Katapulte und *Ballistae* – die mächtigen mechanischen Armbrüste, die dem Gegner riesige Pfeile entgegenschleuderten – in der strategisch günstigsten Position aufgebaut waren. In seinem Bemühen, die Verteidigung unserer Stellungen so gut wie möglich auszubauen, gönnte er sich weder Rast noch Ruhe.

Jeden Tag gingen mir die Bilder, die ich auf dem Schlachtfeld gesehen hatte, durch den Sinn. Ich fragte mich, wie Sir Thomas sich nur so vorbehaltlos einem Leben wie diesem widmen konnte. Wie konnte ein Mann solches Grauen und Gemetzel ertragen, ohne davon an seiner Seele Schaden zu nehmen? Eines Morgens, als wir unsere Inspektion der Wehrmauern auf der Nordseite beendet hatten, konnte ich meinen Zwiespalt nicht mehr für mich behalten.

117

»Herr, verzeiht mir, aber etwas bedrückt mich«, sagte ich.

»Das habe ich schon bemerkt. Du warst in den letzten Tagen nicht du selbst. Sag mir, was dich beschäftigt«, sagte er.

»Es ist die Schlacht, Herr, was ich gesehen habe, was wir getan haben …« Ich konnte die richtigen Worte nicht finden.

»Du hast ein gutes Herz, Tristan. Ich habe mir gedacht, dass dich das bekümmert. Das sollte es auch. Es war schrecklich«, sagte er.

»Und warum kämpfen wir dann, wenn es etwas so Schreckliches ist?«, fragte ich.

»Das ist eine gute Frage, Tristan. Ein Krieger, ein wahrhafter Krieger muss sich immer fragen, ob seine Sache gerecht ist. Einem anderen das Leben zu nehmen ist keine Kleinigkeit. Man kämpft, weil es sein muss. Weil es keine andere Wahl gibt«, sagte er.

»Aber Herr, warum kämpfen wir *hier*?«, fragte ich. »Was ist verkehrt daran, miteinander zu reden und Meinungsverschiedenheiten gütlich beizulegen?«

»Der Kampf beginnt gewöhnlich, wenn das Reden nichts bewirkt hat. Bis Männer dann des Kämpfens müde sind und wieder reden wollen. Dann endet der Kampf … für eine Weile. Doch schließlich wird wieder weitergekämpft. Das ist es, was Männer tun. So ist der Lauf der Welt. Und deshalb müssen wir, wenn wir kämpfen, wählen, warum wir kämpfen. Dann kämpfen wir ehrenvoll. Es ist der einzige Weg. Es wird Zeit brauchen, und ich fürchte, du wirst viele schreckliche Dinge sehen, aber am Ende wirst du das verstehen«, sagte er.

Ich war nach wie vor durcheinander, aber als ich über seine Worte nachdachte, sah ich immer wieder dieselben Szenen vor mir. Sir Thomas, wie er nach der Schlacht einem gefallenen Feind Wasser gab. Sir Basil, der einen Verwundeten vom Feld trug. Die Templerärzte, die sich in Akkon um die Kinder der Christen und der Moslems kümmerten, ohne einen Unterschied zu machen. Wenn ich schon kämpfen musste, dann würde ich edelmütig und ehrenhaft kämpfen, so wie Sir Thomas und seine Kameraden.

Wochenlang arbeiteten wir viel und hart. Wir standen vor Sonnenaufgang auf und fielen spätabends todmüde auf unsere Betten. Eines Morgens ging die Nachricht um, dass der König und seine Garde bald die Stadt verlassen würden. Er würde nach Osten reiten, um seine Truppen in Tyrus, einer Stadt an der Küste, zu inspizieren. Der König brannte darauf, mit den Kreuzrittern, die dort warteten, nach Jerusalem vorzustoßen, anstatt in Akkon festzusitzen, wenn die Armeen Saladins zurückkehrten und die Stadt einschlossen.

Ich arbeitete gerade im Stall, als man mir bestellte, dass Sir Thomas mich zu sehen wünschte. Ich fand ihn im Hauptsaal der Ritterhalle, wie er mit Sir Basil an einer der langen Tafeln saß.

»Ah, Tristan, da bist du ja«, sagte er.

»Jawohl, Herr. Ihr habt nach mir gerufen?«, sagte ich.

»Ganz recht. Du hast ohne Zweifel schon gehört, dass der König bald aufbrechen wird?«, fragte er.

»Ja, Herr«, erwiderte ich.

Er griff in seinen Mantel, zog einen Brief hervor und reichte ihn mir. Er war sehr dick und fühlte sich an, als enthielte er noch etwas anderes als nur Pergamentblätter. Er war mit einem Klecks Siegelwachs verschlossen, das Sir Thomas' Zeichen trug.

»Du sollst diesen Brief einem Soldaten der königlichen Garde überbringen. Du findest ihn irgendwo im Palast der Kreuzfahrer. Sein Name ist Gaston. Ein ziemlich stämmiger Bursche. Braunes Haar. Gib ihm den Brief, aber wirklich nur ihm. Er ist für den Großmeister des Ordens in London, und Gaston wird sich darum kümmern, dass der Brief sicher dort ankommt. Hast du verstanden?«

»Jawohl. Gaston von der königlichen Garde«, wiederholte ich.

»Ausgezeichnet. Also ab mit dir«, sagte er.

Ich verließ die Halle und hatte in wenigen Minuten den Palast der Kreuzfahrer erreicht. Als ich mich erkundigte, sagte man mir, dass ich Gaston wahrscheinlich in den Stallungen unterhalb des Palastes antreffen würde. Ich ging durch einen breiten Gang ins Innere. Die Ställe waren still und fast menschenleer, bis auf einen einsamen Wachtposten, der auf einem Fass vor den Abteilen saß und mit einem Wetzstein einen kleinen Dolch schärfte. Als er mich kommen sah, stand er auf, schob den Dolch in die Scheide und stützte seinen Unterarm auf das Heft seines Schwerts.

Seine lässige Haltung kam mir äußerst bekannt vor.

Es war gut möglich, dass ich ihn schon einmal hier in Akkon gesehen hatte, etwa im Vorbeigehen an den Truppenunterkünften oder als er vor dem Quartier des Königs Wache stand. Aber mir war, als sollte ich eine genauere Erinnerung an ihn haben. Als ich näher auf ihn zutrat, dämmerte es mir. Ich hatte ihn *tatsächlich* schon einmal gesehen. Nicht hier in Akkon, sondern in den Straßen von Dover.

An dem Tag, an dem man mich verfolgt hatte. Als ich Ohnefurcht zur Schmiede von Little John brachte, hatte sich dieser königliche Gardist an mir vorbei in die Taverne gedrängelt und hatte, darauf wollte ich wetten, die beiden Betrunkenen auf mich gehetzt. Mehr noch, ich sah ihm an, dass er mich ebenfalls wiedererkannte, obwohl er sich Mühe gab, es sich nicht anmerken zu lassen.

»Kennen wir uns nicht?«, fragte ich.

Der Gardesoldat schüttelte den Kopf. »Nein. Glaube nicht. Sag, was du hier zu suchen hast.«

»Ich suche jemanden. Man hat mir gesagt, dass er hier zu finden ist«, sagte ich.

Er zuckte die Achseln. Dann starrte er über meine Schulter ins Weite.

»Warst du schon einmal in Dover?«, fragte ich.

»Nein«, sagte er. Aber an der Art, wie er fahrig hin und her blickte, konnte ich sehen, dass er log.

»Du bist mir vor ein paar Monaten gefolgt, du warst es, der vor der Schenke *Zum pfeifenden Schwein* stand und zuschaute, wie zwei Betrunkene mich verprügelten und das Pferd meines Ritters stehlen wollten«, sagte ich.

Der Mann sah zu Boden und dann zur Decke. Überallhin, nur nicht in meine Augen.

»Keine Ahnung, was du da erzählst. Ich bin seit Jahren nicht mehr in Dover stationiert gewesen. Du solltest dir solche vorschnellen Anschuldigungen verkneifen, Junge«, sagte er und schaute mir endlich ins Gesicht. In seiner Stimme lag jetzt eine unverhohlene Drohung. »An deiner Stelle würde ich lernen, meine große Klappe zu halten, Knappe. Und jetzt hau ab.«

»Aber ich will …« Doch ich konnte nicht mehr ausreden. Bevor ich wusste, wie mir geschah, stieß er mich grob zu Boden. Ich landete auf dem Rücken im Dreck und sah benommen, wie sich seine Hand wieder dem Schwertgriff näherte.

»Ich habe keine Zeit für diesen Quatsch, Junge. Hau ab. Bevor ich dir eine Lektion in gutem Benehmen erteile, dass dir Hören und Sehen vergeht«, knurrte er. Ich stand auf und ließ ihn dabei nicht aus den Augen.

»Das wird dir noch leidtun«, sagte ich. »Sir Thomas und die Templer werden …«

Er machte Anstalten, sein Schwert zu ziehen, beeilte sich aber nicht sonderlich damit. Er glaubte wohl, er könne mich leicht einschüchtern. Ich war schneller. Ich packte seinen Arm und hielt ihn mit meiner ganzen Kraft fest. Dann schob ich ihn gegen die Tür eines Stallabteils.

»Du Narr!«, keuchte er und versuchte, mich abzuschütteln. »Du greifst die königliche Garde an? Dafür hängt man dich auf!«

»Schon möglich, aber nicht, bevor du mir ein paar Antworten gibst. Also, warum bist du mir damals gefolgt? Warum hast du diese Männer auf mich gehetzt? Antworte mir!«

Der Mann blieb stumm und versuchte lediglich, seinen Arm aus meinem Griff zu befreien. Gerade als ich ihn nicht mehr halten konnte, hörte ich hinter mir eine Stimme.

»Was hat das zu bedeuten?« Bevor ich mich umdrehen konnte, sah ich, wie sich die Augen des Soldaten vor Furcht weiteten. Obwohl ich sie nur wenige Male selbst gehört hatte, erkannte ich doch diese Stimme. Ich ließ den Arm des Gardisten los und wirbelte herum. Vor mir stand Richard Löwenherz. Er hatte eine kleine Abteilung Gardesoldaten bei sich, zwei von ihnen hatten ihre Schwerter gezogen und richteten sie nun auf mich. Der König trug Reitkleidung, seinen roten Mantel mit den aufgestickten goldenen Löwen auf der Brust, lederne Reithosen und kniehohe Stiefel. Ein mächtiges Schwert hing ihm am Gürtel, und er hielt einen Helm unter dem Arm.

Wenn ich nicht vorsichtig war, konnte dieses Treffen übel für mich enden.

»Euer Hoheit«, sagte ich und machte eine Verbeugung.

König Richard starrte mich an, und es schien, als erinnere er sich allmählich, wer ich war.

»Du bist doch dieser Junge, der Knappe von Thomas Leux?«, fragte er.

»Jawohl, Euer Majestät«, sagte ich.

»Du bist mir auf dem Schlachtfeld zu Hilfe gekommen«, sagte er. Es war keine Frage, eher eine Feststellung.

Ich zuckte mit den Schultern.

»Warum greifst du ein Mitglied meiner Garde an?«, fragte er.

»Ich fürchte, es war ein Missverständnis. Ich habe jemanden gesucht. Sir Thomas hat mir aufgetragen, einem Eurer Männer eine Nachricht zu überbringen. Dieser Mann hier und ich, wir gerieten in eine Meinungsverschiedenheit ...«

Der König winkte, und die zwei Gardisten steckten ihre Schwerter in die Scheiden.

»Wer die Hand gegen meine Männer erhebt, vergeht sich auch gegen mich«, sagte er. »Ich könnte dich hängen lassen.«

Etwas sagte mir, dass ich nun kühn auftreten musste. Aus irgendeinem Grund fühlte sich der König in meiner Gegenwart unbehaglich. Trotzdem war er mein Monarch. Er konnte mit einem einzigen Wort mein Leben verwirken. Aber ich glaubte, er würde mich mehr respektieren, wenn ich keine Furcht zeigte.

»Das könntet Ihr, Herr«, sagte ich. »Ich bitte um Vergebung.« Ich verneigte mich wieder leicht, hielt aber Blickkontakt.

Seine Augen bohrten sich abermals in meine, ganz so wie an jenem Abend in der Burg von Dover. Ich bemühte mich, keine Nervosität oder Angst zu zeigen, aber die Sache wuchs mir allmählich über den Kopf, und sein Blick fing an, mich zu beunruhigen. Es war fast so, als versuche er, eine Entscheidung zu treffen. Sollte er diesen Jungen hinrichten lassen? Oder ihn zum Ritter schlagen?

»Ich stehe in großer Schuld bei Sir Thomas, und da du um meinetwillen in der Schlacht so beherzt eingeschritten bist, will ich dieses Vergehen übersehen. Aber sieh zu, dass das nicht wieder geschieht. Haben wir uns verstanden?«

»Jawohl, Euer Majestät«, sagte ich und verneigte mich wieder.

»Wen suchst du denn nun?«, fragte er.

Ich erklärte ihm, dass ich eine Botschaft für einen Gardesoldaten mit Namen Gaston hatte. König Richard bellte ein Kommando, und einer der Gardisten trat vor. Der König rauschte an mir vorbei in den Stall, und der Rest seiner Leibwache folgte ihm und begann, die Pferde für den Ausritt fertig zu machen.

Ich starrte dem Mann nach, mit dem ich mir gerade noch einen Ringkampf geliefert hatte, aber der nahm keine Notiz mehr von mir, ging zu dem Abteil, in dem sein Pferd eingestellt war, und fing an, es zu satteln.

Dann stand Gaston vor mir, ein mürrisch aussehender Bursche. Aber die Beschreibung, die Sir Thomas mir gegeben hatte, passte auf ihn.

»Sir Thomas hat mich gebeten, dir dies hier zu geben«, sagte ich und überreichte ihm den Brief. »Er ist für den Großmeister des Ordens. Kannst du dafür sorgen, dass er sicher nach London gelangt?«

»Selbstverständlich. Ich kenne Sir Thomas gut. Wenn ich mit dem König nach Tyrus geritten bin, werde ich nach England zurückversetzt. Ich kümmere mich darum, dass der Brief den Großmeister erreicht«, antwortete Gaston.

Ich hielt es für das Beste, so schnell wie möglich aus der Nähe des Königs zu verschwinden, also machte ich mich rasch davon. Ich ging über den Stadtplatz und stieg auf die Brüstung über dem Haupttor. Wenig später konnte ich zusehen, wie der König und seine Garde Richtung Osten aus der Stadt ritten. Löwenherz saß inmitten seiner Männer auf seinem blütenweißen Streitross. Ich folgte ihnen mit den Augen, bis sie am östlichen Horizont verschwunden waren.

Nachdem ich also meinen Auftrag erledigt hatte, stieg ich von der

Brüstung hinunter und wollte mich zur Ritterhalle wenden, wo noch unerledigte Arbeiten auf mich warteten. Doch während ich die belebten Straßen entlangging, konnte ich sie plötzlich aus weiter Entfernung hören. Die Kriegstrompeten der Sarazenen.

Sultan Saladin war auf dem Weg zu uns.

KAPITEL FÜNFZEHN

Saladin kam über Akkon wie ein Sturmwind. Am Morgen erklangen gerade erst die Töne seiner Trompeten in der Ferne, und bei Einbruch der Dämmerung hatte er die Stadt schon eingekreist. Von den Mauern aus sahen wir, wie seine Armee in dicht aufeinanderfolgenden Wellen ausschwärmte. Ich schaffte es nicht einmal, mir einen Überblick über die Zahl der Fahnen und Banner zu verschaffen, und hatte keine Vorstellung, wie viele Männer er hier in Akkon in den Kampf schickte, aber es mussten Tausende sein.

Als wir Akkon eingenommen hatten, wurde auch der Hafen wieder geöffnet, und fast täglich kamen Versorgungsschiffe aus Zypern und anderen Standorten im Osten an. Wir hatten unsere Vorräte aufgefrischt und eine Anzahl neue Brunnen gegraben. Die Stadt war also zu einer Festung ausgebaut, und wir hatten ausreichend Wasser und Lebensmittel, aber in mir regte sich doch eine leichte Panik, während ich zusah, wie die Sarazenen uns umringten. Wie konnten wir solch eine riesige Streitmacht besiegen, jetzt, wo wir eingekreist waren und ein Gegenangriff somit unmöglich war?

Sir Thomas zeigte auf ein großes Zelt, das mehrere Hundert Meter von uns entfernt auf einem Hügel im Osten stand, außer Reichweite unserer Ballistae und Katapulte.

»Das ist das Kommandozelt des Sultans. Er wird also die Belagerung höchstpersönlich leiten«, sagte er. Ich beobachtete das Zelt, wann immer ich Gelegenheit dazu hatte, aber ich konnte nicht erkennen, ob eine der winzigen Gestalten, die sich dort bewegten, Saladin war.

»Herr, eingeschlossen und umzingelt, wie wir sind, was sollen wir tun?«, fragte ich und konnte nicht verhindern, dass sich Nervosität und Angst in meine Stimme schlichen.

»Wir kämpfen. Wir hören niemals auf zu kämpfen, Tristan. Nur die Ruhe, mein Junge. Wir haben uns hier gut eingeigelt. Akkon wird für Saladin kein reifer Apfel sein, den er sich einfach so pflücken kann.« Sir Thomas lächelte.

»Ja, Herr«, sagte ich. Sir Thomas lächelte mir nochmals aufmunternd zu und verließ die Brüstung, zweifelsohne, um sich mit den anderen Rittern zu beraten und die Verteidigung der Stadt in die Wege zu leiten. Ich sah weiter zu, wie die Truppen unter uns sich verteilten, Soldaten ihre Mannschaftszelte aufbauten und mit ihren Vorbereitungen für die Schlacht begannen. Obwohl ich verzweifelt versuchte, Sir Thomas glauben zu können, fiel es mir doch schwer, seine Zuversicht zu teilen.

Der erste Angriff ließ drei Tage auf sich warten. Saladin eröffnete ihn mit einem Hagel Brandpfeile, die die Häuser der Stadt entzünden sollten. Da die meisten Gebäude jedoch aus Stein gebaut waren, zeigte dies wenig Wirkung. Ein paar Fuhrwerke, die von verirrten Pfeilen getroffen wurden, fingen Feuer, aber der Schaden war gering. Wir erwiderten das Feuer mit unseren Katapulten und schleuderten Felsbrocken und Krüge mit siedendem Pech gegen ihre Linien. Ein paar Zelte gingen in Flammen auf, aber ich glaubte nicht, dass dies die Sarazenen ernsthaft beeindruckte.

Während der folgenden zwei Wochen entwickelte sich die Situation zu einem Spiel der Finten, Vorstöße und Rückzugsbewegungen zwischen unseren Kämpfern in der Stadt und den Sarazenen draußen vor den Mauern. Sie bohrten und stocherten unablässig nach einer Schwachstelle in unserer Verteidigung. Ich war froh, dass Sir Thomas die Stadt so sorgfältig auf die Rückkehr Saladins vorbereitet hatte. Er bemühte sich, unseren normalen Tagesablauf so weit es ging aufrechtzuerhalten, und bestand darauf, dass wir Knappen unsere Ausbildung im Schwertkampf fortsetzten und dass wir die Ausrüstung der Ritter einsatzbereit hielten.

Einige Ritter waren der Überzeugung, Saladin habe vor, uns auszuhungern. Dass es ihm ganz recht war, abzuwarten, bis unserer Garnison die Vorräte ausgegangen waren. Aber andere widersprachen, denn sie glaubten, Saladin warte nur noch auf weitere Verstärkung, nach deren Ankunft er seine Horden gegen unsere Mauern werfen würde, bis wir von der schieren Übermacht überwältigt wären. Obwohl in der Stadt schwer an uns heranzukommen war, hatte sich die Stärke der Armee des Sultans inzwischen so weit erhöht, dass sie die der Kampftruppen in Akkon um das Dreifache übertraf.

Während die Tage so vergingen, ließ Sir Thomas in seiner rasenden Aktivität nicht nach. Er ging auf den Mauern die Brustwehr entlang und sprach den Männern Mut zu, die dort Wache hielten. Vom ersten Moment nach der Morgenmesse an bis weit nach den Abendgebeten konnte man ihn sehen, wie er das Mauerwerk inspizierte oder die Bogenschützen und die Fußkämpfer trainierte. Er gönnte sich keine Ruhe und plante Tag und Nacht die Verteidigung der Stadt.

Sir Hugh dagegen ließ sich kaum blicken, nachdem Saladin aufgetaucht war. Als wir tagelang darauf gewartet hatten, dass sich etwas Bedeutendes ereignen würde, standen Quincy und ich eines Morgens auf der Ostmauer, beobachteten die Bewegungen des Heeres auf der

Ebene unter uns und rätselten, wohin Sir Hugh verschwunden sein könne.

»Er hat sich verkrochen, wie ein feiger Wurm«, sagte Quincy. Und plötzlich ließ er sich rücklings auf den Boden fallen und wand sich hin und her. »Sir Hugh ist der Wurm des Regimentos!« Quincy lachte. »Er hat sich einen Misthaufen gesucht und sich da hineingewühlt, und nun ...«

Ich musste ebenfalls lachen, aber dann fühlte ich zu meinem Schrecken eine Hand auf meiner Schulter, drehte mich um und sah Sir Thomas. Quincy hörte mich nach Luft schnappen und sprang auf die Beine, beschämt, dass man ihn beim Herumalbern erwischt hatte. Er klopfte sich nervös den Staub vom Kittel.

»Quincy, fühlst du dich nicht wohl?«, fragte Sir Thomas.

»Nein, Herr, es geht mir gut«, antwortete Quincy.

»Hmm. So wie du dich gewunden hast, dachte ich, du hättest dir vielleicht ein Fieber zugezogen«, sagte Sir Thomas.

Quincy sah aus, als sei ihm sehr unbehaglich zumute. Sir Thomas' unbewegtes Gesicht verriet nicht, ob er nun ernsthaft Ärger bekommen würde oder nicht.

Ich versuchte, ihm zu helfen. »Ähm, Herr, na ja ... Quincy hat mir gerade ... ähm ... einen neuen Fechttrick gezeigt ...«, stotterte ich.

Sir Thomas zog die Augenbraue hoch.

»Einen Fechttrick? So, so. Eine neue Technik, die verlangt, dass man sich auf dem Rücken liegend im Dreck wälzt?«

»Jawohl, Herr, ganz recht. Seht Ihr, wir kamen zufällig vorbei, als ein Soldat der Königlichen Garde sie vorgeführt hat. Anscheinend haben die Spanier sie entwickelt. Wenn man in der Schlacht strauchelt und fällt, kann man sich so immer noch vom Boden aus verteidigen. Und Quincy wollte gerade ...«

Sir Thomas schnitt mir das Wort ab.

»Nun gut, ich freue mich über den Lerneifer, mit dem ihr eine solche neue *Technik* einübt«, schmunzelte er. »Ich glaube jedoch, dass es vielleicht wichtigere Arbeiten zu erledigen gibt. Wenn ihr sonst nichts zu tun habt, kann ich gerne den Hauptsergeanto bitten, euch …«

»Nicht nötig, Herr«, sagte ich hastig. »Wir waren gerade dabei, zu den Ställen aufzubrechen, um uns um die Pferde zu kümmern. Und danach werde ich Euer Kettenhemd polieren, Herr. Bis es strahlt wie die Sonne. Jawohl, Herr. Wir wollen doch nicht, dass es in der Seeluft Rost ansetzt«, sagte ich.

»Also gut …«

Bevor Sir Thomas weitersprechen konnte, erklang ein Schrei aus den Reihen Saladins. Die Moslems hatten ihre Morgengebete beendet, und unter uns war wieder das wohlbekannte »Allah Akbar« zu vernehmen. Sir Thomas trat rasch an den Rand der Brüstung und ließ den Blick über das Feld schweifen.

»Tristan, lauf schnell zur Ritterhalle, und bring mir mein Schwert und mein Kettenhemd. Quincy, such Sir Basil, und sag ihm, er soll die anderen Ritter alarmieren. Beeilt euch!«

»Sir Thomas, was geschieht dort?«, fragte ich.

»Sie bereiten einen Angriff vor, Tristan. Es kann jeden Moment losgehen. Mach schnell, und hole meine Ausrüstung. Lauf!«

Als Quincy und ich die Treppe hinunterrasten, konnte ich hören, wie Sir Thomas unsere Soldaten zu den Waffen rief und Anordnungen und Kommandos erteilte. Die Dringlichkeit in seiner Stimme sagte mir, dass dies etwas Neues war, anders als die Angriffe, die wir bis jetzt erlebt hatten. Mein Magen rebellierte und erinnerte mich daran, wie ich mich gefühlt hatte, als ich vor vielen Wochen in meine erste Schlacht geritten war. Mir wurde beim Rennen schwindlig, und es fiel mir immer schwerer, meine Füße zu heben und zu senken, so als ob der Boden sich in Schlamm verwandelt hätte. Ich versuchte, die Nervosität zu unterdrücken und mich auf meine Pflichten zu konzentrieren, aber die Bilder des Blutbads in jenem Tal schossen mir durch den Kopf, und ich spürte, wie meine Furcht wuchs. Ich wollte beten, doch ich merkte, dass ich es nicht konnte.

In wenigen Augenblicken hatte sich ein bis dahin relativ geruhsamer Vormittag in einen Wirbel hektischer Betriebsamkeit verwandelt. Quincy rannte davon, um Sir Basil zu finden, und ich raste durch die Straßen zur Ritterhalle, wo ich Sir Thomas' Ausrüstung an mich nahm.

Ich sauste wieder zurück zur Mauer, wo Sir Thomas immer noch auf der Brüstung stand und Befehle erteilte. Als ich zur Armee des Sultans blickte, sah ich, dass die ganze Ebene in Bewegung war. Alles schien mit einer seltsamen Langsamkeit zu geschehen, und für einen Augenblick fühlte ich mich, als hätte ich meinen Körper verlassen und blickte nun auf die Stadt und das Feld unter mir, wo die Kriegsleute auf beiden Seiten in einem wirren Tanz durcheinanderwuselten. Ein Schrei in der Ferne brachte mich wieder zu mir, und ich sah zu, wie eine Reihe Sturmleitern von hinten an die Frontlinie der Sarazenen weitergereicht wurde.

Sir Thomas legte sein Schwert und sein Kettenhemd an, und der Wehrgang um uns füllte sich langsam mit Männern und Kriegswerkzeug. Bald hatten sich die Rufe der Truppen unten und die unserer eigenen zu einem wahren Höllenlärm vereinigt. Mit mächtigem Gebrüll brachen die Linien Saladins vorwärts, die Sarazenen brausten auf die Mauern zu. Gleichzeitig schickten ihre Bogenschützen eine Salve von Tausenden von Pfeilen in den Himmel, die im Bogen auf uns niederzischten. Wenn sie uns damit zwingen konnten, in Deckung zu gehen, würden ihre Reihen ungehindert zum Fuß unserer Mauern vorrücken können.

Ich fiel auf die Knie, schmiegte mich eng an die Brüstung und versuchte, mich so klein wie möglich zu machen. Die Pfeile schwirrten durch die Luft, und einer bohrte sich nur einen knappen Meter vor mir in den Boden. Ich versuchte krampfhaft, die gellenden Schreie zu ignorieren, als einige von ihnen doch ihr Ziel fanden.

Dann kam der Befehl, das Feuer zu erwidern, und überall erhoben sich unsere Bogenschützen und schossen in die Menschenwellen, die unten gegen uns anbrandeten. Ich sah auf, direkt in einen weiteren Schwarm Pfeile, den die Nachhut Saladins uns gesandt hatte. Es wurde ganz unmöglich, den Überblick zu behalten. Unten hatten die Sarazenen schon fast den Fuß der Mauer erreicht, auch wenn unsere Bogenschützen sie für jeden Schritt vorwärts einen hohen Preis bezahlen ließen.

Pfeile regneten vom Himmel und landeten überall um mich herum, und ich sah, wie einer der Gewappneten Brüder direkt vor mir durchbohrt wurde. Ich trug zwar noch mein Kurzschwert am Gürtel, doch mit zitternden Händen ergriff ich die Pike, den langen, eisernen Speer, den er losgelassen hatte, als der Pfeil ihn traf. Ich nahm sie fest in die Hände und prüfte ihr Gewicht, und dann sah ich mit einem Mal die Enden einiger Sturmleitern über die Brüstung ragen und begriff, dass die Sarazenen da waren.

Sir Thomas stand auf einer Zinne und rief: »Vorwärts! An die Leitern!« Unsere Männer stürmten vor und drückten die Leitern mit ihren Piken, Schwertern oder mit bloßen Händen zurück. Ein paar Sarazenen waren schon fast ganz oben angekommen, und ihre Schreie mischten sich mit dem allgemeinen Radau, als sie rückwärts in die wogende Masse ihrer Kameraden am Boden stürzten.

Ich fand eine Lücke an der Brustwehr. Das Ende einer feindlichen Leiter tauchte vor mir auf, und ich stieß mit der Pike danach, um sie umzukippen. Aber es gelang mir nicht, und zu meinem Entsetzen erschien nun ein Sarazene vor mir. Ich blieb wie angewurzelt stehen, als er über die Leiter kletterte. Sein Gesicht war vor Anstrengung schweißgebadet. Ich kam wieder zu mir, fasste die Pike mit beiden Händen, nahm ein paar Schritte Anlauf und warf mich auf ihn, wobei ich so laut ich konnte »Beauseant!« brüllte.

Mit Leichtigkeit parierte er meinen Stoß mit seinem Krummschwert und hätte mir fast den Speer aus der Hand geschlagen. Ich stieß abermals nach ihm, und er lenkte die Pike wieder fast achtlos ab, doch dieses Mal trat er einen Schritt zur Seite und zog sie mir aus den Händen. Er drang auf mich ein, und ich riss hilflos an dem Kurzschwert an meinem Gürtel herum und wusste, dass ich gleich sterben würde.

Mit einem lauten Schrei erhob er das Schwert mit beiden Händen über den Kopf, doch dann zeigte sich auf seinem Gesicht plötzlich ein Ausdruck des Entsetzens, und er brach vor mir zusammen.

Hinter ihm stand Quincy und hielt die Pike, mit der er den Sarazenen gerade ins Jenseits befördert hatte. Er starrte mich einen Moment an, dann nickte er mir zu und rannte die Brustwehr entlang, um einen neue Stelle zu finden, die verteidigt werden musste.

Es war dieser Mann, der mich beinahe getötet hätte, der mich wieder zu Sinnen brachte. Mir wurde in diesem Moment klar, dass ich, wenn ich auch vor Angst fast den Verstand verlor, der Furcht nicht nachgeben durfte. Sonst würde ich sterben.

Immer mehr Leitern lehnten sich gegen die Mauern, und diejenigen, die wir umkippten, wurden wieder aufgerichtet und von Neuem erklettert. Über eine Stunde lang versuchten die Sarazenen an jenem

Morgen vergeblich, unsere Mauern zu überwinden. Schließlich, als Saladin erkannte, dass seine Männer nicht durchbrechen konnten, ohne schwere Verluste zu erleiden, brach er den Angriff ab. Wir beeilten uns, unsere Verwundeten zu versorgen und unsere Waffen zu ersetzen, denn wir wussten, Saladin würde weiter gegen uns anstürmen und niemals aufgeben, bevor er nicht einen Weg gefunden hatte, die Stadt zurückzuerobern.

So nahm die Belagerung ihren Lauf. Über Tage, dann Wochen, saßen wir in unserer Festung wie eine Schildkröte, die sich in ihren Panzer zurückgezogen hat. Der Feind stieß und stocherte hinein, und wir schnappten zu und schlugen in heftigen Kämpfen zurück. Dann vergingen wieder Tage ohne jegliche Vorkommnisse. Die Attacken schienen am häufigsten am Morgen zu kommen, nachdem die Sarazenen sich beim Morgengebet in einen Kampfrausch hineingesteigert hatten, und dann flogen die Pfeile, und die Katapulte dröhnten. Doch sosehr sie sich auch mühten, sie konnten unseren Widerstand nicht brechen.

Die Wochen wurden zu Monaten, ohne dass sich an diesem Zustand etwas änderte. Dann, eines Morgens, stieß eine zweite riesige Streitmacht zu unseren Belagerern, noch einmal fünftausend Mann, wie Sir Basil zählte. Die Ebene unter uns war nun von so vielen Zelten übersät, dass es fast unmöglich war, noch ein freies Stückchen Erde zu entdecken.

Nach der Ankunft der neuen Truppen blieben die feindlichen Linien seltsam still, und die einzige Zeit, zu der wir überhaupt irgendwelche Aktivitäten wahrnehmen konnten, war während ihrer täglichen Gebete.

Mit jedem Tag wuchs die Anspannung. Die bange Erwartung

machte uns alle reizbar und zehrte an den Nerven der Männer innerhalb der Mauern. Streitigkeiten waren an der Tagesordnung, Schlägereien häuften sich, und ich hörte Gemurmel und Geflüster von Männern, die sich auf verlorenem Posten wussten. Sie redeten oft davon, sich wegzuschleichen, bevor man sie gefangen nahm oder tötete. Solche Gedanken kamen mir nie in den Sinn, denn trotz der Anspannung hielt ich an dem Glauben fest, dass wir siegen würden. Sir Thomas erklärte allen, dass Saladin die Belagerung nicht ewig aufrechterhalten konnte, nicht, wenn König Löwenherz im Osten stand und mittlerweile Jerusalem bedrohte. Wir verbrachten Stunden mit strategischen Erörterungen und diskutierten, ob der König uns Unterstützung schicken oder weiter ins Landesinnere vordringen würde. Manch einer glaubte, der König würde jeden Moment zurückkehren, doch eines Abends nach der Messe hörte ich, wie Sir Thomas zu Sir Basil sagte, dass wir wahrscheinlich nicht mit Hilfe rechnen konnten. Richard Löwenherz würde Akkon mit Freuden opfern, wenn er sich seinen Traum erfüllen konnte, die Heilige Stadt wieder unter christliche Herrschaft zu bringen.

Eines Abends, als die Dämmerung sich über uns senkte, stieg ich die steinernen Stufen zur östlichen Brüstung hinauf. Ich hatte gerade eine Lücke gefunden, von der aus ich die Ebene unter mir beobachten konnte, als der mittlerweile wohlvertraute Schlachtruf erklang, die Trompeten ertönten und die Geschosse der Bogenschützen und der Katapulte den Himmel erfüllten. Dieses Mal jedoch sah ich mit einer Mischung aus Entsetzen und Faszination, wie ein gewaltiges Katapult, die größte Belagerungsmaschine, die ich je gesehen hatte, durch die Reihen der Sarazenen nach vorne gezogen wurde. Sofort begann es, riesige Felsbrocken gegen die Stadttore zu schleudern. Alle paar Minuten flog ein neues Geschoss und ließ die Mauern unter der Wucht des Aufpralls erzittern. Unsere Bogenschützen spickten es mit Pfeilen, doch die Sarazenen hatten die verwundbaren Teile der Maschine mit einer Holzverkleidung geschützt. Selbst direkte Treffer unserer Ballistae konnten dem mächtigen Katapult nichts anhaben. Würde sich Saladin nun schließlich doch den Weg in die Stadt erzwingen?

Wieder und wieder donnerte die Maschine Fels um Fels gegen das Tor. Bei jedem Schuss jubelten die Sarazenen, und dann, als deutlich wurde, dass unsere Waffen dem Katapult nicht gefährlich werden konnten, erhob sich das Heer Saladins wie ein Mann. Und als ob es um uns nicht schon schlimm genug stand, nahm über die ganze Breite der Ebene vor dem Stadttor eine Gruppe Männer in schwarzen Roben Aufstellung. Ich hatte noch nie zuvor Krieger gesehen, die so gekleidet waren.

Sir Thomas stand ein paar Schritte von mir entfernt, inmitten einer kleinen Ansammlung von Rittern.

»Herr, seht nur! Eine neue Abteilung von Kriegern greift in den Kampf ein!« Er stellte sich neben mich. Ich blickte Sir Thomas an, und zum ersten Mal bemerkte ich, wie etwas, bei dem es sich nur um Furcht handeln konnte, über sein Gesicht zuckte. Es war nur ein kurzer Augenblick, aber ich hatte es deutlich gesehen, und das Blut gefror mir in den Adern.

»*Al-Hashshashin*«, murmelte er, so leise, dass ich ihn fast nicht hören konnte.

»Herr?«

»Man nennt sie *Al-Hashshashin*. Die *Assassinen*. Es sind Meuchelmörder. Manche bezeichnen sie als Fanatiker. Sie gehören zu den blutrünstigsten Kriegern, die es nur gibt. Wenn Saladin die *Al-Hash*–

shashin überzeugt hat, hier an seiner Seite zu kämpfen, dann hat er vor, die Stadt zu erobern oder bei dem Versuch zu sterben«, sagte Sir Thomas.

Als ob sie hören konnten, wie wir über sie sprachen, erhoben die Assassinen ihre Stimmen, und ihr auf- und abschwellender Gesang versetzte mich in tiefste Furcht. Es war das lang gezogene, trillernde Heulen eines Dämons, hoch und schrill und aufs Äußerste beängstigend. Ich fühlte, wie lähmende Furcht mich ergriff. Sofort stimmten die Sarazenen mit ihren Kriegsrufen in das Geheul ein.

Wie die Wellen des Meeres strömte ihre Angriffsformation auf uns zu.

Und etwas sagte mir, dieses Mal würden wir sie nicht so leicht zurückschlagen.

KAPITEL SECHZEHN

Ein Felsblock nach dem anderen krachte donnernd gegen das Tor. Die Attacke der Sarazenen traf Akkon wie ein Hammer den Amboss. Sie schickten ihr gesamtes Heer vor, um an allen Seiten der Stadt gleichzeitig anzugreifen. Und ihre Sturmleitern schossen wie Unkraut vor den Brüstungen und Zinnen in die Höhe.

Das Riesenkatapult hatte uns alle verunsichert, und während der ersten Minuten des Ansturms herrschte in unseren Reihen nichts als Panik und Verwirrung. Über dem Getöse konnte ich Sir Thomas nicht weit von mir Kommandos rufen hören.

»Zu den Mauern! Vorwärts! Kämpft!« Schließlich gingen seine Worte im Schlachtenlärm unter. Er schwang sein Schwert wie ein Dämon und hieb einen Angreifer nach dem anderen nieder.

Ich bahnte mir einen Weg durch die ineinander verkeilten Leiber, bis ich an seiner Seite stand.

»Tristan! Folge mir! Zur Ritterhalle! Schnell!«, schrie er. Er drehte mich mit dem Gesicht zur Treppe und stieß mich vorwärts. Ich verstand zunächst nicht. Rings um uns her tobte der Kampf, und Sir Thomas steuerte uns in die entgegengesetzte Richtung.

Am Fuß der Treppe übernahm er die Führung und raste durch die Straßen. Das Brüllen der Schlacht hinter uns wurde leiser, und das Zentrum der Stadt schien unnatürlich still, während wir dahinrannten. Wenige Augenblicke später stürmten wir schon durch die Tür unserer Kammer in der Ritterhalle.

Sir Thomas' Mantel starrte vor Schmutz und Staub. Blut tropfte aus einem hässlichen Schnitt an seinem linken Arm. Ohne ein Wort riss ich einen Streifen von meinem eigenen Kittel und band ihn fest um die Wunde.

Er trat rasch an den Tisch und fing an, auf ein Blatt Pergament zu schreiben.

»Tristan, sie werden uns überrennen. Wir haben nur noch Zeit für eine letzte Lektion in Taktik. Was tust du, als Soldat, in einer solchen Situation?«

Ich zögerte und fragte mich, wie Sir Thomas in dem Chaos, das uns umgab, so ruhig bleiben konnte. Auch wenn wir nun seit Wochen ohne Unterlass gekämpft hatten, war er immer noch so wie immer: ruhig, gelassen und vollkommen Herr seiner Gefühle.

»Herr, ich bin nicht sicher, wonach Ihr fragt ... ich ...«

»Schnell, denk nach! Du bist ein Templer. Du kämpfst bis zum letzten Mann. Kapitulation kommt nicht infrage. Also, was tust du?«

Ich versuchte, das Thema zu wechseln.

»Herr, wir müssen nach Euren Verletzungen sehen«, sagte ich.

»Dafür ist jetzt keine Zeit«, sagte er. »Du darfst dich nicht ergeben, du darfst nicht fliehen. Was ist dein Plan?«

»Ich würde mich nach einem guten Platz für meinen letzten Kampf umsehen«, sagte ich.

»Ausgezeichnet! Aber wo? Wir sind innerhalb von festen Stadtmauern, die gleich überrannt werden, wo würdest du kämpfen? Welches Gelände würdest du wählen?«

Ich überlegte einen Moment.

»Den Palast der Kreuzfahrer, Herr«, sagte ich. »Der Palast ist stabil gebaut, die dicken Sandsteinmauern halten Feuer stand, und es wird Saladin viele Soldaten kosten, ihn einzunehmen.«

»Gut gemacht!«, sagte Sir Thomas. »Es scheint fast so, als hätte ich dich gut ausgebildet. Und zum Palast werden wir auch gehen. Aber sag mir, mein Lieber: Wenn du etwas hättest, das dem Feind unter keinerlei Umständen in die Hände fallen darf? Wie würdest du es von hier in Sicherheit bringen?«

Ich dachte wieder nach. Ein Teil von mir wollte einfach die Tür aufreißen, Sir Thomas packen, ein Pferd finden und auf und davon reiten. Es war besser, sein Glück beim Durchbruch zwischen den feindlichen Linien zu versuchen, als hier in der Stadt in der Falle zu sitzen und auf die Sarazenenkrieger zu warten.

»Schnell. Denk nach!«

»Die Höhlen! Die meisten Männer Saladins kämpfen an der Stadtmauer. Ich würde versuchen, die Höhlen unter uns zu erreichen, und mich dann an den Truppen, die sie möglicherweise bewachen, vorbeischleichen. Dann würde ich mich den Strand entlangarbeiten und hinter den feindlichen Linien die Klippen hochklettern, um dem Küstenverlauf zu folgen, bis ich in Sicherheit bin.«

»Ah, aber wie kämst du in die Höhlen, mein Junge? Die Stadt ist umstellt. Es gibt keinen Weg hinein oder heraus«, sagte er.

Sosehr ich mir auch das Hirn zermarterte, ich fand keine Antwort. »Ich weiß nicht, Herr«, sagte ich. »Ich fürchte, mir fällt nichts ein.« Ich zuckte die Achseln, enttäuscht, dass ich nichts Besseres vorzuschlagen hatte.

»Gräm dich nicht, Tristan, das war wirklich ausgezeichnet.«

Sir Thomas beendete sein Schreiben und ging zum Kamin. Er ergriff einen kleinen Dolch, der auf dem Sims lag, und hebelte einen Stein aus der Wand. Als er den Stein entfernt hatte, konnte ich dahinter eine Lücke sehen. Sir Thomas griff mit seinem unverletzten Arm in das Loch und zog einen Ledersack heraus.

»Dies wird die letzte Pflicht sein, die ich dir auferlege«, sagte er und hängte mir den Sack über die Schulter.

»Wir Templer haben den Gegenstand, den du nun hütest, seit unseren frühesten Tagen bewahrt. Mit der Zeit ist er fast der einzige Sinn und Zweck unseres Daseins geworden. Ich habe dir die Geschichte unserer Gründung erzählt. Wir sind die Kriegermönche, die der König von Jerusalem beauftragt hat, die Pilger zu beschützen, die ins Heilige Land reisen. Und als unsere Zahl und unser Einfluss größer wurden, gingen viele der Reliquien unseres Glaubens in unsere Obhut über: die Bundeslade, das Kreuz des Erlösers und auch dies hier, der Heilige Gral. Die größten Heiligtümer der Christenheit werden von den Tempelrittern beschützt und bewacht. Und das muss um jeden Preis so bleiben. Hast du verstanden?«

»Ja, Herr«, sagte ich.

Mein Herz wurde schwer. Sir Thomas hatte mir gerade die heiligste und geheimnisvollste Reliquie in der Geschichte der Menschheit übergeben.

Ich kannte die Geschichte, die sich um den Heiligen Gral spann. Oder wenigstens einige der unzähligen Geschichten. Viele glaubten nicht daran, dass es ihn wirklich gab. Andere sagten, dass er sich in der Obhut der Templer befand. Ich hätte nie gedacht, dass dies die Wahrheit war.

»Nur der Großmeister des Ordens und eine Handvoll sorgfältig ausgewählter Brüder kennen die Wahrheit und wissen um den Verbleib dieser Reliquien. Der Gral bleibt nie lange an einem Ort, für den Fall, dass jemand außerhalb unseres Kreises seinen Aufenthaltsort herausfindet. Doch wir konnten ihn nicht mehr von hier wegbringen, bevor Saladin die Stadt umstellte. Jetzt, wo die Stadt verloren ist, können wir nicht riskieren, dass man ihn findet. Also vertraue ich ihn dir an. Du darfst niemandem sagen, dass du ihn hast, nicht einmal einem anderen Templer.« Sir Thomas sah mich ernst an.

»Der Sack hat einen doppelten Boden«, sagte er und nahm ihn wieder an sich. Er öffnete ihn und zeigte mir, dass die Lederschicht am Boden des Sacks ein Geheimfach verbarg. Als er am Rand zog, schob sich ein schmaler Lederstreifen aus dem Futter. Er zog an dem Streifen, hob die lederne Abdeckung an, und vor uns, eingewickelt in mehrere weiße Leintücher, lag der Gral.

Sir Thomas fügte den falschen Boden wieder ein, zog den Sack zu und reichte ihn mir. Ich hängte ihn mir am Trageband über die Schulter. Ich hatte nicht den leisesten Wunsch, den Gral zu betrachten, nicht das mindeste Verlangen, ihn aus seiner Leinenumhüllung zu befreien und seine Wunder zu bestaunen. In diesem Augenblick wünschte ich mir lediglich, ich hätte nie davon gehört. Ich wusste, dass Sir Thomas mir gleich befehlen würde, ihn zu verlassen, und das war ein Befehl, den ich niemals befolgen wollte.

»Du wirst diesen Sack nach Tyrus tragen und dir eine Überfahrt nach England suchen. Du musst das dir anvertraute Gut nach Schottland bringen, zur Kirche des Heiligen Erlösers bei Rosslyn. Der Priester dort heißt Vater William. Er weiß, was zu tun ist. Händige es keinem anderen aus außer ihm. Verstehst du? Ich werde hierbleiben und zusammen mit den anderen Rittern den Palast so lange wie möglich halten. Ich vertraue niemandem außer dir. Und du weißt, was du bei dir trägst, darf dir niemals von der Seite weichen. Wenn es Saladin in die Hände fiele …« Sir Thomas erschauerte.

»Aber Herr!«

»Nein, es gibt keinen anderen Weg.« Sir Thomas bot alle seine Kräfte auf und erhob sich. Er nestelte einen kleinen Stoffbeutel von seinem Gürtel und legte ihn in den Sack.

»In dem Beutel sind ein paar Münzen, genug, um dich nach England zu bringen, und ein Brief von mir, damit du dich ausweisen kannst«, sagte er.

»Herr, ich bitte Euch, wenn wir jetzt gehen, können wir noch entkommen. Wie Ihr gesagt habt, es stehen Regimentos in Tyrus. Die Soldaten haben gesagt, Saladin kann diese Attacke nicht zu Ende bringen. Seine Männer mögen jetzt vielleicht die Stadt einnehmen, aber wenn wir uns zurückziehen und …«

»Ach, Tristan. Das ist das erste Mal, dass ich dir einen Befehl erteile und du zweifelst ihn an. Nein. Ich kann jetzt nicht gehen. Ich werde hier bei der Verteidigung des Palastes sterben, oder wir werden doch noch siegen und Saladin von diesem Ort verjagen. Aber du musst fliehen – jetzt, sofort. Was du bei dir trägst, ist das Kostbarste, das der Welt geblieben ist, und Männer werden dafür töten, ohne nachzudenken. Vertraue niemandem. Nicht einmal einem anderen Templer. Ich habe gesehen, was der Besitz dieses Gegenstands aus Menschen macht. Er hat sogar manche meiner Brüder im Tempel in tollwütige Hunde verwandelt. Du darfst ihn niemals aus den Händen geben, bis du Rosslyn erreicht hast. Ist das klar?«

Ich sank in mich zusammen. Ich konnte ihn doch nicht alleine lassen! Seitdem ich meine Heimat in St. Alban verlassen hatte, war er wie ein Vater für mich gewesen. Wie konnte ich mich in Sicherheit bringen ohne ihn? Ich wusste, welches Schicksal ihn erwartete, wenn er hier zurückblieb.

Sir Thomas ging langsam durch die Kammer und legte sein Schwert auf den Holztisch. Er nahm seinen Helm und setzte ihn auf.

»Du hast mir sehr viel Freude gemacht, Tristan. Selbst Lancelot hatte keinen treueren Knappen«, sagte er.

Ich wusste, dass nichts, was ich sagen oder tun konnte, ihn umstimmen würde. Sir Thomas war kein übermäßig starrsinniger Mann, er hatte nur geschworen, seine Pflicht zu tun. Und die Pflicht stand über allem anderen.

Er wollte weitersprechen, als Alarmrufe aus dem Innenhof in die Kammer drangen. Und über den Schreien und dem Stampfen rennender Füße konnten wir den Kriegsruf der Soldaten des Sultans draußen in den Straßen hören. Sie hatten die Mauern endgültig überwunden!

»Komm, mein Junge, wir müssen sehen, dass du in den Palast kommst. Im Tempel dort gibt es einen Geheimgang. Mit etwas Glück kannst du dich nach Tyrus durchschlagen und dir ein Schiff nach England suchen. Bis du Outremer verlassen hast, darfst du nur nachts unterwegs sein, tagsüber ruhst du dich aus. Halte die Augen offen. Du müsstest es in zwei Wochen schaffen können, vielleicht sogar schneller.«

Sir Thomas wartete nicht auf meine Antwort, sondern ging zur Tür. Die Schreie der Krieger im Hof wurden immer lauter und schriller. Bevor ich verstand, was geschah, barst die Tür unserer Kammer, und ein Sarazene stürmte in den Raum. Er trug die schwarzen und goldenen Farben Saladins und sah furchterregend aus. Mit einem wütenden Brüllen, das mich vor Entsetzen erstarren ließ, hob er sein blitzendes Krummschwert und fegte durch den Raum wie ein Orkan, geradewegs auf Sir Thomas zu.

KAPITEL SIEBZEHN

Vor Grauen wie gelähmt sah ich zu, wie die Klinge des Sarazenen durch die Luft auf den Kopf von Sir Thomas zupfiff. Meine Hand tastete nach dem Heft meines Schwerts, doch bevor ich mich vom Fleck rühren konnte, hatte Sir Thomas den Abwärtshieb des Krummschwerts schon abgefangen, drehte sich auf dem Absatz und führte sein Schwert waagerecht in einem machtvollen Schlag, mit dem er den Mann niederstreckte.

»Beeil dich, Junge! Schnell!«, rief er. Er sprang über den Mann, der in seinem Blut auf dem Boden lag, rannte durch die Tür und über den Innenhof.

Im Zentrum der Stadt herrschte Chaos. Männer brüllten, Pferde wieherten, und der Lärm der Schlacht war ohrenbetäubend. Als ich von der Ritterhalle aus die Hauptstraße entlangblickte, sah ich eine einzige zuckende Masse aus Rittern, Gewappneten Brüdern und Turban tragenden Sarazenen, die im Nahkampf ineinander verschlungen waren. In diesen letzten Monaten der Belagerung hatten wir eine Attacke nach der anderen überstanden, aber niemals etwas wie das hier. Wie war es ihnen nur gelungen, in die Stadt einzudringen?

Feuer regnete vom Himmel. Flammende Pfeile schwirrten in Bögen auf uns herab, und über allem tönte das Dröhnen der Katapulte, die Tongefäße mit brennendem Öl auf die Dächer der Stadt schleuderten. Ich konnte das Sirren der Geschosse aus den Ballistae hören, wie Pfeile vom Bogen eines Riesen, und die Schreie, als sie ihr Ziel fanden. Die Brüder in der Abtei hätten gesagt, der Schlund der Hölle habe sich vor uns aufgetan.

Ein Ritter, dessen Kettenhemd von Dreck und Blut verkrustet war, rannte an uns vorbei auf eine kleine Gruppe Sarazenen zu.

»Sie sind am Westtor durchgebrochen«, rief er. »Wir sammeln uns am Palast der Kreuzfahrer! Eilt Euch!«

Er rannte ein paar Meter vor uns und warf sich gegen die drei Angreifer. Sie waren von dieser tollkühnen Aktion so überrumpelt, dass sie allesamt mit ihm zu Boden gingen. Im Schlamm der Straße rangen sie mit bloßen Händen miteinander.

»Halt mir den Rücken frei, Junge! Sei auf der Hut!«, schrie Sir Thomas und raste die Straße entlang, so schnell sein geschundener Körper es zuließ. Zu meiner Überraschung gelangten wir unversehrt durch die Kämpfenden, bis wir die erste Querstraße erreicht hatten. Ich hielt mein Schwert in der Hand, obwohl ich keine Erinnerung daran hatte, es gezogen zu haben.

Als wir die Kreuzung überquerten, stürzten sich zwei Männer auf Sir Thomas, schwenkten dann aber in meine Richtung, als sie mich hinter ihm sahen. Sie hielten einen Jungen wohl für ein leichteres Ziel als einen ausgewachsenen Ritter. Der kleinere der beiden hob das Krummschwert und brüllte vor schierer Mordlust. Ich schaffte es, seinen ersten Abwärtsstoß zu blocken, aber seine Waffe war viel schwerer, und meine Klinge flog mir aus der Hand. Er hieb mit aller Macht nach meinem Kopf, und ich konnte mich gerade noch ducken.

Durch seinen Schwung drehte er sich um sich selbst und wandte mir auf einmal den Rücken zu. Ich sprang vor und rammte ihn mit der Schulter. Er stürzte ächzend zu Boden.

»Lauf, Tristan!«, hörte ich Sir Thomas, der mich am Arm packte. Ich warf einen Blick zur Seite und sah den zweiten Angreifer leblos neben uns liegen. Anscheinend hatte Sir Thomas ihn erledigt, während ich mit meinem Gegner beschäftigt war. Ich hob mein Schwert auf, Sir Thomas zog mich die Straße entlang, und wir rannten weiter.

Nach einigen Minuten, in denen wir uns durch das chaotische Getümmel geschlagen hatten, erreichten wir unser Ziel.

Der Palast der Kreuzfahrer war eine kleine Stadt innerhalb der Stadt. So wie Akkon selbst war er vollständig von Mauern umschlossen. An jeder Ecke wurde er durch einen Turm verteidigt, der mit Rittern, Bogenschützen und Gewappneten Brüdern bemannt war.

Die Krieger des Saladin arbeiteten sich methodisch durch die Straßen, Haus für Haus. Bis zum Palast waren sie jedoch noch nicht vorgedrungen. Vor uns erblickte ich eine kleine Schar Templer vor dem Palasttor, bewaffnet und kampfbereit.

»Schnell, Tristan, uns bleibt nicht mehr viel Zeit«, sagte Sir Thomas, und wir hasteten über die Stufen durch das Haupttor und in den Innenhof. Keiner der Templer beachtete uns, während sie und ihre Knappen den Kampfplatz in fieberhafter Eile für ihr letztes Gefecht vorbereiteten.

Sir Thomas drängte sich durch die Menge, die sich hier versammelt hatte, und ich folgte ihm über den Hof. Hier stand ein kleiner Tempel, wo die Ritter ihre Zeremonien abhielten und die Priester die Messe lasen. So klein er auch war, besaß er doch eine gewisse Schönheit und dicke Wände, die den tosenden Lärm draußen etwas dämpften.

Sir Thomas ging mit schnellen Schritten zum Altar. Er reichte ihm bis zur Hüfte und war aus Stein gemauert. Eine flache, auf Hochglanz polierte Marmorplatte bedeckte ihn. Sir Thomas legte sein blutiges Schwert auf den Altar, griff nach unten und drückte auf einen der Steine in seinem Sockel. Er schob sich ein wenig nach innen, Sir Thomas presste die Hüfte gegen die Marmorplatte, und der Altar schwang zur Seite und gab eine kleine hölzerne Falltür im Boden frei. Ein Geheimgang! Aber wohin führte er?

Sir Thomas öffnete die Tür, und ich konnte eine Leiter erkennen, die in die Dunkelheit hinabführte. Er ging hinüber zur Tür der Sakristei, nahm eine brennende Fackel aus ihrer Halterung an der Wand und warf sie durch die Luke. Sie landete auf dem Boden und beleuchtete nun einen Tunnel, der vom Fuß der Leiter wegführte.

»Du musst gehen, Tristan«, sagte er. »Wenn du diesem Stollen folgst, bringt er dich in die Höhlen unter der Stadt. Sie werden wahrscheinlich nur von einer Handvoll Sarazenen bewacht. Du musst irgendwie an ihnen vorbeikommen und die Küste entlanggehen, bis du in Sicherheit bist. Dann kletterst du hoch zur Hauptstraße. Denke daran, reise nur bei Nacht! Halte dich in ihrer Sichtweite, damit du dich nicht verläufst, aber lass dich nicht auf der Straße selbst sehen. Du triffst sonst womöglich auf feindliche Truppen.«

Draußen kam der Kampfeslärm immer näher. Der Feind rückte gegen den Palast vor, und die Ritter im Hof leisteten erbitterten Widerstand. Auf der anderen Seite des Raums sah ich Quincy und Sir Basil. Sir Basil hielt eine mächtige Streitaxt im Arm, während Quincy einen breiten Verband an seiner rechten Schulter anlegte. Als er fertig war, schritt Sir Basil zur Tür in den Hof, wo das Kampfgeschrei inzwischen noch lauter geworden war. Quincy folgte ihm, wortlos und tapfer. Würde ich sie jemals wiedersehen?

Sir Thomas löste seinen Gürtel und reichte ihn mir, mit dem Schwert und der Scheide und allem, was sonst noch daran hing. Dann zog er seinen Templerring vom Finger und warf ihn in den Sack.

»Diese Dinge wirst du vielleicht brauchen können. Zögere nicht, sie zu benutzen«, sagte er.

»Aber Herr, Ihr braucht Euer Schwert doch!«, protestierte ich.

Er winkte nur ab. »Mach dir keine Sorgen. Hier liegen Waffen genug herum«, sagte er.

Ich unterdrückte die Tränen, schlang mir den Gürtel so um die Schulter, dass ich das Schwert auf dem Rücken trug, und vergewisserte mich, dass der Sack fest zugebunden war.

Ich sah Sir Thomas an. »Herr … bitte …«, flehte ich.

»Tristan, mein lieber Junge … Wir haben keine Zeit. Als dein Ritter habe ich dir einen Befehl erteilt, und ich erwarte, dass du gehorchst. Und jetzt geh«, sagte er und schob mich auf die Falltür zu.

Ich setzte den Fuß auf die Leiter und begann den Abstieg. Als ich zum letzten Mal zu Sir Thomas aufsah, legte er mir die Hand auf die Schulter.

»Tristan«, sagte er, und in seinen Augen standen Tränen. »*Beauseant! Beauseant*, mein Junge!«

Sei ehrenvoll.

Dann konnte auch ich die Tränen nicht mehr zurückhalten, aber mir war klar, ich würde seine Haltung nicht ändern können.

Ich stieg in die Dunkelheit des Tunnels hinab und war überzeugt, dass ich Sir Thomas zum letzten Mal gesehen hatte. Ich hörte, wie der Altar sich wieder über die Falltür über mir schob, und dann war der Lärm der nahen Schlacht endgültig verstummt.

Ich hob die Fackel hoch und ging rasch den Stollen entlang. Nach einer kurzen Strecke wurde er zu einer Treppe, die mich immer tiefer in die Erde unter der Stadt führte. Ich wusste nicht, wie lange die Fackel brennen würde, also versuchte ich, so schnell wie möglich voranzukommen. Es bereitete mir Unbehagen, an einem so engen, abgeschlossenen Ort unterwegs zu sein. Die Luft war muffig und feucht, und das Atmen fiel mir schwer. Schweiß strömte über mein Gesicht, und ich wischte ihn aus den Augen. Doch Schritt für Schritt kam ich voran, bis ich spürte, wie die Luft kühler wurde, und ich das Meer riechen konnte.

Schließlich befand ich mich in einer geräumigen Grotte und blieb stehen, um zu lauschen. Aus weiter Entfernung konnte ich die Wellen hören, die sich am Ufer brachen. In meiner Nähe dagegen nahm ich leises Gemurmel und die Bewegungen von Männern wahr.

Ich trat die Fackel auf dem Boden aus und wartete einen Moment ab, damit sich meine Augen an die Dunkelheit gewöhnen konnten, doch sogar dann war es schwer, etwas zu erkennen. Der Geruch des Meeres war jetzt stärker, und bald schon sah ich einen schwachen Lichtschein weiter vorne, ob von Fackeln oder von einem Lagerfeuer, konnte ich nicht ausmachen.

Ich hielt mich an der Wand der Grotte, trat von der Tunnelöffnung weg und bewegte mich vorsichtig und leise auf das Licht zu. Die erste Grotte ging in eine zweite, größere über, und ich schlich mich geräuschlos vorwärts. Ein mattes Licht hellte die Dunkelheit ein wenig auf.

Sir Thomas hatte recht gehabt. Vor mir in der Grotte befanden sich Sarazenen. Die Brandung des Meeres wurde lauter, und mir schien es, als hätten sie sich direkt vor dem Ausgang zum Strand niedergelassen. Ich hatte Glück gehabt, dass sie den Gang im hinteren Teil nicht entdeckt hatten.

Vorsichtig lugte ich um die Ecke der Höhlenwand. Etwa zwanzig Schritte vor mir hockten drei der Krieger Saladins um ein Feuer. Jeder von ihnen hatte ein enorm langes Krummschwert am Gürtel, und einer hielt eine riesige, todbringende Streitaxt.

Das Krachen der Wellen dämpfte das Getöse der Schlacht in der Stadt über uns, doch ab und zu hörte ich Schreie oder Steine, die auf die Stadtmauern prallten. Ich duckte mich wieder hinter die Ecke. Ich brauchte einen Plan, ein Ablenkungsmanöver, mit dem ich an diesen Männern vorbeikam. Meine Finger berührten den Sack über meiner Schulter, und ich schickte ein Stoßgebet zum Himmel und hoffte auf ein Zeichen oder eine göttliche Fügung, die mir aus dieser verfahrenen Situation heraushalf. Ein Wunder wäre ebenfalls hochwillkommen. Ein kleines würde schon reichen. Nichts allzu Aufwendiges. Ganz ohne Blitz und Donner. Nur einfach …

In diesem Moment war von draußen der Klang eines Kriegshorns zu vernehmen, und die Männer in der Grotte sprangen auf die Beine und redeten hektisch auf Arabisch aufeinander ein. Das Horn musste ein Alarmsignal gegeben haben, und nun, so riet ich, stritten die Soldaten darüber, ob sie ihren Posten verlassen oder ihre Stellung hier in der Höhle halten sollten. Zwei zeigten hoch, in Richtung der Schlacht über uns, während einer den Kopf schüttelte und auf den Boden vor seinen Füßen wies, wobei er trotzig vor sich hin murmelte. Ich nahm an, er weigerte sich, sich von der Stelle zu rühren.

Endlich kamen sie zu einer Art Einigung. Zwei der Männer rannten aus der Höhle und verschwanden. Der übrig gebliebene Wächter setzte sich wieder ans Feuer. Unglücklicherweise blickten er und sein Furcht einflößendes Krummschwert genau in meine Richtung. Sehr lang und sehr scharf war dieses Krummschwert. Mindestens so groß wie eine junge Eiche, da war ich mir ganz sicher.

Ich musste fliehen, bevor seine Kumpanen zurückkamen. Aber wie sollte ich einen kampferprobten Krieger Saladins im Zweikampf überwinden? Ich brauchte etwas, das mir einen Vorteil verschaffte. Schließlich hatte ich eine Idee.

Ich griff mir eine Handvoll Sand vom Boden, zog leise mein Kurzschwert und spähte wieder um die Ecke, um mich zu vergewissern, dass der Soldat an seinem Platz geblieben war. Ich holte tief Luft, nahm meinen ganzen Mut zusammen und sprang in die Grotte, wobei ich aus Leibeskräften einen Kriegsruf brüllte.

Der Mann schrie erschrocken auf, aber er war gut ausgebildet und fing sich schnell wieder. Er sprang auf die Beine. Ich rannte direkt auf ihn zu und sah voller Grauen, wie er sein Krummschwert zog. Ich war sicher, dass es mindestens drei Meter lang war. Ich hoffte nur, mein Plan würde funktionieren.

Als ich nahe genug an ihn herangekommen war, hatte er schon weit mit dem Krummschwert ausgeholt, das mir wahrscheinlich den Kopf abtrennen würde, wenn er es wieder nach vorne führte. Als sein Schwert den höchsten Punkt seines Ausholschwungs erreicht hatte, warf ich ihm meine Handvoll Sand ins Gesicht.

Kurzzeitig geblendet, kreischte er wütend auf und rieb sich mit der freien Hand wild die Augen. Während er sich bemühte, wieder sehen zu können, taumelte er rückwärts und schwang das riesige Schwert wild kreuz und quer, besinnungslos vor Zorn. Ich sprang aus seiner Reichweite und brüllte dabei weiter wirres Zeug, um meine Schritte zu übertönen. Blitzschnell war ich hinter ihm. So fest ich konnte, schlug ich ihm das Heft meines Schwerts auf den Kopf. Er schrie auf, fiel zu Boden und verstummte.

Rasch trat ich ans Lagerfeuer und scharrte mit den Füßen Sand in die Flammen, bis sie erloschen. Ich wollte nicht, dass jemand, der an der Grotte vorbeikam, mich im Feuerschein bemerkte. Der Mann hinter mir auf dem Boden stöhnte. Ich hatte keine Zeit zu verlieren.

Hier und da sah ich Sarazenen über den Strand laufen. Glücklicherweise waren sie zu weit weg, um den Schrei ihres Kameraden gehört zu haben. Ich gab die Sicherheit der Höhle auf und schlich so schnell ich konnte an den Klippen entlang. Ich huschte von Fels zu Fels und nutzte jede Deckung, die das Gelände mir bot. So brauchte ich über eine Stunde für die erste Meile. Einige Male hechtete ich hinter Steinhaufen, wenn Soldaten an mir vorbeihasteten, doch als die Dunkelheit der Nacht zunahm, gelang es mir schließlich, die Höhle und die Stadt Akkon hinter mir zu lassen.

Als ich eine halbe Stunde lang niemanden mehr gesehen oder gehört hatte, sah ich mich nach einer Stelle um, wo ich die Klippen hochklettern und die Straße nach Tyrus erreichen konnte. Ein paar Meilen von der Höhle entfernt fand ich einen Pfad, der durch die Felsen am Strand die Klippenwand hochführte.

Der Pfad war steil und schmal und lief im Zickzack über die Felswand. Es war ein schwerer Aufstieg, und bald schon lief mir der Schweiß in Strömen herunter, und mein Atem kam in schnellen, flachen Stößen. Ich machte mehrmals Rast, presste mich gegen die Klippe und betete, dass mir von oben niemand entgegenkam. Es wäre das Leichteste von der Welt, mich von dem schmalen Pfad auf die Felsen unter mir zu stoßen.

Nachdem ich eine weitere Stunde geklettert war, erreichte ich den Gipfel. Ich hielt kurz inne, um wieder zu Atem zu kommen, und wanderte dann vorsichtig landeinwärts auf die Straße zu.

Vom Kamm eines kleinen Hügels blickte ich mich noch einmal nach Akkon um. Die Stadt stand in Flammen. Sogar aus dieser Entfernung trug der Wind noch die Geräusche der Schlacht zu mir – das Schreien und Kreischen der Sterbenden und, über allem, der schrille unheimliche Gesang, der mich bis an mein Lebensende im Schlaf verfolgen wird. Dieses Heulen bewies mir, dass alles verloren war.

Es war der Ruf der *Al-Hashshashin*.

KAPITEL ACHTZEHN

ALLEIN AUF DER STRASSE NACH TYRUS

Es war kurz vor Anbruch der Dämmerung in der dritten Nacht nach meiner Flucht aus Akkon. Gemäß Sir Thomas' Anweisungen ruhte ich am Tag aus und suchte mir ein paar Felsen oder eine bewaldete Senke, um mich auszuschlafen. Nachts marschierte ich nahe der Hauptstraße nach Tyrus, ohne sie jedoch zu betreten. Meinen Wasserschlauch konnte ich in den zahlreichen Bächen und Quellen füllen, die es in diesem Teil des Küstengebiets gab. Und die Bäume dieses Landstrichs, an denen wilde Oliven, Feigen und Datteln wuchsen, versorgten mich mit Nahrung.

Aus dem Schatten beobachtete ich viele Gruppen von Männern, die in der Dunkelheit an mir vorüberzogen. Letzte Nacht war eine große Abteilung Soldaten vorbeigeritten, aber wegen des bewölkten Himmels konnte ich nicht erkennen, ob sie Freund oder Feind waren. Es war besser, allein zu bleiben, anstatt eine Gefangennahme oder den Tod durch die Hände der Krieger des Saladin zu riskieren.

Jeden Morgen, bevor ich einschlief, sorgte ich mich um den Gral. Ich wusste, dass Sir Thomas seine Sicherheit zu meiner Pflicht gemacht hatte, aber er lastete auf mir, als hätte man mich mit einem Mühlstein um den Hals ins Meer geworfen. Ich wusste, dass ich mich eigentlich geehrt fühlen sollte, dass Sir Thomas, der Mann, den ich bewunderte und respektierte wie keinen anderen, *mich* für diese heilige Mission ausgewählt hatte.

Doch ein Teil von mir war wütend auf Sir Thomas. »Hier, Tristan, bring den Gral zurück nach England. Lass niemanden in seine Nähe, Tristan. Achte stets auf seine Sicherheit, Tristan.« Pferdemist. Ich wünschte, ich hätte den Mut gehabt, Sir Thomas' Befehl zu verweigern. Dass ich darauf bestanden hätte, in Akkon zu bleiben, so wie es meine Pflicht mir vorschrieb.

Dann fiel mir ein, dass ich noch am Leben war und dass ich das Sir Thomas zu verdanken hatte. Und ich war nur noch dankbar.

Die Nacht war fast vorüber. Bald würde ich einen sicheren Schlafplatz für den Tag finden müssen. Ich konnte mich nur schwer konzentrieren. Rings um mich her lauerten Gefahren, doch ich konnte immer nur an Sir Thomas und die anderen denken. Ich vermisste Quincy und Sir Basil und zwang mich, nicht daran zu denken, welches Schicksal sie ohne Zweifel ereilt hatte. Ich redete mir ein, dass es den Rittern im Palast irgendwie gelungen sein musste, die Sarazenen in die Flucht zu schlagen. An diesen Gedanken klammerte ich mich, obwohl er nur ein schwacher Trost war.

Ich war völlig davon in Anspruch genommen, und so erkannte ich erst zu spät, dass Banditen mich umstellt hatten.

»Halt!«, sprach eine Stimme aus der Dunkelheit.

Meine Hand fuhr an das Kurzschwert an meinem Gürtel. Sir Thomas' Kriegsschwert trug ich immer noch auf den Rücken geschnallt, so konnte ich es nicht schnell genug ziehen.

»Lass das sein«, sprach die Stimme wieder. Am Akzent konnte ich erkennen, dass es sich um einen Engländer handelte. Für einen Augenblick spürte ich eine überwältigende Erleichterung, dass ich nicht einem Trupp der *Al-Hashshashin* in die Arme gelaufen war. Doch dann erinnerte ich mich daran, was ich über Banditen gehört hatte. Gruppen verrohter Männer, die des Kreuzzugs müde geworden waren, streiften durch das Land und plünderten die Schwachen und Wehrlosen aus, die auf dem Weg in die Heimat waren. Diese Männer waren wohl Engländer und Christen, aber höchstwahrscheinlich Deserteure.

»Mein Name ist Tristan von St. Alban«, sagte ich. »Servante des Sir Thomas Leux von den Tempelherren. Wer versperrt mir den Weg?«

Ich erhielt keine Antwort. Nur Schweigen. Die Nacht war bewölkt, und ich konnte lediglich einen undeutlichen Umriss ein paar Schritte vor mir ausmachen. Rechts und links neben mir spürte ich Bewegungen, konnte aber nichts erkennen. Alle Banditen befanden sich klar außer Reichweite meines Schwerts.

Schließlich ließ die Stimme sich wieder hören. »Was machst du hier?«, fragte sie.

»Ich suche Futter für die Pferde. Unser Lager ist da drüben.« Wer sie auch waren, ich musste sie überzeugen, dass ich nicht allein war.

Wieder nur Schweigen. Sie flüsterten leise miteinander, aber ich konnte nicht verstehen, was sie sagten.

»Ich glaube dir nicht, Bürschchen«, sagte die Stimme. »Ich glaube, du bist allein. Hier in der Nähe gibt es kein Lager. Das hätten wir gesehen. Also zieh nun ganz langsam dein Schwert, und leg es auf den Boden.«

Für einen Moment war es wieder still. Mit einem fast unhörbaren Rascheln gingen die Männer links und rechts von mir hinter mir in Position. Sie würden mich umzingeln und alle zusammen angreifen, also behielt ich die Hand am Heft meines Schwerts.

»Ihr wollt einen Servante der Templer überfallen?«, fragte ich. »Seid ihr von Sinnen? Sie werden euch jagen und zur Strecke bringen. Es wird euch keine Gnade zuteilwerden, wenn ihr einem ihrer Diener ein Leid zufügt.«

»Wenn du zu den Templern gehörst, wie du sagst«, erwiderte die Stimme, »dann sind wir längst weg, bevor sie dir zu Hilfe kommen können. Nun gut, wir können das hier schnell und schmerzlos hinter uns bringen oder auf die schwierige Art. Leg dein Schwert ab, und gib uns diesen Sack und deine Decke.«

Seine Worte bewiesen mir, dass sie mir schon eine Zeit lang gefolgt sein mussten und dass sie sicher waren, dass ich allein war.

Der Mond ging unter, aber er brach jetzt durch die Wolken, und in der Finsternis des Waldes begannen die Schatten Konturen anzunehmen. Vielleicht zehn Schritte vor mir traten die Umrisse eines Mannes stärker hervor. Er hielt ein abgenutztes Schwert in der Hand und war in Lumpen gekleidet. Viel mehr konnte ich nicht erkennen, außer dass er einen Bart trug und seine Mütze tief ins Gesicht gezogen hatte.

Ich sah mich rasch nach rechts und links um und konnte keinen der beiden anderen Männer sehen. Doch ich war sicher, dass sie sich hinter mich geschlichen hatten. Meine Hand schloss sich fester um den Schwertgriff, und mit der anderen umklammerte ich den Ledersack. Ich wollte gerade einen Fluchtversuch wagen, als mich zwei Paar Arme grob von hinten packten.

»Lasst mich los! Lasst mich los!«, schrie ich. »Sir Thomas! Sir Basil! Hilfe! Banditen!«

Natürlich waren keine Ritter in der Nähe, aber ich hoffte, die Räuber trotzdem verwirren und ablenken zu können. Während ich den Sack verbissen an mich klammerte, gelang es mir, meinen anderen Arm für einen Moment zu befreien. Ich kratzte und zerrte und schlug auf die Arme, die mich festhielten, ein. Der Mann vor mir kam mit erhobenem Schwert auf mich zu.

Ich trat um mich und brüllte und kreischte aus Leibeskräften, aber meine Gegner waren nicht nur in der Überzahl, sondern auch viel stärker als ich. Außerdem ging mir die Luft aus, denn jedes Mal, wenn ich losbrüllte, schlangen sich die Arme fester um meinen Brustkorb.

Doch dann ereignete sich etwas äußerst Merkwürdiges. Der Mann, der mich festhielt, brüllte mir plötzlich ins Ohr und schrie gleich darauf noch einmal vor Schmerz laut auf. Seine Arme fielen von mir ab, er taumelte und stürzte zu Boden. Zu meiner großen Überraschung sah ich im Dämmerlicht, dass zwei Pfeile wie durch Zauberhand in seinem Hinterteil erschienen waren und dass sich zwei große dunkle Flecken um die Schäfte herum auf seiner Hose ausbreiteten. Er kreischte, wand sich auf der Erde und hielt sich den Allerwertesten.

Hinter mir befahl eine laute Stimme: »Lasst eure Waffen fallen!«

Der Mann vor mir hielt unschlüssig inne. Der andere an meiner Seite lockerte den Griff um den Sack, und als er das tat, zog ich mein Kurzschwert und sprang mit einem Satz weg von ihm. Die beiden Strolche waren verwirrt, weil sie nicht wussten, woher die Stimme gekommen war, aber sie merkten, dass das Blatt sich gewendet hatte.

»Sofort! Werft eure Schwerter weg, oder mein nächster Pfeil steckt in einer Kehle und nicht in einem Arsch!«, rief die Stimme. »Ich habe einen vollen Köcher und die ganze Woche noch keinen Banditen erschossen. Nähert ihr euch dem Jungen nur um einen Schritt, dann könnt ihr sehen, wie ein Bogenschütze des Königs mit Gesindel wie euch umspringt!«

Ein königlicher Bogenschütze? Hier? Mitten im Wald?

Die Banditen blieben stumm. Ihr verwundeter Kumpan kam mühsam und ächzend auf die Beine und hatte ganz klar den Geschmack am Diebeshandwerk verloren. Er torkelte an seinem Anführer vorbei und quiekte wie ein verwundetes Schwein. In wenigen Augenblicken hatte der Wald ihn verschluckt.

158

Ich hielt mein Schwert gezückt und richtete es auf den Banditen, der mir am nächsten stand.

»Also gut. Mein Arm wird langsam müde. Vielleicht sollte ich euch beide einfach erschießen, um das hier zum Abschluss zu bringen! Zwei Banditen weniger machen die Welt schon wieder ein kleines Stück besser!«, rief der Bogenschütze hinter uns aus dem Wald.

Doch dazu sollte es nicht kommen. Der Bandit neben mir ließ seinen Anführer im Stich und rannte davon. Ich drehte mich auf dem Absatz, griff dabei über die Schulter und zog das Kriegsschwert von Sir Thomas. Jetzt stand ich dem Anführer gegenüber, in jeder Hand ein Schwert.

»Vielleicht solltest du ihm folgen«, sagte ich.

Im trüben Licht des Morgengrauens erschien sein Gesicht nun klarer vor mir, und ich konnte sehen, wie die Wut es verzerrte. Ein scheinbar leichtes Opfer war ihm entwischt, und das gefiel ihm ganz und gar nicht.

»Wir sehen uns wieder, Knappe der Templer«, murmelte er gehässig. Doch als er sich umdrehen wollte, schwirrte ein Pfeil an meinem Ohr vorbei und riss ihm die Mütze vom Kopf. Ich hätte fast laut losgelacht, als der Pfeil sich mit einem dumpfen Geräusch in einen Baumstamm zehn Schritte hinter ihm bohrte und die Mütze festnagelte. Der Bandit erstarrte in seiner Bewegung.

»Wenn *ich dich* wiedersehe«, rief die Stimme, »dann ist das Letzte, was *du* siehst, mein Pfeil in deiner Brust. Mach mir ruhig die Freude, und lass dir noch ein paar leere Drohungen einfallen. Der König verlangt von mir, dass ich jeden Monat zehn Banditen töte, und diesen Monat fehlt mir noch einer.«

Aber den letzten Satz hörte der Bandit schon nicht mehr. Mit seiner Mütze hatte er wohl auch seinen Kampfgeist verloren. Er war im

Wald verschwunden, bevor die letzten Worte des Bogenschützen von den Bäume widerhallten.

Meine Anspannung ließ nach, und meine Muskeln fühlten sich weich wie Watte an. Ich war wütend auf mich selbst, weil ich so blindlings in eine Falle getappt war, und gleichzeitig froh, noch am Leben zu sein. Dann fiel mir wieder ein, dass sich hinter mir ein äußerst reizbarer Bogenschütze befand. Ich steckte die beiden Schwerter in die Scheide und blickte in die Richtung, aus der die Stimme gekommen war. Meine leeren Hände hielt ich sicherheitshalber waagerecht vom Körper weggestreckt.

»Hallo? Bogenschütze?«, rief ich leise in den Wald. Ich sah immer noch niemanden. »Ich danke dir für deine Hilfe!« Ich sprach nicht zu laut, denn wer wusste schon, welche Gefahren sich noch zwischen den Bäumen verbargen? Wo drei Banditen gelauert hatten, konnten ebenso gut auch dreißig sein.

»Hallo?«, sagte ich noch einmal. »Willst du nicht herauskommen, damit ich mich von Angesicht zu Angesicht bedanken kann?«

Dann sah ich ihn. Er trat hinter einem wilden Olivenbaum hervor, der zwanzig Schritte von mir entfernt stand, und kam auf mich zu. Er war größer als ich und trug die Farben des Königs. In der linken Hand hielt er den traditionellen englischen Langbogen aus Eibenholz. Auf dem Rücken hatte er einen Köcher voller Pfeile, die grauen Federn ragten über seinen Kopf. Wie bei den meisten Bogenschützen, die ich gesehen hatte, waren seine Arme und sein Oberkörper mit Muskeln bepackt. Sein Haar war blond und seine Haut hell. Aus der Nähe konnte ich seine Züge klarer erkennen und war überrascht, wie jung er war: etwa in meinem Alter oder höchstens ein, zwei Jahre älter.

Ich streckte ihm die Hand entgegen. »Ich schulde dir nicht nur meinen Dank, sondern auch mein Leben«, sagte ich. Er sah mich misstrauisch an, nahm dann meine Hand und schüttelte sie kurz.

»Ich heiße Tristan.«

»Robard«, erwiderte er. »Ich heiße Robard Hode, ehemals von den königlichen Bogenschützen.«

»Wenn es nicht zu aufdringlich ist, was führt dich in diesen Wald?«, fragte ich.

»Ich habe meinen Kriegsdienst abgeleistet. Nun bin ich unterwegs zurück nach England«, antwortete er.

Und so traf ich auf Robard Hode, geboren im Wald von Sherwood, nahe der Grafschaft Nottingham.

KAPITEL NEUNZEHN

Robard kam von Süden, aus der Nähe von Jerusalem. Er wusste nichts vom Fall von Akkon, dem eigentlichen Ziel seiner Reise. Ich erzählte ihm, dass die Stadt sich in den Händen Saladins befand, und wir kamen überein, zusammen nach Tyrus weiterzugehen. Als er mich fragte, warum ich es vorzog, nachts zu marschieren, erklärte ich ihm, dass ich wichtige Pergamente für die Templer dort bei mir trug und diese Dokumente dem Feind unter keinen Umständen in die Hände fallen durften. Er akzeptierte meine Erklärung ohne weitere Fragen.

Ich war dankbar, Robard und seinen Bogen als Reisegefährten zu haben. Wie zuvor wanderten wir in den Hügeln nahe der Hauptstraße. Nachts verzichteten wir auf ein Feuer. Während wir durch die Dunkelheit schritten, tauschten wir leise unsere Lebensgeschichten aus.

Robard war siebzehn. Sein Vater besaß einen großen Gutshof in der Nähe der Grafschaft Nottingham. Als König Richard den Thron bestieg und seine Armee für den Kreuzzug aushob, belegte er alle Bauern von England mit Steuern. Und nach einer schlechten Ernte vor zwei Jahren war Robards Vater dann nicht mehr in der Lage gewesen, seinen Anteil zu zahlen. Diejenigen, die nicht zahlen konnten, konnten Soldat werden oder einen Sohn schicken, um in den Kreuzzügen zu kämpfen. Robard war also in die Armee des Königs

162

eingetreten, und nachdem er zwei Jahre lang Dienst getan hatte, war die Schuld seines Vaters erlassen.

Es war Robards Vater, der ihn gelehrt hatte, mit Pfeil und Bogen umzugehen. Und zwei Jahre fast ununterbrochener Kampfhandlungen hatten ihn zu einem außergewöhnlich guten Bogenschützen gemacht. In der königlichen Armee lernte er schnell, dass ein Bogenschütze immer nur so gut ist wie seine Ausrüstung. Bevor wir uns morgens zur Ruhe legten, untersuchte er daher seinen Bogen gewissenhaft auf Zeichen von Abnutzung oder nachlassender Spannkraft. Er kontrollierte mit strengem Blick die Lederriemen, mit denen das Griffstück in der Mitte des Bogens befestigt war. Er zog jeden einzelnen Pfeil aus dem Köcher, um die Befiederung zu prüfen und sicherzustellen, dass die Spitzen scharf waren und sich nicht gelockert hatten. Jeden Morgen gab er, sobald es hell genug war, um etwas zu sehen, einige Übungsschüsse auf einen weit entfernten Baum ab. Dann zog er die Pfeile aus dem Stamm, überprüfte sie abermals und schob sie wieder in den Köcher.

Während unseres Marsches erzählte Robard mir viel von seinem Leben und davon, was er in seinen Jahren in Outremer erlebt hatte.

»Ich habe nichts gesehen außer Zerstörung und unnützes Blutvergießen«, sagte er verbittert. »Löwenherz«, Robard spie den Namen aus, als sei ihm etwas Saures und Ekelerregendes auf die Zunge gekommen, »befiehlt uns, eine Festung oder eine Stadt oder ein paar Meilen Land einzunehmen, und wir tun es. Dann, ein paar Wochen oder Monate später, rückt das Heer von Saladin an und erobert sie zurück. Männer werden getötet – für nichts und wieder nichts. Aber der König vergrößert weiter seine Armee und verlangt nur immer mehr Steuern, während arme Männer wie mein Vater sich den Rücken krumm arbeiten, um ihre Familien zu ernähren.«

Robard schien von einem schwelenden Hass erfüllt, und wenn er von seiner Heimat, seinem Vater und von den Leiden der Menschen in seiner Grafschaft sprach, steigerte er sich in einen leidenschaftlichen Zorn hinein. Ich spürte eine große Entschlossenheit in ihm.

»Was willst du tun, wenn du wieder in England bist?«, fragte ich, als er schließlich in seiner flammenden Anklage gegen König Richard, die Reichen und die allgemeinen Ungerechtigkeiten der uns bekannten Welt innehielt.

»Nach Hause gehen, meinem Vater auf dem Bauernhof helfen. Das wird nötig sein, wenn dieser Krieg noch länger dauert. Die reichen Barone haben keine Mühe, dem König die Steuern zu zahlen, aber die Armen hungern und schicken ihre Söhne weg, damit sie hier in dieser gottverlassenen Wüste sterben, weil sie nicht zahlen können.«

Robard machte in seiner Empörung vor nichts halt, wenn es um die Reichen im Allgemeinen, die Armen im Besonderen und vor allem um Steuern ging. Obwohl ich gewiss kein Heiliger war, erschrak ich doch, als er das Heilige Land als ›gottverlassen‹ bezeichnete, und bekreuzigte mich schweigend.

»Ich habe zu Hause einen Mann gekannt«, fuhr Robard fort, »einen Bauern, wie mein Vater, mit sieben Kindern. Nach der schlechten Ernte vor zwei Jahren hatte er mit einer so großen Familie natürlich kaum noch etwas zu essen. Eines Tages ging er in den Wald von Sherwood und erlegte einen Rehbock. Auf dem Heimweg lief er einer Abteilung Häscher in die Arme, angeführt vom Sheriff von Nottingham. Wie üblich waren der Sheriff und seine Schergen unterwegs, um Steuern von den Bauern einzutreiben, die sie selbst dann nicht bezahlen konnten, wenn auf ihren Äckern Gold gewachsen wäre. Der Sheriff und seine Leute wollten ihn verhaften, mit der Begründung, er habe keine Genehmigung, das Wild des Königs zu jagen.«

Robard hatte die Stimme erhoben. Ich wollte ihn bitten, leiser zu sprechen, damit uns nicht etwa noch mehr Banditen oder – Gott bewahre – die Soldaten des Sultans hörten.

»Doch bevor sie ihn ergreifen konnten, floh er in den Wald. Soweit ich weiß, hält er sich immer noch dort versteckt. Und alles nur, weil er Fleisch für seine Kinder wollte«, sagte er. »Und ein solcher König zwingt mich, für ihn zu kämpfen. Wir dienen einem König, der sein Land im Stich lässt und sich nicht um seine Untertanen kümmert, solange sie ihm nur ihre Söhne schicken, damit sie sich in seiner Armee abschlachten lassen. Er überlässt das Königreich seiner Memme von Bruder, Prinz John, und dieser unfähige Aushilfskönig erlaubt den Sheriffs, das Land wie Barone zu regieren. Löwenherz, mein Arsch«, sagte Robard und spuckte auf die Erde, um seiner Meinung Nachdruck zu verleihen.

»Was wurde aus der Familie des Mannes?«, fragte ich.

»Hah!«, schnaubte Robard. »Weil sie ihn nicht erwischten, hat der Sheriff stattdessen seine Frau verhaftet, sein Land beschlagnahmt und seine Kinder in Waisenhäuser gesteckt. Wenn ich heimkomme, hoffe ich nur, dass dieser fette Sheriff bald versucht, mich wegen irgendetwas zu verhaften.« Robard hob den Bogen und tat so, als würde er einen Pfeil abschießen.

Ich glaubte, es sei nun das Beste, das Thema zu wechseln, und begann, Robard von mir zu erzählen, von meiner Zeit bei den Mönchen und wie ich der Knappe eines Tempelritters geworden war.

»Von Mönchen aufgezogen, sagst du?«, fragte er.

»Ja.«

»Dann kannst du also lesen und schreiben?«

»Natürlich«, erwiderte ich fast ungläubig. Dann schämte ich mich, weil mir klar wurde, dass Robard gefragt hatte, weil er es nicht konn-

165

te. Für mich war das eine Selbstverständlichkeit. Die Mönche, die mich erzogen hatten, waren Gelehrte, die ihre Bildung an mich weitergegeben hatten. Und auch die Templer waren belesene Männer. Robard dagegen war als Bauer geboren. Niemand hatte ihm je diese Fähigkeiten beigebracht. Er sah mich einen Augenblick aufmerksam an und wandte dann den Blick ab. Ich fragte mich, ob das seine Meinung über mich geändert hatte. Ich hoffte, ihn nicht in Verlegenheit gebracht zu haben, und wechselte schnell das Thema, indem ich ihm von meinem Dienst bei Sir Thomas berichtete.

Danach stellte Robard nur noch selten Fragen über mein Leben und gab auch selbst bestenfalls unbedeutende Kleinigkeiten von sich preis. Trotzdem war ich froh, ihn bei mir zu haben. Er war erfahren, gut ausgebildet, und er hatte Mut bewiesen, als er die Banditen vertrieben hatte. Ich fühlte mich wohl in seiner Gesellschaft. Solange ich darauf achtete, ein paar heikle Gesprächsthemen zu vermeiden: Steuern, König Richard, Sheriffs, das Heilige Land, den Adel, Saladin und die Reichen.

Zu zweit kamen wir viel besser voran. Ich hatte keine Zweifel, dass auch andere Leute in den Wäldern unterwegs waren und dass sie uns gelegentlich beobachteten. Aber zusammen sahen wir wesentlich wehrhafter aus, und so marschierten wir unangefochten immer weiter östlich auf Tyrus zu.

Früh am Morgen des dritten Tages auf unserem gemeinsamen Weg schoss Robard einen Hasen. Tief im Wald machten wir ein Feuer aus ganz trockenem Holz, das nur wenig Rauch entwickelte. Wir brieten den Hasen und genossen eine herrliche Mahlzeit, das erste Fleisch, das ich seit der Flucht aus Akkon zu mir nahm.

Wir legten in dieser Nacht viele Meilen zurück und schlugen kurz vor Morgengrauen unser Lager in einer Felsgruppe etwa hundert

Meter von der Straße entfernt auf. Mächtige Felsen umgaben uns auf drei Seiten und bildeten einen hufeisenförmigen Schutzwall, dessen Öffnung nach Westen lag, was die größte Hitze der Sonne von uns abhalten würde, während wir den Tag verschliefen. Wir rollten unsere Decken auf dem Boden aus und waren innerhalb von Minuten eingeschlafen.

Stunden später weckte mich ein schwaches, kaum hörbares Summen aus dem Schlaf, und ich war augenblicklich hellwach. Es war dämmrig, noch nicht völlig dunkel, doch ich spürte, dass etwas nicht stimmte. Ich blieb liegen und lauschte. Alles war ruhig. Doch dann regte sich etwas, ein Geräusch, nur der Hauch eines Raschelns, kam aus dem Wald hinter den Felsen.

Ich rollte vorsichtig auf die Knie und griff nach meinem Kurzschwert. Robard lag ganz in meiner Nähe und schnarchte leise. Durch die Öffnung zwischen den Felsen konnte ich ein Stück weit in den Wald sehen, und ich glaubte, eine schwarz gekleidete Gestalt zu erkennen, die durch die Bäume huschte. Ich war mir nicht sicher, ob meine Augen mir einen Streich spielten, aber ich kroch zu Robard und legte ihm die Hand auf den Mund. Er wurde sofort wach und packte meine Hand, aber ich zischte ihm zu, ruhig zu bleiben, und deutete auf die Öffnung in den Felsen.

»Besuch«, flüsterte ich.

Augenblicklich stand er auf den Beinen, mit gespanntem Bogen und schussbereitem Pfeil auf der Sehne. Leise traten wir an die Öffnung und stellten uns links und rechts davon auf. Das Kriegsschwert ließ ich liegen, da es für einen Kampf auf einem so beengten Gelände zu lang war.

Robard horchte und hielt den Blick auf die Bäume gerichtet. Die Abendschatten wurden länger, und das Zwielicht des Waldes ging immer mehr in Finsternis über. Ich konnte nichts erkennen, aber rings um uns her war es eindeutig zu still. Irgendetwas hielt sich da draußen auf. Für einige Sekunden, die uns wie Stunden vorkamen, blieben wir reglos stehen. Meine Nerven waren bis zum Zerreißen gespannt, aber Robard wirkte gelassen und hielt seinen Bogen fast sanft vor der Brust, bereit zu schießen, sobald sich ein Ziel präsentierte.

Dann hörten wir ganz deutlich, wie sich jemand bewegte. Ein schnelles Rascheln im Gras und in den Blättern, doch immer noch war nichts zu sehen. Mein Instinkt befahl mir, mich umzudrehen. Ich blickte zu den Felsen über unserem Lagerplatz und sah eine Gestalt in einer schwarzen Robe über uns stehen, das Gesicht verborgen hinter einem schwarzen Turban und einem schwarzen Schleier.

»Robard!«, schrie ich warnend. Robard wirbelte herum und hob den Bogen, als die Gestalt sich von den Felsen auf uns stürzte. In diesem Moment hörten wir ihn: den schrecklichen, heulenden Gesang, der uns sagte, wer uns hier überrascht hatte.

Al-Hashshashin.

Die Assassinen.

KAPITEL ZWANZIG

Das Geheul der Assassinen war ohrenbetäubend. Ich konnte mir nicht vorstellen, wie sie uns gefunden hatten, wo wir uns doch so sorgfältig vor zufälligen Begegnungen geschützt hatten. Einer von ihnen hatte sich in unseren Rücken geschlichen und warf sich nun durch die Luft auf uns, und ich war sicher, dass im Wald außerhalb unseres Lagers noch mindestens zwei andere lauerten. Aber ihr Geschrei war so laut, dass es klang, als hätten uns Hunderte von ihnen umzingelt. Wie konnten so wenige Männer nur einen solchen Höllenlärm veranstalten? Es war ein grauenvolles, durchdringendes, auf- und abschwellendes Heulen, das nichts anderes sein konnte als der Gesang des Teufels selbst.

Robards Pfeil traf den Assassinen oben an der Schulter und wirbelte ihn um die eigene Achse. Er landete ein paar Schritte vor uns mit einem dumpfen Aufprall auf dem Rücken. Seine Zwillingsdolche flogen ihm aus den Händen, sprangen auf dem Waldboden auf und schlitterten von ihm weg.

Fast schneller, als ich es sehen konnte, hatte Robard einen neuen Pfeil aus dem Köcher gezogen und ihn auf die Sehne gelegt. Wieder schussbereit, drehte er sich erneut nach vorn und behielt die Lücke zwischen den Felsen im Auge.

Immer noch war das schrille Heulen zu hören, aber es schien von überall und gleichzeitig von nirgendwo herzukommen.

»Tristan!«, schrie Robard. »Wir müssen hier raus. Wir sind in dieser Falle ein zu leichtes Ziel. Lauf zu der freien Stelle dort drüben.« Mit dem Pfeil auf seinem Bogen zeigte er auf eine kleine Lichtung etwa zwanzig Meter von unserem Standort entfernt.

Ich hatte bei Sir Thomas und den Rittern meinen Teil an Kämpfen durchgestanden, und ich wusste das auch von Robard. Aber es kam mir dumm vor, die Sicherheit der Felsen aufzugeben. Dann hörte ich hinter uns ein Kratzen und Scharren. Eindeutig ein weiterer Assassine, der die Felsen hochkletterte, um sich ebenfalls auf uns zu stürzen. Unter diesen Umständen schien Robards Plan doch noch der beste von mehreren unangenehmen Alternativen zu sein.

»Du nimmst Anlauf und springst mit einer Hechtrolle aus der Öffnung. Ich folge dir mit dem Bogen. Ich nehme an, draußen wartet auf jeder Seite mindestens einer darauf, dass wir herausgerannt kommen. Wir müssen sie überraschen. Du gehst zuerst und übernimmst den rechten. Ich bin hinter dir und kümmere mich um den linken.«

»Ich zuerst?«, sagte ich. »Warum nicht du zuerst?«

Ich hatte durchaus an mehreren Teilen von Robards Plan etwas auszusetzen, angefangen mit der Idee, dass ich mich als Erster zwischen den Felsen nach draußen rollen sollte.

»Tristan!«, schrie er wieder. »Ich gebe dir Deckung!«

»Also gut. Bereit!«, schrie ich zurück. Natürlich eine Lüge, denn ich war alles andere als bereit!

Ich hätte gerne noch etwas Zeit gehabt, mir einen anderen Plan zu überlegen. Aber das Geheul wurde lauter, drängender, und ich hatte keinen besseren Vorschlag. Ich ging rückwärts auf die Felswand zu und blickte dabei über die Schulter, falls sich der Assassine hinter uns zeigen würde. Dann hob ich meinen Sack vom Boden und hängte ihn mir über Hals und Schulter.

Ich nahm Anlauf, hielt das Schwert fest in der Hand und rannte auf die Lücke zwischen den Felsen zu. Unmittelbar davor warf ich mich nach vorn durch die Öffnung und rollte mich ab. Ich sah zwar nichts, aber ich hörte, und ich schwöre, ich spürte auch das Zischen eines Krummschwerts, das auf der Höhe, wo sich gerade noch mein Kopf befunden hatte, durch die Luft sauste. Ich hörte das Klirren von Stahl auf Stein, schnellte auf die Beine und wirbelte herum, um mich meinem Angreifer zu stellen.

Es war alles fast genau so, wie Robard es vorhergesagt hatte. Zwei schwarz gewandete Assassinen standen jeweils an einer Seite der Öffnung. Sofort drangen sie mit erhobenen Krummschwertern auf mich ein, und ich duckte mich unter ihren wild geschwungenen Schwertern. An meinem Ohr hörte und fühlte ich etwas vorbeischwirren. Dann ragte plötzlich ein Pfeil aus dem Rücken eines der Assassinen. Robard hatte sein Ziel rasch gefunden.

Der übrig gebliebene Assassine griff an und führte sein Schwert in einem tödlichen Bogen nach unten. Ich blockte den ersten Hieb, doch wie ich schon in den Straßen von Akkon erfahren musste, ist ein Krummschwert eine wesentlich schwerere Waffe als das Kurzschwert, mit dem ich mich verteidigte. Die Wucht des Schlages des Assassinen prellte es mir aus der Hand. Jetzt war ich wehrlos, denn Sir Thomas' Kriegsschwert lag ja noch im Schutz der Felsen, den ich gerade verlassen hatte.

Der Assassine konnte seinen Schwung nicht abfangen und kippte gegen mich, und ich packte seine Arme und rang mit ihm. Zu spät erkannte ich, dass ich mich damit zwischen Robard und meinen Gegner geschoben hatte. Er hatte nun kein freies Schussfeld mehr.

Der Assassine riss sich aus meinem Griff los. Er sprang zurück, schrie wutentbrannt auf, hob wieder das Krummschwert und warf sich auf mich. Ich wich hastig zurück. Seine Augen, alles, was ich durch seinen Turban und den Schleier von seinem Gesicht erkennen konnte, blitzten vor Zorn und Kampfeslust. Für einen Augenblick lähmte mich die Furcht.

Hinter mir hörte ich Robards Gebrüll. »Aus dem Weg, Tristan! Ich kann so nicht zielen!« Aber ich konnte nirgendwo hin. Der Assassine stieß wieder vor und trieb mich zwischen die Felsen zurück. Ich sah mein Schwert auf dem Boden liegen, doch es war zu weit weg. Ich hätte Robard gerne daran erinnert, dass ich von Anfang an gegen seinen Plan gewesen war, zweifelte jedoch, dass der Assassine mir die Zeit lassen würde, meinem Freund die Meinung zu sagen.

Er führte wieder einen beidhändigen Schlag nach mir. Ich wich dem Hieb aus, während ich mich verzweifelt nach einem Stein oder einem Ast umsah, irgendetwas, das mir als Waffe dienen konnte. Dann fiel mir der Ledersack ein. Ich zog ihn über den Kopf und wickelte mir das Trageband fest um das rechte Handgelenk.

»Robard! Das Kriegsschwert!«, kreischte ich. Ich konnte ihn nicht sehen, hörte ihn aber hinter mir rufen. Ich hatte keine Ahnung, was er mir mitteilen wollte. Wahrscheinlich, dass ich seinen raffinierten Plan kaputt gemacht hatte, weil ich mich unbedingt mit einem blutberauschten Meuchelmörder raufen wollte.

Ich hatte nur einen Vorteil: Das Krummschwert ist zwar eine vorzügliche Waffe, aber es ist auch sehr schwer und nicht gemacht für schnelle Stiche und Stöße. Man setzt es eher wie einen Streitkolben ein und lässt es auf das Opfer niederkrachen, um Stahl und Knochen zu brechen und Kettenpanzer entzweizuhacken. Als der Assassine auf mich zutrat und das Schwert wieder in einem langen, weit ausholenden Bogen schwang, wich ich der Spitze rückwärts und seitlich aus. Als sie an mir vorbeizischte und der Schwung meines Angreifers ihn mit nach vorne riss, machte ich einen Schritt auf ihn zu und schwang den Sack mit aller Kraft. Ich hoffte nur, dass meine kostbare Bürde nicht zerbrechen würde, aber sie war ja am Boden des Sacks gut gepolstert. Und in diesem Moment brauchte ich dringend die Schwungkraft, die ich durch das Gewicht erhielt.

Der Sack prallte mit der Wucht eines Morgensterns gegen den Kopf des Assassinen. Ich hörte ein Geräusch wie von einer Melone, die auf einen Steinboden fällt, und mein Gegner brach vor mir zusammen.

»Los!«, schrie Robard. Er warf mir das Kriegsschwert zu, und ich fing es am Heft auf. Ich drehte mich um und lief los. Im Rennen hängte ich mir den Sack wieder um und hob mein Kurzschwert vom Boden auf. Wir hasteten auf die Lichtung, stellten uns Rücken an Rücken auf und drehten uns langsam im Kreis. Angespannt suchten wir den Wald nach Anzeichen für weitere Assassinen ab.

Wir wussten, dass wir es mit mindestens vier Angreifern zu tun hatten. Robard hatte zwei getroffen, und mir war es gelungen, einen bewusstlos zu schlagen. Im Wald wurde es still. Der heulende Gesang der Assassinen war so schnell verstummt, wie er begonnen hatte. Die Nacht wurde immer finsterer, und wir konnten unsere Umgebung zusehends schwerer ausmachen.

Eine Gestalt in Schwarz brach zwischen den Felsen hervor. In seinem Leib steckte kein Pfeil, also musste es sich um den Angreifer handeln, den ich hinter uns auf den Felsen gehört hatte. Ich schrie auf, und Robard gab noch in der Drehung einen Schuss ab, aber der Assassine huschte zur Seite, und Robards Pfeil prallte hinter ihn gegen den Stein. Der Assassine zog seinen benommenen Gefährten auf die Beine, und beide zogen sich hastig von den Felsen in den Wald zurück. Sie bewegten sich im Zickzack, und für Robard war es schwer, auf sie zu zielen. Blitzschnell waren sie verschwunden.

Robard und ich schwiegen und drehten uns weiter auf der nun ganz stillen Lichtung im Kreis, während wir einen neuen Angriff erwarteten. Schweigen. Eine kurze Zeit lang war kaum etwas zu hören. Dann stellten sich allmählich die normalen Geräusche der Nacht wieder ein. Insekten zirpten. Vögel zwitscherten.

»Ich glaube, sie sind weg«, sagte ich.

Robard hielt den Bogen immer noch gespannt. Er blieb wachsam, den Arm mit dem Bogen so weit vorgestreckt, dass die Muskeln wie Seile hervortraten. »An der Sache stimmt etwas nicht«, sagte er. »Wie haben sie uns gefunden? Und warum sind die beiden abgehauen? Die *Al-Hashshashin* laufen nicht davon. Sie kämpfen bis zum Tod.«

»Ja. Sonderbar«, gab ich ihm recht. Wir drehten uns langsam weiter, aber es gab nichts mehr zu sehen oder zu hören.

»Wir müssen hier weg«, sagte Robard.

»Einverstanden.«

Robard senkte seinen Bogen, entspannte ihn aber noch nicht völlig, und wir gingen vorsichtig zu den Felsen zurück. Ich hielt in jeder Hand ein Schwert, und wir waren bei jedem Schritt auf der Hut, aber der Wald um uns herum fühlte sich leer an.

Rasch suchten wir unsere Decken. Das Beste für uns war es, schnell so weit wie möglich von hier zu verschwinden. Ich rollte unsere beiden Decken zusammen und schnallte sie mir auf den Rücken. Heute Nacht würde ich auch Robards Gepäck tragen, damit er schneller an seinen Bogen und seinen Köcher kam.

Wir wollten uns gerade in die Büsche schlagen, als ich ein leises Keuchen hörte. Es kam von dem Assassinen, der noch immer mit Robards Pfeil in der Schulter bei den Felsen auf der Erde lag. Jetzt konnte ich sehen, dass er sich bewegte. Zu einem Angriff war er sicherlich nicht in der Lage. Aber er war auch noch nicht tot.

Robard blieb stehen, und ich ging zu dem Assassinen und stieß die Dolche mit dem Fuß außer Reichweite. Ein weiteres Stöhnen, dann riss er die Augen auf. Zwei schwarze Ovale starrten mich voller Besorgnis und Hass an.

»Vorsicht, er hat vielleicht noch andere Waffen«, sagte Robard.

Ich blickte auf die Wunde, wo der Pfeil in der Schulter steckte. Ich sah nicht viel Blut, aber er trug ja seine schwarze Robe, und das Blut war schwer zu erkennen. Als ich den Schaft des Pfeils berührte, schrie der Assassine vor Schmerz auf und schloss die Augen.

»Was machen wir nun?«, fragte ich, ohne Robard anzuschauen. »Er ist nicht tot. Wenn wir gehen, und er überlebt, könnte er wieder zu den anderen stoßen, um uns zu folgen.«

Robard hatte schweigend zugesehen, wie ich die Wunde untersucht hatte. Und als ich mich umwandte und auf seine Antwort wartete, sah ich einen eiskalten Ausdruck auf seinem Gesicht.

»Es gibt nur eine Lösung«, sagte er.

Mit einem Mal war mir, als ginge ich im Treibsand unter. Während ich ihm den Rücken zugewandt hielt, hatte Robard einen Pfeil aus dem Köcher gezogen, ihn auf die Sehne gelegt und den Bogen gespannt. Die Spitze zielte nun direkt auf das Herz des verwundeten Assassinen. Ich spürte, wie meine Beine nachgaben.

Robard zog die Sehne zum Ohr, und ich konnte erkennen, wie seine Finger zuckten und gleich loslassen würden.

»Robard! Nein!«, schrie ich und warf mich ihm entgegen. Zu meinem Entsetzen sah ich, wie seine Finger die Sehne freigaben. Mir stockte der Atem, als der Pfeil durch die Luft flog. Genau auf meine Brust zu.

KAPITEL EINUNDZWANZIG

Die Zeit blieb stehen. Es kam mir so vor, als könne ich alles mit nie gekannter Klarheit sehen und hören. Ich war aus der Hocke aufgesprungen und hatte mich vor den hilflosen Assassinen geworfen. Ich sah, wie Robards Finger zuckten, als sie den Pfeil auf den Weg schickten. Er löste sich vom Bogen, und ich hörte das Sirren der Sehne und sah den Schaft langsam an der Pfeilauflage vorbeigleiten. Ich konnte Robards überraschten Atemzug hören, und das erschrockene Keuchen, mit dem sein Mund das Wort »NEIN!« formte. Doch es war zu spät.

Der Pfeil flog mit fürchterlicher Geschwindigkeit auf mich zu. Robard stand nur ein paar Schritte entfernt. Es war unmöglich, dass er mich auf diese Distanz verfehlen konnte. In diesem Augenblick, bevor ich sterben sollte, gingen mir viele Dinge durch den Kopf. Ich dachte an Sir Thomas, die Mönche und sogar an Sir Hugh und seinen Hass auf mich. Ich erinnerte mich an den durchdringenden Geruch des Stalls der Abtei und das leise Schlurfen der Sandalen der Brüder, wenn sie sich nacheinander zum Gebet in der Kapelle einfanden. Ich hörte die Lieder der Vögel, die sie mir tagtäglich bei der Arbeit im Garten vorgesungen hatten.

Ich dachte auch, was für ein alberner Tod dies war: bei der Verteidigung eines Mannes, der mich ohne jeden Zweifel umgebracht hätte, wenn die Verhältnisse umgekehrt gewesen wären. Ich erinnerte mich an Sir Thomas und daran, wie er sich bemüht hatte, mich Ehre und Demut zu lehren, an seine Ermahnungen, dass ein Krieger im Sieg Mitleid und Bescheidenheit zeigen sollte. Jetzt, in der Stunde meines Todes, hoffte ich, er wäre stolz auf mich.

Ich schloss die Augen. Ich hörte, wie der Pfeil sich in mich bohrte, bevor ich es wirklich fühlte. Ich drehte mich in der Luft und fiel auf den Rücken. Der Aufprall presste mir die Luft aus der Lunge. Ich schlug die Augen auf, sah den Pfeil vor meinem Gesicht in den Himmel ragen und wartete auf den blitzartigen, brennenden Schmerz, der das Letzte sein würde, was ich auf dieser Welt spürte.

Nur, dass dieser Schmerz nicht kam.

Robard sprang zu mir und kniete sich neben mich. »Mein Gott! Tristan, bitte, bitte, vergib mir! Ich hatte doch … Ich hätte nie gedacht … Ich wollte doch nicht …« Seine Augen flackerten vor Angst. Er blickte auf den Pfeil, wie er da so aus meiner Brust ragte, und Tränen rollten über seine Wangen.

Ich setzte mich auf.

Robard stockte der Atem. »Wie? Was?« Er starrte mich verblüfft an.

Ich blickte auf meine Brust und sah ein Wunder. Ein großes Wort, ich weiß, und die Brüder hätten mir eine strenge Rüge erteilt, weil ich meinem eigenen unbedeutenden Leben solch himmlische Bedeutung beimaß. Doch für mich war es ein Wunder, denn mir war klar, dass ich eigentlich tot sein sollte. Oder zumindest schwer verletzt, aber auch das war nicht der Fall.

Dann sah ich den Anlass dieses Wunders und wünschte mir fast, ich sei doch gestorben.

Als ich vom Assassinen auf Robard zugesprungen war, war der Ledersack durch den Schwung meiner Bewegung nach oben gerutscht.

Dabei war er mir vor die Brust geraten. Robards Pfeil war nicht in mein Fleisch eingedrungen, sondern in das harte Leder meines Tragebeutels. Ich war glücklich, am Leben zu sein, doch meine Gefühle änderten sich schlagartig, sobald ich bemerkte, dass der Pfeil den Sack an der Stelle durchbohrt hatte, wo der Gral unter dem falschen Boden versteckt war.

Als Robard begriffen hatte, dass ich lebendig und unversehrt war, brach er in hysterisches Gelächter aus und hieb mir immer wieder krachend auf die Schulter.

»Ach, du lieber Gott«, sagte er. Er war von dem Gedanken an das, was er da fast getan hätte, zutiefst verstört und machte sich in schnellen, nervösen Fragen Luft: »Bist du in Ordnung? Du kannst von Glück reden, dass der Sack meinen Pfeil abgefangen hat. Warum hast du das getan? Was hast du dir dabei gedacht? Bist du sicher, dass du nicht verletzt bist?«

»Alles bestens, wirklich. Nichts passiert.« In Wahrheit war mir übel, und ich wäre am liebsten in die Büsche gekrochen, um mich meiner letzten Mahlzeit zu entledigen. Aber ich blieb sitzen und versuchte, meinen Atem zu beruhigen und das Brausen in meinen Ohren abklingen zu lassen.

»Aber wieso, Tristan? Was hast du dir bloß dabei gedacht?«, fragte er noch einmal.

Ich blickte Robard ins Gesicht und sah einen Ausdruck echter Neugier, gemischt mit Kummer und Scham über das, was er mir fast angetan hätte.

»Templer töten keinen wehrlosen Feind. Unsere Gesetze verbieten uns das. Ich weiß, dass du nicht an sie gebunden bist, aber ich kann nicht zulassen, dass du dem Assassinen ein Leid zufügst, solange er verletzt ist. Es ist nicht richtig.«

Robard sagte nichts. Er sah einen Moment weg, dann stand er auf und ging ein paar Schritte zur Seite. »Ich glaube nicht an irgendwelche Gesetze und Ehrenregeln«, sagte er. »Vollkommener Blödsinn. Im Krieg gibt es keine Regeln, außer töten und getötet werden. Hast du etwa vergessen, dass er uns im Schlaf ermorden wollte? Uns im schönsten Traum die Kehle durchschneiden?«

Ich fühlte mich endlich gut genug, um mich wieder auf den Beinen halten zu können. »Ich habe das keinesfalls vergessen, Robard. Und in einem Kampf würde ich ihn niederstrecken, ohne mir auch nur einen Gedanken zu machen. Was den Mordversuch anbelangt, muss ich dir zustimmen. Aber sie haben uns ja nicht ermordet. Wir haben Mann gegen Mann gegen sie gekämpft. Und daher gehört nun, wo der Kampf vorüber und der Gegner hilflos ist, sein Leben uns. Es liegt keine Ehre darin, einen Wehrlosen zu töten.«

»Ehre! Du klingst schon wie Löwenherz«, sagte er. Und wie immer, wenn er den König erwähnte, spuckte er aus, um seine Verachtung auszudrücken.

Ich wusste nicht, was ich tun sollte. Wir hatten auch wirklich keine Zeit für so eine Auseinandersetzung. »Wir können das später ausdiskutieren. Aber jetzt sollten wir die Wunden dieses Mannes versorgen und uns dann auf den Weg machen. Bevor die Assassinen wiederkommen, ja?«

Robard marschierte ein paarmal an den Felsen auf und ab. Dann warf er die Hände in die Luft und stapfte grimmig zum Ausgang, um seinen Bogen und seinen Köcher zu überprüfen.

Ich konnte Robard nicht böse sein. In vielerlei Hinsicht hatte er völlig recht. Jedenfalls war ich froh, einen Moment für mich zu haben. Auch wenn ich mich davor scheute, ich musste in das Geheimfach des Sacks schauen. Ich fürchtete das Schlimmste. Robards Pfeil hatte womöglich die heiligste Reliquie der gesamten Christenheit zertrümmert. Wenn ich ohne Zeugen nachsehen wollte, musste ich Robard vorübergehend loswerden. Ich konnte nicht riskieren, dass er sah, was ich bei mir trug, und anfing, Fragen zu stellen.

Ich kniete mich neben den Assassinen. Anscheinend hatte er wieder das Bewusstsein verloren, aber es sah so aus, als hätte die Blutung nachgelassen. Der Pfeil musste unbedingt entfernt werden, und das würde nicht angenehm sein. Nach dem bisschen, was ich von seinem Gesicht erkennen konnte, wirkte unser Feind jung, etwa in meinem Alter oder vielleicht sogar jünger. War das eventuell der Grund, warum die Assassinen aufgegeben und sich zurückgezogen hatten? Womöglich waren sie unerfahrene Novizen und noch keine vollwertigen Mitglieder des Kriegerkults. Das könnte auch erklären, warum wir sie in die Flucht schlagen konnten, obwohl wir nur zu zweit waren. Andernfalls wären wir mit ziemlicher Sicherheit jetzt tot.

»Robard, kannst du mir einen Gefallen tun? Ich werde diesen Pfeil entfernen. Würde es dir etwas ausmachen, den Wasserschlauch an der Quelle von vorhin zu füllen? Und du könntest auch ein Holzstück suchen, etwa so dick wie ein Finger. Er wird etwas brauchen, um daraufzubeißen, wenn ich den Pfeil herausziehe.«

Robard funkelte mich zornig an, spuckte missmutig auf den Boden und schien bereit, ein neues Streitgespräch vom Zaun zu brechen, aber zu meiner Erleichterung nahm er den Wasserschlauch und verließ die Felsengruppe. Wenigstens ein paar Minuten hatte ich Ruhe.

Als ich den Sack von der Schulter nahm, fühlte er sich viel schwerer an als sonst. Ich war innerlich so aufgewühlt, dass ich einen Moment dachte, ich könnte ihn kaum heben. Ich zog den Pfeil aus dem steifen Leder, setzte den Sack auf dem Boden ab und löste den Lederriemen, der ihn verschloss.

Ich schüttete meine persönliche Habe aus dem Sack und überlegte mir dabei, wie ich dies wohl Vater William erklären würde, wenn ich es jemals bis nach Rosslyn schaffen sollte. »Gott zum Gruß, Vater, Sir Thomas Leux hat mich mit dem Gral zu Euch geschickt. Tut mir leid, dass er unterwegs zu Bruch gegangen ist. Hier habt Ihr ihn. Einen schönen Tag noch.« … »Warum der Gral zerbrochen ist, Vater? Na ja, das ist eine lange Geschichte. Wisst Ihr, mein Freund hat mit einem Pfeil nach mir geschossen, und weil ich den nicht in der Brust stecken haben wollte, hielt ich es für ratsam, mich hinter dem Becher des Heilands zu verstecken.« Ich musste mir dringend etwas Besseres einfallen lassen.

Ich hob den falschen Boden des Sacks und hielt die Luft an. Ich wollte gar nicht wissen, was passiert war. Robards Pfeil war durch das Leder in die leinenen Tücher gedrungen. Das sah nicht gut aus. Das sah ganz und gar nicht gut aus.

Ich war so aufgewühlt und durcheinander wie noch nie zuvor in meinem Leben. Hier war ich nun, ein einfacher Knappe, und würde gleich mit eigenen Augen etwas sehen, das schon über tausend Jahre lang das Objekt der Begierde zahlloser Menschen war. Wie sah es wohl aus? Würde es mich irgendwie verwandeln? Ich holte tief Luft und schlug den Stoff auseinander.

Es war ein einfacher Becher aus gebranntem Ton, ganz unscheinbar, wenn man bedachte, was alles über ihn geschrieben, erzählt und fantasiert worden war. Ich hielt ein Stück Geschichte in meinen Händen. Hatte dieser Becher wirklich einmal das Blut unseres Erlösers aufgefangen? War es dies, worum Männer gekämpft hatten und weswegen sie ihr Leben verloren hatten? Wenn ein Pfeil mit genügend Kraft von einem Langbogen abgeschossen wird, kann er mit Leichtigkeit Brustpanzer und Kettenhemden durchschlagen. Nach menschlichem Ermessen hätte Robards Pfeil also ein Häuflein heiliger Scherben hinterlassen müssen. Stattdessen fand ich den Gral so vor, wie Sir Thomas ihn in den Sack gelegt hatte. Keinerlei Kratzer oder Risse oder sonstige Beschädigungen.

Der Heilige Gral war völlig unversehrt.

KAPITEL ZWEIUNDZWANZIG

Als der Gral so in meinen Händen lag, konnte ich mein Glück kaum fassen. Ich betrachtete ihn genauer, drehte ihn, konnte aber keinen wie auch immer gearteten Schaden finden. Weder Kratzer noch Dellen. Mir wurde ganz schwach vor Erleichterung, und rasch wickelte ich den Gral wieder in die Leintücher und verstaute das Bündel im Geheimfach am Boden des Sacks. Mit den Fingern drückte ich dann das Leder an der Stelle zusammen, an der der Pfeil eingedrungen war, und merkte, dass das Loch sich einigermaßen gut schloss und so nicht weiter auffiel. Wenigstens würde das weiße Leinen nicht durchschimmern. Der Gral war also noch sicher genug versteckt, bis ich einen Weg fand, den Schaden zu reparieren.

Ich hängte mir den Sack wieder über die Schulter und wandte meine Aufmerksamkeit dem Assassinen zu, der reglos neben mir am Boden lag. Mit meinem Messer schnitt ich den Stoff seiner Robe an der Stelle auf, an der der Pfeil in seiner Schulter steckte. Die Blutung war zum Stillstand gekommen, aber das Geschoss hatte sich tief ins Fleisch gegraben.

Ich hatte schon zugesehen, wie Ärzte der Templer den Rittern nach der Schlacht Pfeile entfernten. Allerdings hatte ich diese Prozedur noch nie bei einem lebenden Menschen selbst durchgeführt. Die gängigste Methode war, den Pfeil ganz durch den Körper zu treiben, dann die Spitze abzuschneiden und den Schaft rückwärts wieder

183

herauszuziehen. Das war meist nicht so leicht, wie es klang, denn die Pfeilspitze konnte auf Knochen oder Muskeln treffen und so noch schlimmere Verletzungen verursachen. Aber für gewöhnlich war es besser, als die Pfeilspitze in der Richtung, aus der sie eingedrungen war, wieder aus dem Fleisch zu reißen.

Und dann waren da noch die Schmerzen während der Behandlung. Und die mitleiderregenden Schreie des Verwundeten.

Trotzdem war mir klar, dass der Pfeil heraus musste. Ihn stecken zu lassen kam nicht infrage. Das würde zu einer Blutvergiftung führen, und danach … nun ja. Danach gab es nur noch den sicheren Tod.

Ich zog den Stoff vom Schaft des Pfeils weg und untersuchte die Wunde. Wenn man berücksichtigte, dass der Assassine durch die Luft gesprungen war, dann war Robard in der Tat ein Meisterschuss gelungen. Nur ein wenig nach rechts, und der Pfeil hätte sein Ziel komplett verfehlt, doch so hatte er den Assassinen ganz oben an der Schulter und nahe beim Arm erwischt. Das war eine gute Ausgangslage, weil es bedeutete, dass ich den Pfeil hoffentlich durch das weiche Gewebe drücken konnte, ohne dass er auf Knochen oder das Schulterblatt traf. Wenigstens theoretisch.

Kurze Zeit später kam Robard mit dem gefüllten Wasserschlauch und dem Stück Holz, um das ich ihn gebeten hatte, zurück. Er reichte mir beides ohne weiteren Kommentar. Ich zog den Korken aus dem Schlauch und goss frisches Wasser über die Wunde. Der Assassine regte sich nicht. Ich konnte ihn nicht gleichzeitig aufrecht halten und den Pfeil durchtreiben. Ich brauchte Robards Unterstützung.

»Robard, kannst du mir hier helfen, bitte?«, fragte ich.

Robard stand neben den Felsen und ließ seinen Blick über den Wald schweifen. Er schaute mich an, und seine Augen verengten sich zu schmalen Schlitzen.

»Robard, ich flehe dich an. Ich weiß, was du von der Sache hältst, aber dieser Mann ist verletzt, und es ist unsere Christenpflicht, ihm beizustehen. Ich schaffe das nicht allein. Ich brauche deine Hilfe. Bitte.« Wie ich es im Kloster von den Zisterziensern gelernt hatte, versuchte ich, seine Schuldgefühle auszunutzen.

Robard blieb ungerührt.

»Robard. Bitte. Gott sieht auf uns herab«, sagte ich. Das schlechte Gewissen des anderen kann eine mächtige Waffe sein. So würde ich ihn herumkriegen. Hoffentlich.

Robard blies die Backen auf und stieß einen Seufzer des Missbehagens und der Gereiztheit aus. Aber er hängte sich den Bogen über die Schulter und stapfte zu mir, während ich den Assassinen an den Schultern packte und in eine sitzende Haltung brachte.

»Wenn du ihn so hältst, kümmere ich mich um den Pfeil«, sagte ich.

Robard und ich tauschten die Plätze. Mit den Fingerspitzen tastete ich das Gewebe um die Wunde herum ab, und als ich die Hand fest um den Pfeil schloss und ihn probeweise hin und her bewegte, riss der Assassine die Augen auf und brüllte vor Schmerzen. Mit seinem unverletzten Arm wehrte er sich gegen meine Hände und schrie mich auf Arabisch an.

»Pass auf!«, rief Robard. »Er ...«

»Halt still!«, zischte ich und packte den Arm des Assassinen. Er verstummte sofort. Ich hielt das Stück Holz so, dass er es sehen konnte. Dann führte ich ihm vor, wie er das Stöckchen quer in den Mund nehmen und daraufbeißen sollte. Der Assassine blickte auf seine Wunde, dann wieder zu mir und nickte. Ich hielt ihm das Holz hin, und er schob es zwischen die Zähne.

Während ich mir Mühe gab, meine zitternde Hand ruhig zu halten, ergriff ich den Pfeil fest am Schaft. Der Assassine atmete tief ein und hielt die Luft an. Ich drückte zuerst nur sanft auf den Pfeil, in der Hoffnung, dass er leicht durchgleiten würde, aber es sollte nicht sein.

Ich schaute den Assassinen an, der abermals nickte und die Augen zupresste. Ich schloss die Hand fester um den Pfeil und drückte stärker. Der Assassine schrie durch die zusammengebissenen Zähne. Sein Oberkörper bäumte sich auf. Ich spürte, wie der Pfeil tiefer eindrang, aber er steckte immer noch im Fleisch. Ich verlagerte mein Gewicht und drückte noch fester. Der Assassine stieß einen schrillen Schmerzensschrei aus. Langsam bewegte sich der Pfeil, aber der Verwundete schlug und trat wild um sich, und der Schaft drohte mir aus dem Griff zu rutschen.

»Halt ihn doch fest!«, zischte ich.

Robard nahm den Verwundeten fester um die Schultern, und ich drückte wieder. Der Assassine war kaum zu bändigen. Er brüllte wie ein Tier, wand sich und trat nach uns, aber endlich merkte ich, wie der Pfeil mit einem platzenden, reißenden Laut seine Haut durchstieß und die Pfeilspitze nun freilag. Der Assassine warf den Kopf zurück und ließ noch einen letzten schwachen Schrei hören, dann fiel er in Ohnmacht.

Robard sah mich an, er schien verwirrt. Ich bemerkte es nicht gleich, weil ich damit beschäftigt war, mir den Schweiß von der Stirn zu wischen und mich zusammenzureißen.

»Tristan«, flüsterte Robard. »Sieh nur.«

Ich folgte Robards Blick und betrachtete den Assassinen. Durch das ganze Zappeln und Strampeln hatte sich sein Turban gelöst, und der Schleier war von seinem Gesicht gerutscht. Nur war es nicht *sein* Gesicht. Es war *ihr* Gesicht.

Denn der Mensch, der Robard da in den Armen lag, hatte nicht die verzerrte Fratze eines hartgesottenen Meuchelmörders. Stattdessen blickten wir in ein geradezu unschuldiges weibliches Antlitz, eingerahmt von langen, dunklen Locken.

Der Assassine war ein Mädchen.

KAPITEL DREIUNDZWANZIG

Ihr Haar war schwarz und glänzend wie Obsidian. Sie wirkte jung, vielleicht fünfzehn oder sechzehn. Sie war immer noch ohne Bewusstsein, und Robard hielt sie zaghaft an den Schultern, als fürchtete er, sie mit einer unachtsamen Bewegung zu zerbrechen. Er hatte ganz offensichtlich keine Ahnung, wie er mit ihr umgehen sollte. Ich selbst war zu verblüfft, um irgendetwas zu tun oder zu sagen. Vielleicht erklärte dies ja, warum ihre Gefährten davongelaufen waren. Wenn sie alle so jung waren wie sie, hatten sie wahrscheinlich noch keine große Kampferfahrung.

Schließlich brach Robard das Schweigen. »Tristan! Das ist ein Mädchen!«, verkündete er mit einem ehrfürchtigen Flüstern.

»Ich sehe, dass das ein Mädchen ist, Robard«, sagte ich.

»Ich habe noch nie von einem weiblichen Assassinen gehört.«

»Ich auch nicht«, antwortete ich.

Wir schwiegen wieder und konnten unsere Augen nicht von dem Gesicht des Mädchens vor uns lösen. Der Himmel wurde dunkler, aber ich konnte erkennen, dass ihr Gesicht nicht seine natürliche Farbe hatte – sie war sehr blass. Sie hatte hohe Wangenknochen, aber eine kleine Stupsnase, und ihr volles Haar roch nach Sandelholz.

»Tristan«, sagte Robard leise.

»Ja«, antwortete ich und wandte den Blick nicht vom Antlitz des Mädchens.

»Vielleicht solltest du mit dem Pfeil zu Ende kommen, sie blutet immer noch«, sagte er.

Robards Worte rissen mich aus meiner Verzauberung. »Kannst du sie halten? Ich muss jetzt an ihren Rücken.«

Robard gehorchte und rutschte auf die andere Seite. Ich konnte sehen, wo die Pfeilspitze durchgebrochen war, ein Stück unter ihrem Schulterblatt. Die Spitze war mit einem dünnen Lederstreifen am Schaft befestigt. Ich schnitt ihn mit dem Messer durch, und die Pfeilspitze landete mit einem leisen Klirren auf dem Boden.

Ohne die Spitze ging es wesentlich einfacher, den Schaft aus ihrer Schulter zu ziehen. Einfacher vielleicht, aber nicht ohne Schmerzen. Als ich ihn herauszog, versteifte sie sich und stieß ein mitleiderregendes Stöhnen aus. Aber er war nun endlich draußen. Ich schnitt einen breiten Streifen Stoff aus ihrem Mantel und machte daraus einen Verband. Robard half mir, ihn fest um ihre Schulter zu binden.

»Wir müssen sie mitnehmen«, sagte ich.

»Was?« Er schaute mich ungläubig an. »Das kann nicht dein Ernst sein«, sagte er.

»Das ist mein voller Ernst. Sie ist verwundet und in unserer Obhut. Es wäre nicht richtig, sie zurückzulassen, alleine könnte sie hier sterben«, sagte ich.

Der Ausdruck auf Robards Gesicht zeigte mir, dass er kein Problem damit hatte, die Assassinin zurückzulassen. Er musterte mich einen Moment. »Du bist schon ein komischer Kauz, Tristan von den Templern«, sagte er dann.

»Schon möglich. Aber nun los, wir brauchen eine Trage«, sagte ich, zog mein Kurzschwert und bot es Robard mit dem Griff zuerst an. »Kannst du mit meinem Schwert zwei junge Bäume fällen, etwa zwei Meter lang und stark genug, um ihr Gewicht zu tragen?«

Robard machte keine Anstalten, sich zu bewegen, und starrte mich lediglich einen Augenblick an. Dann schien er sich mit der Situation abzufinden und nickte, nahm mein Schwert und verließ das Lager.

Das Mädchen war immer noch bewusstlos. Ich machte ein kleines Feuer, denn ich nahm an, dass wir so gut versteckt von der Straße her nicht gesehen werden konnten. Außerdem würde sich jemand, der sich davon angezogen fühlte und Böses im Schilde führte, mit einem schlecht gelaunten königlichen Bogenschützen auseinandersetzen müssen, bevor er uns um unsere Habe erleichtern konnte.

Im Wald sammelte ich etwas Wachskraut. Zurück beim Feuer, schnitt ich die Wurzeln der Pflanzen in dünne Scheiben, füllte meinen Becher mit Wasser und setzte die Mischung auf das Feuer. Während sie heiß wurde, sammelte ich unser Gepäck einschließlich der Dolche der Assassinin ein und machte es reisefertig.

Schließlich rührte sie sich und stöhnte einige Male vor Schmerzen. Sie schlug die Augen auf und versuchte sich mit ihrem gesunden Arm in eine sitzende Haltung hochzudrücken. Sie stimmte einen klagenden Sprechgesang auf Arabisch an. Ich wusste nicht, was sie sagte, doch konnte ich die Furcht in ihrer Stimme hören.

Robard kam aus dem Wald zurück und trug zwei dünne Baumstämme.

Ich streckte ihr meine Arme entgegen, die leeren Handflächen nach oben. »Bitte«, sagte ich, »beweg dich nicht. Ganz ruhig. Alles wird gut.« Ich gab mir Mühe, meine Stimme ruhig und vertrauenerweckend klingen zu lassen.

Sie sah mich an, und wir betrachteten uns schweigend.

Langsam griff ich nach dem Becher und zeigte ihn ihr. Ich wollte ihn ihr in die Hand drücken, aber sie weigerte sich, ihn zu nehmen. Ihre Augen wurden zu schmalen, misstrauischen Schlitzen.

»Bitte. Trink das.« Ich führte den Becher an meine Lippen und hielt ihn ihr wieder hin. Sie saß nur da, reglos wie eine Steinfigur.

»Sie wird nicht trinken, wenn du nicht zuerst trinkst«, sagte Robard. »Sie glaubt, du könntest sie vergiften. Ich habe gehört, dass die Assassinen gerne Gift einsetzen, um ihre Opfer zu töten.«

Beim Klang von Robards Stimme drehte sie sich ihm zu und musterte ihn einen Augenblick lang aufmerksam, bevor sie den Blick wieder zu mir wandte. Während sie mich genau beobachtete, nahm ich einen großen Schluck von dem Wachskrauttee und bot ihr dann abermals den Becher an.

Endlich setzte sie sich gerade hin, griff mit dem unverletzten Arm nach dem Becher und nippte daran. Der Tee war bitter, und sie verzog das Gesicht, aber ich hob einen Zweig der Pflanze hoch, während sie trank, und hoffte, dass sie sie erkennen und verstehen würde, woraus der Tee gebraut war. Sie nickte und trank weiter.

Wir schwiegen, bis sie fertig war. Dann reichte sie mir den leeren Becher und legte sich zurück auf die Erde. Ich legte mehr Holz aufs Feuer, und in kurzer Zeit war sie tief und fest eingeschlafen.

Während sie schlief, zog ich meinen Kittel aus und wendete ihn, sodass die Ärmel sich nun auf der Innenseite befanden. Ich schob die dünnen Stämme durch die Armlöcher und band das Kleidungsstück vorne zusammen. Nun hatte ich eine primitive Trage, die eigentlich halten sollte, bis wir uns in Sicherheit gebracht hatten.

Ich legte sie neben dem schlafenden Mädchen auf den Boden und gab Robard Zeichen, mir zu helfen, sie daraufzuheben. Überraschenderweise tat er dies ohne Murren, und als wir sie behutsam auf die Trage umgebettet hatten, nahmen wir jeder ein Ende auf und trugen sie von unserem Lagerplatz weg in den Wald.

Unser Aufbruch hatte sich schon viel zu lange verzögert. Jeden

Moment konnten ihre Gefährten mit einer größeren Gruppe zurückkommen. Wir fielen in einen leichten Trab und wandten uns nach Osten. Das Mädchen wimmerte vor Schmerzen, weil sie auf der Trage unsanft durchgerüttelt wurde. Nach einer Weile jedoch hörten ihre Schreie auf, und sie versank wieder in Bewusstlosigkeit.

Wir sprachen kein Wort und machten keinen Halt. Es war schwer, zügig voranzukommen. Robard trug das vordere Ende, und ich hörte, wie er im Laufen vor sich hin brummelte. Wörter und Satzfetzen wie »wahnwitziges Vorhaben« und »sturer Hund« und »Was mache ich eigentlich hier?« drangen gelegentlich zu mir nach hinten.

Nachdem wir fast eine Stunde so gerannt waren, schätzte ich, dass wir etwa drei Meilen zurückgelegt hatten. Wir brauchten eine Rast. Ich hatte noch einige Feigen und Datteln in meinem Sack, und Robard und ich schlangen sie gierig hinunter. Wir waren außer Atem, und der Schweiß rann uns übers Gesicht. Einen Augenblick lang fragte ich mich, ob wir tatsächlich das Richtige taten. Hätten Sir Thomas oder Sir Basil sich ebenso verhalten? Wären sie in feindlichem Gebiet, wo Vorsicht und Lautlosigkeit überlebenswichtig sind, wie die Wasserbüffel durch den Wald getrampelt, um einen verwundeten Feind in Sicherheit zu schleppen? Als ich kurz darüber nachgedacht hatte, war mir die Antwort klar. Ja, genau das hätten sie getan.

Robard kniete ein paar Schritte weiter und suchte den Pfad vor uns ab. Ich ging zu ihm und bot ihm den Wasserschlauch an.

»Tristan, ich bin nicht sicher, wie lange ich das noch aushalte. Was wir hier tun, ist gefährlich. Durch den Krach, den wir machen, und die Tatsache, dass wir erst an unsere Waffen kommen, wenn wir die Trage absetzen, sind wir leicht angreifbar. Jeder, der will, Banditen oder Assassinen, kann über uns herfallen, bevor wir überhaupt wissen, wie uns geschieht«, sagte er.

Ich wusste, dass Robard recht hatte, blieb aber immer noch bei meinem Standpunkt, dass wir uns vergewissern mussten, ob das Assassinenmädchen kräftig genug war, bevor wir sie zurückließen.

»Wann, meinst du, erreichen wir wohl Tyrus?«, fragte ich.

Robard zuckte die Achseln.

Dann sagte auf einmal eine Stimme hinter uns in perfektem Englisch: »Nun, da ihr direkt in die entgegengesetzte Richtung lauft, würde ich sagen – nie.«

KAPITEL VIERUNDZWANZIG

Als die Stimme erklang, erschreckte ich mich so sehr, dass ich in die Luft sprang. Robard stieß einen keuchenden Laut aus und suchte hektisch nach seinem Bogen Doch als wir herumfuhren, sahen wir nur das Mädchen vor uns stehen. Ihr verwundeter Arm hing schlaff an ihrer Seite.

Wir starrten sie an wie vom Donner gerührt. Sie wirkte blass und noch etwas wackelig auf den Beinen, aber ansonsten schien es ihr so weit ganz gut zu gehen.

»Wer bist du?«, fragte Robard ratlos. Sein Gesichtsausdruck war trotz der Situation zum Brüllen komisch. Auch meine Hand war beim Klang ihrer Stimme zum Schwertgriff geflogen. Doch jetzt kam ich mir lächerlich vor und ließ sie wieder sinken.

»Ich bin Maryam«, sprach sie wieder und sah mich an. »Dein Name ist Tristan, nicht wahr?«

Ich nickte.

»Ich danke dir, dass du meine Schulter versorgt hast. Sie schmerzt sehr, und das wird auch noch eine Weile so bleiben, aber ich weiß deine Bemühungen zu schätzen«, sagte sie.

»War doch selbstverständlich«, antwortete ich.

»Ich habe mitgeholfen«, sagte Robard. Ich warf ihm einen missbilligenden Blick zu. Wenn Hilfe daraus bestand, zu meckern und ein bisschen Wasser zu holen, dann hatte er allerdings geholfen.

»Ja, auch dir vielen Dank«, sagte sie und blickte ihn an.

Sie sprach vorzügliches Englisch, und anscheinend hatte sie jedes unserer Worte verstanden, wenn sie bei Bewusstsein gewesen war.

»Wie kommt es, dass du unsere Sprache sprichst?«, fragte ich.

»Ich komme aus einem Dorf in der Nähe von Jerusalem. Meinem Vater gehörte ein kleiner Bauernhof, und wir haben Handel mit den Christen getrieben, als sie die Stadt besetzt hatten. Es war nötig, Englisch zu lernen, um unseren Lebensunterhalt zu verdienen«, sagte sie.

Robard und ich waren verwirrt. Zuerst hatte man uns überfallen. Dann mussten wir entdecken, dass einer unserer Angreifer ein Mädchen war. Als Nächstes erfuhren wir, dass sie Englisch sprach. Welche Überraschungen kamen wohl noch auf uns zu?

»Warum wollt ihr nach Tyrus?«, fragte sie.

Ich dachte nicht im Entferntesten daran, sie über den wahren Grund meiner Mission aufzuklären. Oder ihr meine Ausrede mit den Berichten für die Komturei der Templer dort aufzutischen. Schließlich war sie der Feind. Ich beschloss, mir Robards Geschichte auszuborgen, warf ihm einen schnellen Blick zu und legte den Kopf schräg, in der Hoffnung, er würde schlau genug sein, mitzuspielen. »Wir wollen versuchen, ein Schiff nach England zu finden. Unsere Dienstzeit ist vorbei«, sagte ich. Robard nickte zustimmend. Auch ihm war klar, dass ehrliche Antworten hier fehl am Platze waren.

Maryam schaute mich einen Moment an, als glaubte sie mir nicht so recht, hakte aber nicht weiter nach.

Jetzt, wo sie wieder auf den Beinen war, kehrte allmählich Farbe in ihr Gesicht zurück. Ihr Haar fiel in Wellen auf ihre Schultern und schimmerte im Licht des Mondes.

»Ich habe mitgeholfen«, erinnerte Robard sie.

Sie lachte. Es klang wie Musik. »Hab Dank, Bogenschütze, obwohl ich dir ja diesen Glückstreffer zu verdanken habe«, neckte sie ihn. Sie schien es ihm nicht nachzutragen.

Robards Augenbrauen zogen sich zusammen. Er wusste nicht genau, was er von ihr halten sollte. Er brummelte leise vor sich hin, aber sein beleidigtes »Glückstreffer, mein Arsch« war deutlich zu hören.

»Wie habt ihr uns in den Wäldern gefunden?«, fragte ich.

Sie sah mich an und wandte dann den Blick ab. Entweder wusste sie es nicht, oder sie wollte es uns nicht verraten.

»Ich bin nicht sicher. Wir waren auf Patrouille. Ahmad, unser Anführer, sah die Felsen und meinte, sie gäben ein gutes Versteck für feindliche Späher ab. Er hat euch bemerkt und einen Angriff angeordnet«, sagte sie.

Ich fragte mich, ob sie uns anlog. Ihre Erklärung ergab keinen Sinn. In dieser Gegend gab es Dutzende solcher Felsgruppen. Und da waren sie ausgerechnet über unsere gestolpert? Hatten wir irgendwelche Fehler begangen? Ihre Antwort kam mir vage und ausweichend vor, und ich überlegte, womit wir uns versehentlich verraten haben konnten. Hoffte sie vielleicht, dass wir denselben Fehler noch einmal machen würden, um damit ihre Gefährten direkt zu uns zu führen?

»Warum habt ihr am Tag geschlafen? Warum marschiert ihr nur nachts?«, fragte sie.

»Wir dachten, es sei sicherer. In dieser Gegend wimmelt es von Banditen und von Patrouillen der Sarazenen. Und von Assassinen, wie wir jetzt wissen. Da wir nur zu zweit sind, hielten wir es für besser, die Dunkelheit der Nacht auszunutzen.«

Sie akzeptierte meine Erklärung mit einem Nicken. »Also gut, wollen wir nun aufbrechen?«, fragte sie.

»Aufbrechen? Wie meinst du das?«, fragte Robard.

»Nach Tyrus natürlich.«

Robard räusperte sich und bat mich um ein Gespräch unter vier Augen. Wir traten ein paar Schritte zur Seite.

»Tristan, ich kann ja verstehen, dass du ihre Wunde behandelt hast. Ich kann sogar einigermaßen verstehen, dass wir sie mit uns durch den Wald geschleppt haben, aber wir können ihr doch nicht einfach so vertrauen. Sie gehört zu den *Assassinen*, um Himmels willen! Was, wenn sie uns in eine Falle lockt? Sie sieht gesund genug aus, um ab jetzt alleine weiterzugehen. Ich sage, wir lassen sie hier zurück und schlagen uns alleine nach Tyrus durch«, sagte er.

Ich blieb einen Augenblick still und dachte nach. Womöglich hatte Robard ja recht. Es war Zeit, sich zu trennen.

Wir schlenderten langsam zu Maryam zurück.

»Maryam, ich … wir wissen dein Angebot zu schätzen, aber da du ja jetzt ohne uns zurechtkommst, denken Robard und ich, dass wir ab hier alleine weiterreisen werden. Trotzdem vielen Dank«, sagte ich.

Maryam sah uns einen Moment lächelnd an und lachte dann schallend los.

Robard wirkte ein wenig genervt. »Was gibt's da zu lachen?«, fragte er.

»Nichts. Außer dass ihr euch zurzeit direkt von Tyrus *weg*bewegt. Wenn ihr euch jetzt schon so leicht verirrt, wie kommt ihr darauf, dass ihr es jemals ohne Hilfe finden werdet?«, sagte sie.

In all der Aufregung hatte ich glatt vergessen, dass Maryam uns schon darauf hingewiesen hatte, dass wir in der falschen Richtung unterwegs waren.

Robards Wangen färbten sich rot.

»Das wussten wir. Wir haben uns lediglich eine etwas bequemere Strecke gesucht, weil wir dich mitschleppen mussten«, sagte er.

»Wirklich? Ihr seht mir eher so aus, als bräuchtet ihr dringend jemanden, der euch auf den rechten Weg zurückbringt«, sagte sie.

»Was? Wieso glaubst du, wir finden uns nicht alleine zurecht?«, raunzte er.

»Nun, wenn ihr in dieser Richtung weitergeht, trefft ihr genau auf ein paar Regimenter Sarazenen. Deswegen«, sagte sie spitz.

Mein Magen zog sich zu einem Klumpen zusammen, und ich fühlte Panik in mir aufsteigen. Sarazenen, hier in der Nähe? Späher, sicherlich. Kleinere Patrouillen womöglich. Aber ganze Regimenter? So weit östlich?

»Woher weißt du das?«, fragte ich.

»Unsere Gruppe hat erst vor zwei Tagen in ihrem Lager übernachtet. Wenn ihr ihnen nicht in die Arme laufen wollt, müsst ihr euch näher an der Küste halten. So weit landeinwärts werden sie euch mit Sicherheit entdecken«, sagte sie.

»Und warum bist du so überzeugt, dass sie uns entdecken?«, fragte Robard.

»Nun … schließlich haben wir euch ja auch gefunden, oder etwa nicht?«, meinte sie nur. Ich stand nahe genug bei ihr, um schwören zu können, dass ihre Augen dabei spöttisch funkelten.

Robard blickte zu mir. Sein Gesicht war eine rote Maske. Nicht vor Zorn, sondern vor Scham.

»Tristan, einen Moment, bitte?« Er nickte mir zu, ihm zu folgen.

Wir traten wieder ein Stück beiseite, damit Maryam uns nicht belauschen konnte.

»Glaubst du ihr?«, fragte er.

»Weiß nicht.«

»Aber was, wenn sie tatsächlich die Wahrheit sagt? Über die Sarazenen, meine ich«, sagte er.

Ich zuckte nur die Achseln.

»Obwohl ich denke, dass sie uns genauso gut auch einfach zum Narren halten könnte«, sagte er.

Das war nicht leicht zu entscheiden. Ich erinnerte mich an Gespräche, die ich unter den Rittern in Akkon mitbekommen hatte. Sie hatten oft stundenlang über Strategie und Taktik diskutiert. König Richard war viel daran gelegen, die Küstenstädte zu halten. Von dort aus hoffte er, landeinwärts vorrücken zu können und Jerusalem wieder zu erobern. Auf diese Weise würde er sich seine Nachschublinien offen halten, während er ins Landesinnere vordrang. Nun hatte er jedoch schon Akkon verloren. Und aller Wahrscheinlichkeit nach würde Saladin als Nächstes gegen Tyrus ziehen. Es wäre ein logisches Angriffsziel. Also könnte Maryam tatsächlich die Wahrheit sagen. Sarazenenregimenter könnten wirklich in unserer Nähe stehen.

»Ich glaube, sie sagt die Wahrheit«, meinte ich.

»Ich bin nicht sicher, ob wir ihr vertrauen können«, sagte Robard.

»Ich weiß, aber sie kennt dieses Land besser als wir. Sie könnte uns ohne Weiteres in eine Falle locken, nehme ich an, aber nach allem, was ich von den Assassinen weiß, sind sie ehrenhafte Krieger. Und ihre Ehre gebietet es ihr, bei uns zu bleiben, weil wir ihr das Leben gerettet haben«, sagte ich.

»Damit gehen wir aber ein hohes Risiko ein«, sagte er.

»Stimmt, aber wenn wirklich so viele Sarazenen in der Nähe sind, dann müssen wir so schnell wie möglich nach Tyrus und die Templer dort warnen.«

Obwohl Robard nicht sehr begeistert war, stimmte er zu. Auch wenn er alles andere als Liebe für seinen König empfand, reagierte er doch wie ein Soldat. Er würde seine Pflicht erfüllen. Wir gingen wieder zu Maryam.

»Wir nehmen dein Angebot an. Wir werden dir nach Tyrus folgen. Geht es dir so weit gut? Kannst du mit uns Schritt halten?«, fragte ich.

»Oh, um mich würde ich mir keine Sorgen machen«, sagte sie mit einem Lächeln.

»Dann machen wir uns auf den Weg.« Ich hob die Trage und zog meinen Kittel von den Stangen. Die Baumstämme warf ich ins Unterholz.

Ich schlüpfte in meinen Kittel und band mir gerade den Gürtel, als Robard zischte: »Hört ihr das?«

Aus der Dunkelheit kamen Hufschläge auf uns zu.

KAPITEL FÜNFUNDZWANZIG

Maryam und ich erstarrten. Vor uns fuchtelte Robard wild mit den Armen und bedeutete uns zurückzuweichen. In der klaren Nacht konnten wir beim Licht des Halbmonds gut genug sehen, um uns zwischen den Bäumen den Pfad entlang zurückzutasten, den wir gerade gekommen waren. Der Klang der Hufschläge wurde lauter, aber es war unmöglich, festzustellen, wer da auf uns zugeritten kam. Es konnten ebenso gut Sarazenen wie Kreuzfahrer sein. Wir mussten uns schleunigst unsichtbar machen.

Robard hastete zu uns zurück. »Dorthin! Beeilt euch!«, flüsterte er.

Wir folgten Robard ein paar Schritte in ein kleines Dickicht. Die Büsche standen dicht, und ihre Zweige wuchsen nah am Boden. Sie würden eine gute Deckung abgeben. Wir schlängelten uns auf dem Bauch hindurch und drehten uns vorsichtig. Verborgen hinter dem Gestrüpp, konnten wir nun die Lichtung einsehen, die wir gerade verlassen hatten.

Nach kurzer Zeit sahen wir eine Gruppe Reiter. Sarazenen. Mein Herz begann zu hämmern. Es schien sich um eine einzelne Patrouille von zehn Mann zu handeln. Sie zügelten ihre Pferde, und der Anführer der Gruppe besprach sich mit seinem Stellvertreter.

Wir blieben ganz still, keine zwanzig Meter von der Stelle entfernt, wo die Soldaten im Sattel saßen. Maryam lag zwischen Robard und mir und musterte sie angestrengt. Robard hatte es geschafft, lautlos einen Pfeil zu ziehen und ihn auf die Sehne seines Bogens zu legen, den er flach vor sich auf der Erde bereithielt. Er würde so jederzeit schießen können.

Ich schob vorsichtig die Hand zu dem Schwert an meinem Gürtel, und es gelang mir, es geräuschlos aus der Scheide zu ziehen und es an mein Bein zu drücken. Wir wagten kaum zu atmen.

»Was sagen sie?«, fragte Robard mit einem leisen Flüstern.

»Der Stellvertreter sagt, dass er hier Stimmen gehört hat«, wisperte Maryam zurück.

»Pssst!«, zischte ich. Ich wünschte mir, die beiden würden die Klappe halten. Das war nicht der geeignete Zeitpunkt für eine Unterhaltung!

Wir beobachteten das Gespräch weiter. Die Pferde der Männer wieherten und tänzelten, als wollten sie darauf drängen, ihren Weg fortzusetzen. Dann stiegen vier Sarazenen ab und begannen, den Boden abzusuchen. Jeder entfernte sich in einer anderen Richtung von der Patrouille. Ich hielt den Atem an. Wenn sie unsere Spuren entdeckten, könnten sie ihnen direkt zu der Stelle folgen, wo wir uns im Dickicht verborgen hielten. Der Halbmond stand jetzt tiefer am Himmel, und der Morgen rückte näher. Das würde es erschweren, aber beileibe nicht unmöglich machen, unsere Fußabdrücke zu finden. Die Männer ließen sich Zeit und bewegten sich langsam von der Hauptabteilung weg, die in der Mitte der Lichtung auf ihren Pferden sitzen blieb.

Ich drückte mein Gesicht auf die Erde, damit meine Haut nicht das Licht des Mondes reflektierte, versuchte aber dennoch, die Soldaten im Auge zu behalten. Die vier abgesessenen Reiter untersuchten nun die Büsche.

Zu meinem Entsetzen kam einer von ihnen geradewegs auf uns zu. Er ging langsam und schaute aufmerksam auf den Boden, seine Hand am Griff des Krummschwerts, das ihm am Gürtel hing. Er ließ seine Augen über das Unterholz schweifen, und mit jedem Schritt näherte er sich unserem Versteck im Dickicht ein wenig mehr.

Robard und Maryam verharrten völlig reglos. Das Rauschen meines eigenen Blutes dröhnte in meinen Ohren. Nur noch wenige Sekunden, dann musste der Sarazene auf uns stoßen. Meine Hand krampfte sich um das Heft meines Schwerts, und ich war überzeugt, dass er den wilden Schlag meines Herzens hören konnte.

Langsam, unerträglich langsam, kam er auf uns zu. Und dann, als er so nahe war, dass ich nur noch die Hand ausstrecken musste, um ihn am Knöchel zu packen, hörte ich ein tiefes Summen. Derselbe Ton, der mich geweckt hatte, als Maryam und die Assassinen uns zwischen den Felsen überfallen hatten. Er drang ganz leise aus dem Ledersack, der neben mir auf dem Boden lag. Ich fühlte, wie sich mir langsam der Magen umdrehte. Gewiss würden die Sarazenen es hören und uns entdecken. Robard und Maryam neben mir blieben still und bewegungslos. Aus dem Augenwinkel sah ich zu Maryam, doch wenn sie das Geräusch hörte, so ließ sie sich nichts anmerken.

Der Sarazene kam näher. Jetzt stand er weniger als eine Armlänge von mir entfernt. In unseren dunklen Kleidern und beim abnehmenden Mondlicht hoben wir uns kaum von unserer Deckung ab. Ich spannte die Muskeln und erwartete jeden Moment den Hieb eines Krummschwerts.

Der Sarazene blieb stehen. Aus meiner Position am Boden konnte ich sein Gesicht nicht sehen, lediglich seine Füße. Er musste eigentlich direkt auf uns schauen. Und doch blieb er regungslos, während die Sekunden mit quälender Langsamkeit verstrichen.

Der Hauptmann rief einen scharfen Befehl auf Arabisch, und der Sarazene machte auf dem Absatz kehrt und ging zur Gruppe auf der Lichtung zurück. Nachdem sie noch ein paar Minuten diskutiert hatten, saßen die vier Männer wieder auf, und die Patrouille ritt davon.

Ich atmete erleichtert aus und dachte, ich würde ohnmächtig werden. Wir warteten eine Zeit lang ab, bis wir sicher waren, dass sie nicht wiederkommen würden. Als genug Zeit vergangen war und sich die nächtlichen Geräusche des Waldes wieder eingestellt hatten, krochen wir aus dem Dickicht ins Freie. Robard steckte seinen Pfeil wieder in den Köcher, und ich schob mein Schwert zurück in die Scheide. Ich blieb einen Moment stehen, vornübergebeugt, mit den Händen auf den Knien, und versuchte, wieder zu mir zu kommen. Mir war völlig schleierhaft, warum der Sarazene uns nicht entdeckt hatte.

»Habt ihr das gehört?«, fragte ich und meinte das Summen aus meinem Lederbeutel.

»Was gehört?«, fragte Robard.

»Diesen Ton … Er klang so wie … Ach, lass gut sein«, sagte ich.

Dies war das zweite Mal, dass ich diesen Ton gehört hatte, und jedes Mal hatte ich in tödlicher Gefahr geschwebt. Aber ich hatte nicht die geringste Absicht, das den anderen zu erklären. Ich konnte ihnen nicht offenbaren, wie ich in den Besitz des Gegenstandes gekommen war, den ich da mit mir trug. Für den Moment wenigstens hielt sich mein Mitteilungsbedürfnis diesbezüglich in Grenzen. Robard spähte angestrengt in den Wald und hatte meine Frage anscheinend schon wieder vergessen. Einstweilen war es wohl auch besser, die Sache auf sich beruhen zu lassen.

»Wir müssen weg«, sagte Maryam mit einem gehetzten Gesichtsausdruck.

Sie lief los und wandte sich nach Norden, Richtung Küste. Wir folgten ihr rasch, ohne weitere Worte. Nicht lange, und der Wald wurde lichter, und ich konnte Salz in der Luft riechen. Das Gelände wurde felsiger. Schließlich hatten wir einen Hügelkamm erklommen, und vor uns lag das Meer. Der Halbmond war nun kaum noch am Horizont zu erkennen, und sein restliches Licht verlieh der Wasseroberfläche einen bläulichen Schimmer. Es war wunderschön, und hätte mich der Gedanke an die Sarazenenpatrouillen nicht so beängstigt, hätte ich mir bestimmt Zeit genommen, den Anblick zu genießen.

Wir waren eine ganze Weile gerannt, aber Maryam hatte keinen Blick für das Naturschauspiel unter uns. Ohne zu zögern, bog sie nach Osten ab und flog weiter den Hügelkamm entlang.

Endlich verlangte Robard eine Rast. Wir hielten bei einer Felsgruppe und lehnten uns keuchend an die Steine. Der Wind hatte aufgefrischt, und hier am Meer war die Nachtluft kühler. Robard trank aus dem Wasserschlauch und reichte ihn an mich weiter.

»Wir dürfen uns nicht lange ausruhen«, sagte Maryam. »Wir müssen weiter.«

»Warum?«, fragte Robard misstrauisch.

»Weil, Bogenschütze, da, wo eine Patrouille Sarazenen auftaucht, noch viel mehr unterwegs sind. Es reicht, dass wir einmal fast erwischt worden sind. Unsere einzige Hoffnung, Tyrus heil zu erreichen, ist, in Bewegung zu bleiben.«

Maryam atmete schwer, und das schwindende Licht des Mondes zeigte, wie gerötet und verschwitzt ihr Gesicht war.

»Maryam, geht es dir gut?«, erkundigte ich mich.

»Ich bin in Ordnung«, sagte sie. »Aber wir müssen weiter.«

»Du scheinst es ja sehr eilig zu haben«, sagte Robard. »Gibt es vielleicht etwas, was du uns verschweigst?«

»Robard …«, mahnte ich.

Dieses Mal jedoch ließ Maryam sich nicht auf eine Antwort ein. Sie drückte mir wortlos den Wasserschlauch in die Hand und jagte los, weiter den Hügelkamm entlang.

Robard und ich trabten hinterher.

»Irgendwas stimmt nicht mit ihr«, sagte Robard. »Diese Männer müssen etwas Wichtiges gesagt haben, aber sie behält es für sich.«

»Das wissen wir nicht, Robard. Vielleicht versucht sie ja nur, uns so schnell wie möglich nach Tyrus zu bringen«, sagte ich.

»Klar. Erzähl mir das noch mal, wenn wir im Gefängnis Saladins in Ketten von der Wand hängen«, sagte er.

»Robard, witterst du eigentlich hinter jedem Baum eine Verschwörung? Hat sich die ganze Welt gegen dich gewandt?«, fragte ich.

»Nicht unbedingt die ganze Welt«, brummte Robard düster.

Wir hatten Maryam rasch eingeholt und rannten schweigend weiter. Der Mond ging unter, und der Himmel im Osten hellte sich auf. Bald würde der Tag anbrechen.

»Ich glaube, wir sollten anhalten«, sagte ich. »Ohne den Schutz der Dunkelheit sind wir zu gut sichtbar. Wir sollten uns einen Lagerplatz für den Tag suchen und heute Nacht weiterziehen.«

»Wir haben keine Zeit, anzuhalten. Wir dürfen nicht«, sagte Maryam.

Ihre Weigerung brachte Robard und mich zum Stehen. Maryam rannte weiter. »Warte«, zischte ich.

Sie hielt an und drehte sich um.

»Weshalb? Warum dürfen wir nicht anhalten?«, fragte ich. »Ich denke, du schuldest uns eine Erklärung.«

Maryam schwieg. Sie sah einen Augenblick lang zu Boden. Dann blickte sie mir ins Gesicht.

»Tristan, habe ich dir nicht das Versprechen gegeben, dass ich euch sicher nach Tyrus führen werde?«, fragte sie.

»Ja.«

»Und ich werde dieses Versprechen halten, aber wir müssen uns beeilen«, sagte sie.

»Warum denn? Was haben diese Männer gesagt? Was hast du gehört?«, fragte Robard.

Maryam schwieg wieder einen Moment und blickte zwischen uns hin und her. Sie seufzte.

»Du hast recht, Bogenschütze. Ich habe tatsächlich etwas gehört. Sie haben sich gestritten, ob sie weiter nach uns suchen oder zu ihrem Heer zurückkehren sollten«, sagte sie.

»Und?«, sagte Robard.

»Der Hauptmann hat gesagt, dass sie wieder im Lager sein müssen, bevor der große Angriff beginnt«, sagte sie.

»Welcher Angriff? Das kann alles Mögliche bedeuten. Im Süden und im Westen finden ständig irgendwelche Kämpfe statt«, sagte Robard.

Aber ich wusste, welchen Angriff der Hauptmann gemeint hatte. »Sie greifen Tyrus an«, sagte ich.

Maryam schwieg, und Robard schaute mich an.

»Was? Das kannst du doch nicht wissen«, sagte er.

Doch der Ausdruck in Maryams Gesicht bewies mir, dass es stimmte.

»Hier in der Nähe steht nicht bloß ein Regiment, es sind über dreißig. Und weitere sind auf dem Weg. Am Morgen beginnen sie damit, ihre Einheiten nach Tyrus zu verlagern.«

Es war genau so, wie ich befürchtet hatte. Saladin rückte schnellstmöglich auf Tyrus vor.

»Woher wissen wir denn, dass sie uns die Wahrheit erzählt?«, sagte Robard. »Denk doch mal nach, Tristan. Vielleicht will sie uns ja nur glauben machen, dass Tyrus angegriffen wird, während der eigentliche Angriff ganz woanders geplant ist.«

»Wir können uns nicht darauf verlassen, ob es stimmt oder nicht. Die Ritter in Akkon haben das viele Male diskutiert. Wenn Saladin Tyrus einnimmt, ist die Hauptstraße nach Jerusalem und ins Landesinnere verloren. König Richard wird sich gezwungen sehen, weiter nach Osten auszuweichen, und auf der Ebene ist ihm der Nachschub für seine Streitkräfte abgeschnitten. Maryam hat recht. Wir können nicht warten. Wir müssen nach Tyrus in die Komturei der Templer. Wir müssen sie warnen«, erwiderte ich.

»Hast du jemals daran gedacht, dass sie an der ganzen Sache beteiligt ist?«

Maryam lachte. »Lass sehen, ob ich dich richtig verstehe, Bogenschütze. Du denkst, ich bin eine Spionin, eingeweiht in alle geheimen Pläne vom Sultan. Und damit sein raffinierter Schachzug auch funktioniert, brechen meine *Al-Hashshashin*-Brüder und ich aus unserem Lager auf und spüren euch im Wald auf. Während des Überfalls gelingt es mir, mich verwunden zu lassen, weil ich ja von vornherein sicher bin, dass meine mitleidigen Opfer mich wieder gesund pflegen. Wenn ich dann einigermaßen wiederhergestellt bin, verspreche ich, meine Schuld an euch zu begleichen, indem ich euch sicher durch die Linien der Sarazenen nach Tyrus lotse, aber in Wirklichkeit ist das alles nur eine List, um den christlichen Heerführern in der Stadt falsche Informationen zuzuspielen und euch dann Saladin höchstpersönlich als Gefangene in die Hände zu liefern. Kommt das ungefähr so hin?« Sie schaute Robard ins Gesicht, und ihre Obsidianaugen blitzten und funkelten kampflustig im Mondlicht.

Robard erwiderte ihren Blick mit finsterer Miene und trat drohend auf sie zu, bis sie fast Nase an Nase standen. Sie wich nicht einen Fingerbreit zurück.

»Vergib mir, wenn ich deine empfindlichen Gefühle verletzt haben sollte, aber wir kennen dich kaum. Du hast immerhin versucht, uns zu töten. Und ich habe dich niedergeschossen«, erinnerte er sie. »Du könntest uns sehr wohl ins Verderben führen und …«

Maryams Zorn zuckte über ihr Gesicht. »Es war nur ein Glückstreffer!«, sagte sie.

»Es war ganz und gar kein Glückstreffer!«, brüllte er zurück.

Ich unterbrach die beiden Streithähne. »Robard, das ist jetzt egal. Sarazenen befinden sich nur ein paar Tagesritte von Tyrus entfernt. Wenn wir jemals nach Hause kommen wollen, müssen wir machen, dass wir die Stadt erreichen und ein Schiff finden, bevor wir in der Falle sitzen.«

»Ich glaube immer noch, dass sie uns einen Bären aufbindet«, sagte er.

»Tut sie nicht«, sagte ich. »Gehen wir.«

Maryam warf mir einen dankbaren Blick zu. Ich hatte verstanden, was sie getan hatte. Sie hatte gelobt, uns sicher nach Tyrus zu bringen. Wenn die Stadt einmal unter Belagerung stand, dann wusste sie, dass auch sie ihre Heimat nicht mehr erreichen konnte. Sie hatte bewiesen, was ihr Schwur ihr wert war.

Wir liefen los, und ich dachte daran, wie wir uns erst vor kurzer Zeit in ein Dickicht gekauert hatten, nur ein paar Meter von einer Abteilung Sarazenen entfernt. Wir waren schutzlos einer Überzahl von Feinden ausgeliefert, ohne jeden Fluchtweg, wenn man uns entdeckt hätte. Sie hätte uns ganz leicht verraten können, aber sie hatte ihr Wort gehalten. Zumindest bis jetzt.

KAPITEL SECHSUNDZWANZIG

TYRUS

Wir rannten den Rest der Nacht durch. Als der Morgen dämmerte, schlich die Sonne so langsam über den östlichen Himmel, dass man meinen konnte, sie habe keine Lust, den Tag zu beginnen. Unsere Marschrichtung hielt uns immer in Küstennähe, und im Laufen konnten wir stets wieder das Meer unter uns aufleuchten sehen. Weiße Meeresvögel schwebten über den sanften Wellen, die sich am Ufer brachen, und stießen auf ihre Beute herab. Gelegentlich trug mir der böige Wind ihre Rufe zu, wenn sie sich über dem Wasser drehten und durch die Luft schossen. Ich kam mir vor, als habe mich mein Lauf ins Paradies geführt. Wenn ich das zauberhafte Land vor mir betrachtete, das atemberaubende Blau des Wassers gegen den Morgenhimmel, die herbe Schönheit der schroffen Klippen, dann konnte ich kaum glauben, dass dieser Ort so viele Jahrhunderte des Krieges und der Unruhen erlebt hatte. Er strahlte einen unvergleichlichen Frieden aus.

Ich hatte mich in den vergangenen Monaten oft gefragt, ob alle diese Kämpfe, all das Töten und die Zerstörung sich gelohnt hatten. Könige waren hier geboren worden und wieder gestorben. Armeen hatten sich hier vor Hunderten von Jahren bekämpft und bekriegten sich noch heute. Schlachtfelder wurden erobert und wieder verloren. Und trotz allem, was sich an diesem Ort ereignet hatte, war das Land selbst davon unberührt geblieben. Voller Frieden und Würde lag es vor uns, als ob es zu uns sprechen könnte. Als ob es sagen wollte: »Kämpft ihr nur immer weiter, so viel es euch beliebt. Ich werde immer da sein. Ich bin ewig.«

Zwei Tage lang rannten wir nahezu ununterbrochen und kamen Tyrus immer näher. Weil Maryam darauf bestand, rannten wir auch bei Tag weiter, und jeden Morgen, wenn die Sonne ihre Wirkung entfaltete und die Temperaturen anstiegen, fühlte ich mich schutzlos in diesem offenen Gelände. Meiner Meinung nach hätten wir uns wieder landeinwärts wenden sollen. Maryam widersprach mir und meinte, dass sich in den Wäldern Horden von Sarazenen herumtrieben und dass wir jederzeit in eine Patrouille geraten oder sogar in eines ihrer Lager stolpern konnten. Wenn wir weiter an der Küste entlangrannten, würden wir wenigstens schon von Weitem erkennen, ob sich jemand auf uns zubewegte. Dann konnten wir zum Strand hinunterklettern und uns zwischen den Felsen verstecken. Ausnahmsweise einmal war Robard mit Maryam einer Meinung.

Also hetzten wir weiter. Ich hatte keine Ahnung, wie nahe wir bereits an Tyrus herangekommen waren, aber ich spürte, dass es nicht mehr weit sein konnte. Wenn wir auf der Landstraße wären, hätten wir bestimmt schon Händler und Kaufleute und anderes Volk getroffen, das auf dem Weg in die Stadt war. Oder vielleicht wäre die Straße auch voller Sarazenen gewesen. Hier dagegen, an der offenen Küste, kam es mir so vor, als seien wir die einzigen Menschen auf der Welt. Ich wusste, je weiter wir uns Tyrus näherten, desto näher würde auch die Landstraße dem Strand kommen, weil die Stadt ja direkt am Meer lag. Ab diesem Punkt würden wir uns dann unter die anderen Reisenden mischen und uns unbemerkt in die Stadt einschleichen.

Da wir nicht wussten, was uns erwartete, schlug ich vor, eine Rast einzulegen, um unsere Waffen zu überprüfen. Robard kümmerte sich um seinen Bogen, während ich meine Schwerter untersuchte. Maryam sah uns zu, und da sie bis jetzt ehrlich zu uns gewesen war, beschloss ich, ihr ihre Dolche wiederzugeben. Als ich sie aus meiner Deckenrolle herausfischte, fiel mir auf, wie schön sie waren. Die Klingen waren auf Hochglanz poliert, und die Griffe waren aus Gold und mit Edelsteinen besetzt. Sie mussten sehr viel wert sein.

Ich hielt sie Maryam mit den Griffen voraus entgegen. Sie sah sie kurz an, dann hatte sie sie schon, bevor ich die Bewegung überhaupt wahrgenommen hatte, blitzschnell in der Luft gedreht und in den Ärmeln ihrer Robe verschwinden lassen. Robard schaute mich mit weit aufgerissenen Augen an. Ich war einfach nur froh, dass Maryam auf unserer Seite war. Wenigstens einstweilen.

Am späten Nachmittag erreichten wir die Spitze eines weiteren Hügels, und unter uns erblickten wir Tyrus. Der Himmel war kristallklar, und ich konnte den Rauch der Kochfeuer sehen, Schiffe, die im Hafen ein- und ausliefen, und alle anderen Anzeichen des alltäglichen Lebens in einer Stadt. Wir waren vielleicht noch etwa drei Meilen entfernt, und tatsächlich senkte sich die Landstraße von den Hügeln im Süden stetig und schnurgerade bis an das Stadttor ab.

Ich schlug vor, landeinwärts zur Straße hin abzubiegen. Wir würden dort weniger auffallen, als wenn wir an der Küste entlang auf die Stadt zukamen. Robard und Maryam stimmten zu, und wir wandten uns nach Süden. Nach nicht allzu langer Zeit hatten wir den Wald durchquert und waren in Sichtweite der Straße. Wir machten halt, verbargen uns im Unterholz und beobachteten den Verkehr. Bevor wir weitergingen, mussten wir uns vergewissern, dass Tyrus nicht schon längst an Saladin gefallen war.

Eine Stunde lang ließen wir die Menschen an uns vorüberziehen:

Händler und Kaufleute, Schäfer und Ziegenhirten mit ihren Herden. Als endlich eine Abteilung Soldaten vorbeiritt, die eindeutig Angehörige des königlichen Heeres waren, wussten wir, dass wir wenigstens für den Augenblick in Sicherheit waren. Auf unserem Marsch nach Tyrus hatte Maryam ihren Turban und den Schleier angelegt. Als wir nun unser Versteck verließen, nahm sie sie wieder ab. Ihr langes schwarzes Haar fiel ihr in Wellen auf die Schultern und über den Rücken. Robard und ich starrten sie mit offenem Mund an.

»Ich nehme an, *Al-Hashshashin* sind in Tyrus nicht besonders gern gesehen«, sagte sie. »Besser, ich sehe aus wie ein einfaches Bauernmädchen auf dem Weg zum Markt. Meint ihr nicht auch?« Sie schlug die Kapuze ihrer Robe nach innen. Ohne Kapuze, Turban und Schleier erinnerte kaum noch etwas an ihr an einen Assassinen, und sie wirkte wesentlich weniger gefährlich, als sie tatsächlich war.

»Ein einfaches Bauernmädchen mit zwei *Al-Hashshashin*-Dolchen im Gewand, das rein zufällig als Meuchelmörderin ausgebildet ist. Sehr überzeugend«, sagte Robard.

Ich hätte erwartet, dass Maryam wütend wurde, doch stattdessen lachte sie nur. Wieder war ihr Lachen so melodisch und fröhlich wie beim ersten Mal, als ich es gehört hatte.

Wir schlichen vorsichtig auf die Straße zu. Es befand sich niemand in unserer unmittelbaren Nähe, und so marschierten wir zügig Richtung Stadt. Kurze Zeit später betraten wir Tyrus ohne weitere Zwischenfälle.

Die Stadt war laut und geschäftig, was mich ein wenig an Dover erinnerte. Aber der Marktplatz war weiträumiger und sogar noch belebter, und eine sonderbare Mischung fremdartiger Gerüche lag in der Luft: gebratenes Fleisch, das Meer, Gewürze und Weihrauch, die beißenden Ausdünstungen der Kamele und tausend andere Düfte, die ich nicht identifizieren konnte. Die Nachmittagssonne brannte heiß, und die Kaufleute und Ladenbesitzer zogen es vor, sich im Schatten aufzuhalten, solange es irgend möglich war.

»Was nun?«, fragte Robard.

»Ich muss unverzüglich die Templerkomturei aufsuchen«, antwortete ich. »Dann muss ich mich beim Marschall melden und ihm das übergeben, was ich … und ihn davon unterrichten, was wir gesehen haben.« Ich blickte hastig zu Maryam, voller Sorge, dass ich mich verraten hatte, aber ihr Gesicht zeigte keine Regung. Auch wenn sie sich mittlerweile mein Vertrauen erworben hatte, wollte ich die *Al-Hashshashin* in ihr doch nicht in Versuchung führen.

»Also, wo finden wir nun die Komturei?«, fragte Robard.

»Ich weiß nicht genau. Eigentlich müsste sie leicht zu erkennen sein. Sie haben bestimmt das Banner der Templer aufgezogen. Schließlich soll hier ja eine starke Abordnung stationiert sein. Vielleicht sollten wir uns aufteilen …«

Maryam unterbrach mich. »Oh, um der Gnade Allahs willen«, fauchte sie ärgerlich. »Wieso können Männer bloß nie nach dem Weg fragen?« Sie rollte die Augen, stapfte zur nächsten Bude und redete auf Arabisch auf den Verkäufer dort ein. Er antwortete ihr und zeigte über seine Schulter. »Da entlang«, sagte sie.

»Warte, Maryam«, sagte ich. »Du hast uns sicher nach Tyrus gebracht, getreu deinem Versprechen. Deine Ehrenpflicht ist erfüllt. Robard und ich kommen von nun an alleine zurecht.«

Maryam sah erst mich an und dann Robard. Sie musterte sein Gesicht für mehrere Sekunden.

»Gut, aber ich kann euch wenigstens bis zur Komturei begleiten. Es macht mir nichts aus. Außerdem könntet ihr mich vielleicht noch als Übersetzerin gebrauchen, falls ihr euch verlauft«, sagte sie.

Wir hatten wirklich keine Zeit für längere Diskussionen, also willigte ich ein.

Der Marktplatz von Tyrus war ein Irrgarten, dessen Pfade planlos kreuz und quer verliefen und sich an Teppichhändlern, Garküchen und anderen Buden und Ladengeschäften vorbeischlängelten. Und überall pries man uns lauthals seine Waren an und lud uns zum Kauf ein. Ich hielt einmal kurz an und erstand für jeden von uns einen von den Lammspießen, die ein Mann frisch vom Feuer weg feilbot. Wir verschlangen die heißen Fleischbrocken mit atemloser Gier. In den letzten zwei Tagen waren wir kaum zum Essen gekommen.

Als wir weitergingen, versuchte ich meine Gedanken zu ordnen. Ich musste die Templer vor dem bevorstehenden Angriff warnen, damit sie sich mit den militärischen Beratern des Königs in Verbindung setzen und eine Strategie ausarbeiten konnten. Ich würde sie ebenso über den Fall von Akkon informieren, wenn sie nicht schon davon wussten. Dann musste ich mir eine Passage auf einem Schiff nach England besorgen. Und das mit höchster Vorsicht. Sir Thomas hatte mich ja gewarnt, dass sogar schon manche Brüder vom Tempel vor Gier nach dem Gral fast dem Wahnsinn verfallen waren.

Am anderen Ende des Marktplatzes stießen wir auf eine gepflasterte Straße, die an den Ostrand der Stadt führte. Maryam sagte, die Komturei sei jetzt nicht mehr weit weg, und aus irgendeinem Grund wurde ich immer nervöser, je näher wir ihr kamen. Als wir an einer Gasse zwischen zwei großen Gebäuden vorbeigingen, hatte ich eine Idee.

»Könnt ihr beiden hier einen Moment warten?«, fragte ich. »Ich muss mal dringend, na ja, ihr wisst schon …«

Robard lachte, und er und Maryam nickten schmunzelnd. Ich betrat die Gasse. Sie verlief nicht gerade, sondern wand sich immer mehr, je weiter ich ihr folgte. Schließlich erreichte ich eine ruhige Stelle, sah mich nach allen Seiten um und konnte niemanden entdecken. Über mir trockneten Kleider an einer Leine, die zwischen den Häusern gespannt war. Ein paar leere Fässer waren neben einer Tür aufgestapelt, die in den rückwärtigen Teil eines der Gebäude führte. Ein kleiner Hund mit gelblichem Fell lag im schmalen Schatten des Türeingangs, hatte aber die Augen geschlossen und hielt ein Nickerchen in der Hitze der Nachmittagssonne. Die Luft war also rein.

Ein paar Schritte neben der Tür fand ich eine geeignete Stelle. Ich kniete mich auf die Erde, holte das kleine Messer aus meinem Beutel und machte einen armlangen Kratzer in die Hauswand, ganz dicht über dem Boden. Ich rieb eine Handvoll Sand darüber, sodass er zwar immer noch zu sehen war, aber nun nicht mehr so frisch wirkte. Mit dem Messer hob ich im Sand direkt unter dem Zeichen an der Wand eine kleine Grube aus.

Ich zögerte einen Augenblick und überlegte, ob ich Sir Thomas' Brief mit in die Komturei nehmen sollte. Ich würde ihn vielleicht brauchen, um mich auszuweisen. Irgendwie spürte ich aber, dass mir das Schreiben an einem späteren Punkt meiner Reise vielleicht noch nützlicher sein könnte. Es dürfte wohl nicht allzu schwierig sein, den hiesigen Befehlshaber von meiner Identität zu überzeugen.

Ich legte Sir Thomas' Brief und seinen Ring auf den Boden der Grube, und nachdem ich meine persönlichen Gegenstände aus dem Beutel geräumt und mich nochmals vergewissert hatte, dass mich niemand beobachtete, hob ich den Gral heraus und ließ ihn behutsam in die Mulde gleiten. Dann deckte ich alles mit Sand zu und strich ihn mit den Händen glatt. Ich packte meine Habseligkeiten wieder ein, stand auf und ging mehrmals auf der Stelle auf und ab, wobei ich mit den Füßen schlurfte, um die Spuren meiner Arbeit zu verwischen. Als ich fertig war, sah alles so aus, als hätte hier noch niemals jemand ein Loch gegraben.

Auf dem Rückweg hob der kleine Hund den Kopf, als ich an ihm vorüberging. Eigentlich handelte es sich ja um ein Hundemädchen. Sie gähnte und streckte sich, und ich ging in die Hocke, um sie hinter den Ohren zu kraulen. So dürr, wie sie war, hatte sie wohl in der letzten Zeit nicht eben viel zu essen bekommen. In meinem Beutel hatte ich noch ein paar Datteln, die ich mir aufgespart hatte, und ich zerriss eine davon in kleine Stücke und hielt sie ihr hin, damit sie daran schnuppern konnte. Im Nu hatte das hungrige Tier sie hinuntergeschlungen. Ich gab ihr den Rest von dem, was ich hatte, und die kleine Promenadenmischung leckte mir noch die Hand, bevor sie den Kopf sinken ließ und wieder eindöste.

Maryam und Robard standen noch da, wo ich sie verlassen hatte, und traten nervös von einem Fuß auf den anderen. Ich war mir sicher, dass sie in der Zeit, in der ich weg gewesen war, kein einziges Wort miteinander gesprochen hatten. Robard bemühte sich nach Kräften, überallhin zu schauen, nur nicht auf Maryam.

»Danke«, sagte ich. »Gehen wir.«

Wir gingen weiter die Straße entlang, und bald tauchte die Komturei vor uns auf. Ein Templerbanner flatterte auf dem Dach. Es tat gut, etwas so Vertrautes zu sehen. Das vordere Tor der Anlage wurde von einem einzelnen Sergeanto bewacht. Sein Gesicht war von Schweiß und Staub bedeckt, und seine Miene verriet, dass er alles lieber tun würde, als bei dieser Hitze Wache zu schieben.

»Maryam«, sagte ich. »Hier sollten wir uns verabschieden, glaube ich.«

Ein Ausdruck der Traurigkeit flackerte über ihr Gesicht, doch dann nickte sie.

»Vielen Dank, dass du uns hierhergeführt hast. Ich hoffe, dass du ebenfalls sicher dort hinkommst, wohin auch immer du als Nächstes gehst«, sagte ich.

»Leb wohl, Tristan. Leb wohl, Bogenschütze. Ich hoffe, unsere Wege kreuzen sich einst einmal wieder«, sagte sie.

Es kam mir vor, als sollte ich noch etwas sagen, ich hatte nur keine Ahnung, was. Sie sah mich erwartungsvoll an, wandte dann aber den Blick auf Robard. Was immer sie auch war, ich betrachtete sie nicht mehr als meine Feindin. Und ich glaube, Robard fühlte ähnlich, auch wenn er sich wahrscheinlich lieber die Zunge abgebissen hätte, als es zuzugeben.

»Ja, dann. Also. Leb wohl. Nett, dich kennengelernt zu haben. Und danke, dass du uns nicht umgebracht hast, als wir dir den Rücken zudrehten«, sagte er.

Zu meiner Überraschung lachte Maryam schallend. Ihre Hand schoss vor, und sie drückte kurz Robards Unterarm. Robard lief bei der Berührung puterrot an. Urplötzlich überkam ihn ein Hustenanfall.

Schmunzelnd drehte sich Maryam um und schlenderte die Straße entlang davon.

Robard und ich sahen ihr nach, bis sie verschwunden war. Dann gingen wir auf die Wache zu.

»Erklärt euch«, befahl der Sergeanto.

»Ich bin Tristan von St. Alban, Knappe des Ritters und Tempelbruders Sir Thomas Leux von der Komturei in Dover, zuletzt eingesetzt in Akkon. Ich habe einen Bericht für den Marschall«, erwiderte ich.

»Von Sir Thomas habe ich schon gehört, aber dich kenne ich nicht. Hast du Beweise für deine Angaben?«, fragte er.

»Jawohl. Ich trage sein Schwert.« Ich drehte mich um, damit der

Sergeanto das Kriegsschwert sehen konnte, das ich auf den Rücken geschnallt hatte. Ich zeigte ihm auch das Templersiegel, das in den Knauf meines Kurzschwerts geschnitzt war. Der Sergeanto nickte, war aber immer noch etwas argwöhnisch.

»Wer ist das?«, fragte er und deutete auf Robard.

»Dies ist Robard Hode, ehemals von den königlichen Bogenschützen. Er hat mich aus Akkon hierherbegleitet. Bitte, Sergeanto, wir haben Patrouillen der Sarazenen gesehen, weniger als eine Tagesreise weit entfernt. Ich habe dringende Botschaften für den Marschall. Dürfen wir eintreten?«

Als ich von Sarazenen so nahe bei der Stadt sprach, riss er die Augen auf. Er sah uns noch einen Moment prüfend an, dann trat er zur Seite und öffnete das Tor.

»Ihr findet den Marschall in der Schreibstube neben dem Sitzungszimmer links von der Eingangshalle«, sagte er.

Diese Komturei war der in Dover sehr ähnlich, es gab lediglich ein paar kleinere Unterschiede in der Bauweise des Gebäudes. Es war aus Lehmziegeln, und drinnen roch es nach feuchter Erde, aber der Grundriss war nahezu identisch.

Als wir die Eingangshalle betraten, empfing uns ungewöhnliche Stille. Ich war an den Krawall der Kasernen und Übungsplätze in Akkon gewöhnt, aber vielleicht waren die Ritter hier gerade auf Patrouille oder widmeten sich anderen Pflichten. Ein Knappe, der an einem Tisch saß und ein Pferdegeschirr ausbesserte, fragte uns, zu wem wir wollten, und wies dann auf einen Korridor, der links von der Halle wegführte.

Am Ende des Korridors gelangten wir an eine kleine Kammer, und als wir näher traten, konnte ich durch die offene Tür einen Mann sehen, der die Uniform eines Marschalls trug. Er saß an einem Holztisch und schrieb etwas auf ein Pergament. Ein Sergeanto stand neben ihm und hielt weitere Blätter in den Händen, die alle noch auf die Unterschrift des Marschalls warteten.

Ich klopfte an den Türrahmen.

»Herr, ich bitte um Vergebung für die Störung, aber ich bringe Nachrichten aus Akkon und von den Rittern dort«, sagte ich.

Beide Männer drehten die Köpfe zu mir. Der Marschall musterte mich einen Augenblick lang. Er war ein eher kleiner Mann, mit Halbglatze und einem Mondgesicht. Er hatte dunkle Augen und sah so aus, als sei ihm ein beständiges Stirnrunzeln ins Gesicht gemeißelt. Als er seinen Blick auf mich richtete, blieb sein Gesicht ausdruckslos, aber in seinen Augen konnte ich Verschlagenheit sehen. Etwas sagte mir, dass ich mit dem, was ich sagte, besser vorsichtig sein sollte.

»Ihr dürft eintreten«, sagte er.

Ich stellte mich vor seinen Schreibtisch und wollte schon meinen Bericht beginnen, als mich eine Stimme aus der gegenüberliegenden Ecke der Kammer unterbrach. »Ich habe mich schon gefragt, wann du auftauchen würdest«, hörte ich sie sagen.

Diese Stimme voller Verachtung und Hass würde ich überall, aus tausend anderen, heraushören. Meine Knie begannen zu zittern, und das Blut rauschte in meinen Ohren. Für einen Moment glaubte ich, in Ohnmacht zu fallen.

Ich drehte mich um, damit mir meine Augen Gewissheit darüber verschafften, was meine Ohren schon erkannt hatten. Und da stand er, in der Ecke neben einem Fenster, durch das sich weiches Licht in den Raum ergoss.

Sir Hugh.

KAPITEL SIEBENUNDZWANZIG

as ist der, von dem ich gesprochen habe, Marschall Curesco«, sagte Sir Hugh. Sein Lächeln sagte mir alles, was ich wissen musste. Es war das Lächeln einer Spinne, wenn Spinnen überhaupt lächeln konnten. Er konnte seine Freude, dass ich ihm hier in die Arme gelaufen war, kaum zurückhalten. Aber wie konnte das sein? Wie konnte er nur aus Akkon entkommen sein? Und was viel wichtiger war: Wusste er, was ich bei mir hatte?

Sir Hughs Mantel sah aus wie frisch gewaschen. Er wirkte gesund und ausgeruht. Er hatte sich ja wahrlich nicht besonders an den Kämpfen in Akkon beteiligt, aber nun, da ich ihn aus nächster Nähe sah, war ich doch erstaunt, ihn so ganz ohne Spuren von Kampfhandlungen zu sehen. Keine Wunden oder Narben. Nicht einmal ein blauer Fleck. Sein Gesicht war verkniffen und sein Bart schütter – so wie immer.

Der Marschall schaute erst zu Sir Hugh und dann zu mir.

»Ist das so?«, fragte er.

»Dieser Bursche hat uns nichts als Verdruss bereitet, seit er in den Orden eingetreten ist. Ohne Zweifel ist er von seinem Posten in Akkon desertiert, und es sieht so aus, als hätte er zudem noch Eigentum der Templer gestohlen.«

»Was? Überhaupt nichts habe ich gestohlen«, protestierte ich empört.

»Und wie erklärt Ihr Euch dann dieses Schwert?« Sir Hugh schritt durchs Zimmer und zog das Schwert aus der Scheide auf meinem Rücken. »Dieses Schwert gehört Sir Thomas Leux von meinem Regimento. Ich wüsste gerne, wie dieser Bursche in seinen Besitz gekommen ist«, sagte er.

Marschall Curesco sah mich an und wartete auf eine Antwort.

»Das ist das Schwert von Sir Thomas, das ist wahr. Aber er hat es mir selbst gegeben, als ich Akkon verließ. Auf seinen Befehl hin.« Ich wandte mich um und starrte direkt auf Sir Hugh, als ich sprach. Er wich meinem Blick aus, ging um den Tisch herum und stellte sich neben Marschall Curesco, dem Sergeanto gegenüber.

»Und warum genau hat er dir befohlen, Akkon zu verlassen?«, fragte der Marschall.

»Die Truppen von Sultan Saladin hatten die Stadtmauern überwunden. Wir kämpften Mann gegen Mann über die ganze Stadt hinweg. Die Ritter sammelten sich im Palast der Kreuzritter zum letzten Gefecht. Dort gibt es einen Geheimgang. Sir Thomas hat ihn mir gezeigt und mir den Befehl erteilt, mich auf dem schnellsten Weg nach Tyrus zu begeben, um die Nachricht von Akkons Fall zu überbringen. Einige Tagesreisen vor Tyrus traf ich Robard, und wir sind zusammen hierhermarschiert«, erklärte ich.

Die Augen des Marschalls wurden schmal, und er lehnte sich in seinem Stuhl zurück, um diese Informationen zu verarbeiten.

»Wann bist du aus Akkon weg?«, fragte er.

»Vor mehr als einer Woche. Sir Thomas hat mir strengste Anweisungen gegeben, nur nachts zu reisen. Das hat mich aufgehalten. Wir sind ein paarmal auf Banditen gestoßen, konnten sie aber in die Flucht schlagen.« Die Assassinen erwähnte ich besser nicht. Es war nicht klug, zu viele Einzelheiten preiszugeben.

»Das ist absurd!«, ereiferte sich Sir Hugh. »Der Kerl ist ganz offensichtlich ein Schwindler und ein Dieb. Wir sollten ihn unverzüglich ins Gefängnis werfen!«

Marschall Curesco hob die Hand und gebot Sir Hugh Schweigen.

»Hast du irgendwelche Beweise für deine Geschichte?«, fragte er.

Einen Moment lang bedauerte ich, den Ring und den Brief von Sir Thomas zusammen mit dem Gral versteckt zu haben. Aber ich war meinem Instinkt gefolgt, und zweifellos hätte mich Sir Hugh ohnehin nur beschuldigt, den Ring ebenfalls gestohlen zu haben.

»Nur dies. Wenn ich wirklich der Dieb bin, für den Sir Hugh mich hält, warum sollte ich mir wohl die Mühe machen, ausgerechnet hierher in die Komturei zu kommen und Euch Bericht zu erstatten, und dabei auch noch das angeblich gestohlene Schwert zur Schau zu stellen? Warum sollte ich mich nicht einfach aus dem Staub machen?«

Marschall Curesco warf Sir Hugh einen prüfenden Blick zu und schien geneigt, meine Argumente zu berücksichtigen.

»Und es gibt noch etwas, noch einen Grund, warum ich sofort hierhergekommen bin. Vor ein paar Tagen sind wir nur knapp einer Patrouille der Sarazenen entwischt.«

Marschall Curesco sprang blitzartig auf die Beine. »Sarazenen? Bist du sicher?«, fragte er.

Während dieser ganzen Auseinandersetzung stand Robard schweigend hinter mir im Korridor. Nun konnte er sich nicht länger zurückhalten.

»Natürlich sind wir sicher. Ich habe die letzten zwei Jahre fast pausenlos gegen sie gekämpft. Ich denke, ich weiß, wie ein Sarazene aussieht«, erklärte er. Und um seinen Worten Nachdruck zu verleihen, blickte er Sir Hugh offen ins Gesicht, als spürte er dessen Feigheit, und sagte: »Wisst Ihr es auch?«

Sir Hugh funkelte Robard gehässig an, sagte aber nichts.

»Und wo wart ihr? Sagt es mir ganz genau!«, verlangte der Marschall.

»Nicht mehr als vierzig Meilen westlich der Stadt. Wir hörten eine Patrouille näher kommen und konnten uns gerade noch rechtzeitig im Unterholz verstecken. Sie haben eine Weile nach uns gesucht, haben dann aber aufgegeben, als ihr Hauptmann ihnen befahl, wieder aufzusitzen. Er sagte, sie müssten ins Lager zurück, um sich für den Angriff auf Tyrus bereit zu machen«, sagte ich.

»Und wie kommt es, dass du weißt, was ein Sarazenenhauptmann gesagt hat?«, setzte Sir Hugh nach.

Ich erkannte meinen Fehler. Ich konnte ihnen nicht von Maryam erzählen. Wenn ich das tat, würden sie mir niemals glauben. Ich brauchte eine überzeugende Lüge.

»Ein Händler, der unterwegs nach Tyrus war, hatte sich uns angeschlossen. Er sprach Arabisch, er hat die Worte der Sarazenen verstanden.« Jedes Mal, wenn ich eine Lüge aussprach, erschien das Gesicht des Abts vor meinen Augen. Er wäre bitterlich enttäuscht, wie leicht mir mittlerweile das Lügen fiel. Ein kleiner Schweißtropfen rann mir von der Schläfe die Wange hinunter. Die Miene des Marschalls war undurchdringlich. Glaubte er mir?

»Marschall Curesco, er lügt. Mit dieser hanebüchenen Geschichte von einem Angriff versucht er doch nur, von seinen Schandtaten abzulenken! Ich fordere Euch auf, ihn auf der Stelle zu verhaften!« Die Aussicht, mich in Ketten zu sehen, brachte Sir Hugh offensichtlich ganz aus dem Häuschen.

Marschall Curesco wandte sich an den Sergeanto an seiner Seite.

»Bruder Lewis, nehmt Euch bitte ein paar Gewappnete Brüder, und geleitet diese jungen Männer zum Gefängnis. Haltet sie dort verwahrt, bis ich vom Hauptquartier des Königs zurück bin. Wir werden das später klären. Wenn in der Tat Sarazenen in der Nähe sind, müssen wir zuallererst unsere Strategie besprechen«, sagte er.

Bruder Lewis bellte ein Kommando, und ich konnte hören, wie sich der Korridor hinter mir mit Gewappneten füllte.

»Was?«, brüllte Robard. »Mich sperrt ihr nicht so einfach ein!«

Er wollte sich durch den Flur hinausdrängen, doch die Soldaten versperrten ihm den Weg.

Ich wandte mich wieder Marschall Curesco zu.

»Marschall! Das könnt Ihr nicht tun! Ich habe Euch die Wahrheit gesagt! Bitte!«, flehte ich.

»Das mag sein. Aber ich kann mich nicht so ohne Weiteres über das Wort eines anderen Marschalls des Ordens hinwegsetzen. Ich verspreche dir, dass man euch nur so lange festhalten wird, bis ich von der Besprechung mit dem König zurückkomme. Diese Nachrichten über die Sarazenen haben jetzt Vorrang. Danach werden wir die Einzelheiten deiner Geschichte klären«, sagte er.

Aus Sir Hughs Augen blitzte mir Hass entgegen, aber gleichzeitig verzogen sich seine Lippen zu einem selbstzufriedenen Grinsen. Ich wusste, wir würden Marschall Curesco nie wiedersehen, wenn es nach Sir Hugh ginge.

Die Gewappneten Brüder zerrten Robard den Flur entlang. Seinen Bogen und seinen Köcher hatten sie ihm abgenommen. Zwei weitere betraten die Schreibstube und entwaffneten mich. Dann packten sie jeder einen meiner Arme und schoben mich aus dem Raum.

»Herr, ich bitte Euch!«, schrie ich und wehrte mich gegen ihren Griff. Aber Marschall Curesco war schon ins Gespräch mit Bruder Lewis vertieft. Mit einer flüchtigen Handbewegung entließ er mich.

Die Soldaten führten uns durch die Eingangshalle und vorbei an der verdutzten Wache, die uns erst vor wenigen Augenblicken Einlass gewährt hatte. Robard fluchte und schrie wie am Spieß. Er vollführte ein Heidenspektakel, aber ohne Waffen nützte ihm das nicht viel. Die Gewappneten blieben völlig unbeeindruckt.

»Es scheint, als hätte dein Beschützer dich im Stich gelassen«, verhöhnte mich Sir Hugh.

»Sir Thomas ist wahrscheinlich gestorben wie ein Held und hat bis zum Ende an der Seite seiner Kameraden gekämpft. Ganz im Gegensatz zu Euch, der Ihr auf fast wundersame Weise aus einer von allen Seiten umstellten und bedrängten Stadt entkommen seid. Wie ist Euch das nur gelungen? Wie seid Ihr aus Akkon geflohen?«, fragte ich.

»Kümmere dich nicht um meine Angelegenheiten«, sagte er. »Ich kann dir gar nicht sagen, welches Vergnügen es mir bereitet, dich so in Ungnade gefallen zu sehen. Sir Thomas war ein eingebildeter, aufgeblasener Narr. Ständig hat er vor meinen Männern meine Befehle widerrufen und alles getan, was er konnte, um meine Autorität zu untergraben und mich zu blamieren …«

»Ihr braucht von niemandem Hilfe, um Euch zu blamieren«, unterbrach ich ihn. Sir Hugh reagierte, indem er mir einen wütenden Stoß in den Rücken versetzte. Ich taumelte, hielt mich aber auf den Beinen.

»Nun, es will mir scheinen, dass sein Vertrauen in dich unangebracht war. Sieh dich doch an. Ein Versager, den man ohne viel Federlesens gefangen hat und sehr wahrscheinlich aufhängen wird, wenn man auf mich hört. Und das wird man«, sagte er.

Ich gab keine Antwort, obwohl ich gegen seine Pläne durchaus einiges einzuwenden hatte.

Als man uns in Richtung Gefängnis schleppte, bildeten sich am

Straßenrand kleine Menschenansammlungen, um unserem Zug zuzuschauen. Einen Herzschlag lang glaubte ich, Maryam zu sehen. Hier und da erhaschte ich einen Blick auf eine schwarze Robe, war mir aber nicht sicher. Es hätte auch eine beliebige andere Person sein können.

Das Gefängnis lag etwa eine halbe Meile von der Komturei entfernt, und nach einem kurzen Marsch betraten wir ein geräumiges Lehmhaus. Drinnen bestand es aus einem einzigen Raum, an dessen gegenüberliegendem Ende rechts ein Tisch und eine Bank standen. Daneben befanden sich die Zellen, eigentlich drei Käfige aus Eisenstangen und mit vergitterten Fenstern, die in den Raum hineingebaut waren.

Unsere Waffen wurden auf dem Tisch abgelegt. Robard brachte man in die Zelle ganz links. Die Gewappneten schubsten ihn hinein und warfen scheppernd die Tür hinter ihm zu. Bei dem Geräusch drehte Robard sich um, spuckte sie an, fluchte und machte ihnen durch eindeutige Beleidigungen klar, was er von ihnen und von ihren Müttern hielt, aber sie verzogen keine Miene.

»Nun, kleiner Knappe, entweder du wirst meine Fragen beantworten oder du wirst den Rest deiner Tage hier drin verbringen«, sagte Sir Hugh und deutete auf den Käfig neben Robard. »Wo ist er? Hast du ihn bei dir?«

»Wo ist was?«, fragte ich zurück.

»Treib keine Spielchen mit mir, Knappe. Tapferkeit nützt dir hier nichts, du wirst es mir verraten!«, sagte Sir Hugh. Er riss mir die Decke und den Ledersack von der Schulter und ging an den Tisch. Dort schüttelte er die Decke aus und schüttete den Inhalt des Sacks auf die Tischplatte.

»Wo ist er?«, knurrte er böse.

»Ich habe keine Ahnung, wovon Ihr sprecht«, sagte ich.

»Glaubst du, ich mache Spaß, Bursche?«, fauchte er mit gebleckten Zähnen. Sein Arm zuckte vor die Brust, und er schlug mich mit dem Handrücken ins Gesicht. Ich schmeckte Blut, gab aber keinen Laut von mir.

Als ich mir das Blut von der Lippe wischte, schwor ich mir, dass ich ihm kein Wort sagen würde.

»Was ich *glaube*, ist, dass eine Nonne einen härteren Schlag hat als Ihr. Abgesehen davon weiß ich immer noch nicht, wovon Ihr sprecht.« Das Wiedersehen mit Sir Hugh hatte eine Art Feuer in mir entfacht. Ich dachte daran, dass Sir Thomas auf seinem Posten gefallen war. Dann sah ich diesen Feigling vor mir stehen. Höchstwahrscheinlich hatte er sich abgesetzt, bevor der letzte Kampf begann. Ich konnte es nicht ertragen. Quincy und Sir Basil, zwei der tapfersten Männer, die ich kannte, waren vermutlich tot, und dieser Abschaum dachte, er könne mich kleinkriegen? Ich gelobte innerlich, dass dieser Wurm, egal, was er mir antat, kein Wort von mir erfahren würde.

Sir Hughs Augen bohrten sich in meine, doch ich hielt seinem Blick stand, fest entschlossen, nicht einmal zu blinzeln.

»Du wirst mir verraten, wo er ist. Jetzt gleich«, sagte er.

»Sir Hugh, Sir Thomas hat mich hierhergeschickt, um die Komturei zu warnen, dass Akkon gefallen ist. Ich habe doch dem Marschall schon erklärt, dass …«

Sir Hugh packte meinen Kittel und zog mein Gesicht ganz nah an seines. Seine Stimme war ein Flüstern voll kaum noch zurückgehaltener Wut.

»Du hast ihn. Den Gral. Sir Thomas hatte ihn. Er hätte ihn niemals in Akkon gelassen. Also muss er ihn dir gegeben haben. Ich sage dir das, damit du begreifst, dass ich über alles Bescheid weiß und dass *ich* ihn mir holen werde. Und jetzt wirst du mir sagen, wo er ist, hast du gehört?«

»Verzeihung, was habt Ihr gesagt?«, fragte ich, mein Gesicht nur eine Handbreit vor Sir Hughs Mund. Er holte wieder zu einem Schlag aus, beherrschte sich aber und lockerte seinen Griff, als hätte eine außenstehende Macht ihn plötzlich dazu gezwungen, sich im Zaum zu halten. Er fuhr sich mit den Händen über das Gesicht und ging ein paarmal vor mir auf und ab.

»Also gut, Knappe. Du hast gewonnen. Du hast das, was ich will. Aber ich glaube, ich besitze etwas, das für dich bei Weitem wertvoller sein könnte als der Gral.«

»Ihr habt nichts, was ich brauchen könnte, Sir Hugh«, sagte ich.

»Sei nicht so vorschnell mit deinem Urteil, Junge«, sagte er.

Er blickte mich an, und sein Gesicht wirkte fast vergnügt, als hätte er große Freude daran, den Augenblick in die Länge zu ziehen. Ich wartete schweigend ab, fest entschlossen, mich nicht aus der Reserve locken zu lassen.

»Ich weiß, wer du bist, wo du geboren wurdest, wer deine Eltern sind – ich weiß alles über dich.«

Ich gab mir Mühe, mir nichts anmerken zu lassen, scheiterte aber kläglich. Ich fühlte mich, als hätte mir jemand mit voller Wucht einen Schlag in den Magen versetzt. Mir wurde schwarz vor Augen, und das Atmen fiel mir plötzlich schwer. Doch dann erinnerte ich mich daran, mit wem ich es hier zu tun hatte.

»Lügner. Ihr lügt«, sagte ich.

»Nein. Absolut nicht«, sagte er so leise, dass nur ich ihn hören konnte. »Ich weiß alles, verstehst du? Wir hatten vermutet, dass man dich als Baby vor einer Abtei oder einem Nonnenkloster aussetzen würde, aber wir waren nicht sicher, wo genau. Wir suchten fieberhaft nach dir, noch Monate nach deiner Geburt, aber den Mönchen ist es hervorragend gelungen, dich verborgen zu halten. Ist es nicht ein guter Witz, dass ich dann fünfzehn Jahre später einfach so über dich stolpere? Es war Sir Thomas, der darauf bestand, auf dem Ritt nach Dover in St. Alban zu übernachten. Zuerst dachte ich mir nichts dabei, aber als du mein Pferd verletzt hast und er dann so reges Interesse an dir zeigte, kam mir ein Verdacht.« Er sah mich an. »Bist du jetzt etwas aufgeschlossener?«, fragte er, sein Gesicht immer noch ganz nah an meinem. Ich sagte nichts.

»Es hat eine Weile gedauert, bis ich darauf kam, aber dann fügte sich eines zum anderen. In jener Nacht bin ich dir in den Stall gefolgt, um dir die Tracht Prügel zu verabreichen, die du verdient hattest. Aber dieser geistig zurückgebliebene Mönch kam dazwischen. Dein Glück. Dann lud dich Sir Thomas ein, mit uns zu reiten, und ich wusste, dass an dir mehr dran war, als der bloße Augenschein vermuten ließ. Sir Thomas hätte sich doch niemals solch einen unfähigen Tölpel zum Knappen genommen. Am nächsten Tag sandte ich Reiter nach der Abtei aus. Und ich erfuhr so manche interessante Kleinigkeit.« Er kicherte hämisch.

Ich erinnerte mich daran, dass ich Sir Hugh in Dover mit Soldaten der königlichen Garde vor dem Tor der Komturei gesehen hatte. Hatte er seine Männer zur Abtei geschickt? Zu welchem Zweck?

»Ich habe wirklich viel Neues erfahren. Es ist bemerkenswert, was Männer so ausplaudern, wenn man ihnen einen Finger nach dem anderen bricht. Nun weiß ich alles, und ich werde auch dir alles erzählen. Du musst mir nur sagen, wo du den Gral versteckt hast. Der Ritter, dem du Treue geschworen hast, hat dich zum Narren gehalten.«

Ich fühlte mich schwindlig und verwirrt. Ich bekam keine Luft. Sir

Hugh hatte Reiter zur Abtei geschickt, um die Brüder meinetwegen zu foltern und zu verhören? Warum? Was, um alles in der Welt, war so wichtig an mir? Und nun behauptete er, über das Einzige Kenntnis zu haben, über das ich schon mein ganzes Leben lang Bescheid wissen wollte. Dann kamen mir die Worte von Sir Thomas wieder in den Sinn, und ich erinnerte mich, was für ein Schuft hier vor mir stand. Eine Memme. Ein Lügner und Betrüger. Selbst wenn ich ihm sagte, was er hören wollte, würde er mich trotzdem umbringen. Ich würde mir meine Antworten anders beschaffen müssen. Er log mich wahrscheinlich die ganze Zeit nur an.

»Nein«, sagte ich. »Ich bin hierhergekommen, um die Nachricht über Akkon …«

Bevor ich ausreden konnte, brüllte Sir Hugh auf vor Zorn, zog mich am Kittel und holte mit der anderen Hand aus, um mich zu ohrfeigen. Doch ein Gewappneter Bruder stürmte in den Raum und ersparte mir einen weiteren Schlag.

»Sir Hugh, Marschall Curesco erbittet Eure Anwesenheit im Hauptquartier des Königs. Wir haben weitere, bestätigte Berichte über sarazenische Patrouillen in der Umgegend erhalten. Während wir reden, wird schon die Schlachtordnung aufgestellt!«, rief er.

Bei der Erwähnung der Sarazenen wurde Sir Hugh bleich. Seine Feigheit wurde wieder einmal deutlich.

»Sorgt Euch nicht, Sir Hugh«, sagte ich. »Es bleibt Euch noch reichlich Zeit zu fliehen, bevor die Schlacht beginnt.«

Sir Hugh brüllte abermals auf, zerrte mich über den Boden des Gefängnisses und stieß mich in die Zelle neben Robard. Er warf mir noch einen mörderischen Blick zu, dann fasste er sich und brachte sein Gewand in Ordnung.

»Selbstverständlich«, sagte er zu dem Neuankömmling. Er zeigte auf die anderen Wachen im Raum. »Zwei von euch bleiben hier. Niemand darf mit den Gefangenen sprechen. Niemand betritt auch nur das Gebäude ohne meine Anordnung. Verstanden?«

Im Gehen blickte sich Sir Hugh noch einmal nach mir um. »Ich komme wieder, Knappe«, zischte er. »Und wenn wir unsere Unterhaltung fortsetzen, denke ich, dass du mir alles sagen wirst, was ich wissen will.«

Mit diesen Worten zogen Sir Hugh und seine Männer ab und ließen lediglich die beiden zur Wache eingeteilten Soldaten zurück. Ich hatte keine Ahnung, wie ich uns aus diesem Schlamassel herausholen sollte.

Zu sagen, dass Robard außer sich war, würde seine Stimmung nur unzulänglich beschreiben. Er rannte in seiner Zelle auf und ab wie ein wildes Tier im Käfig und stieß eine endlose Litanei von Verwünschungen zwischen den Zähnen hervor. Schließlich beruhigte er sich etwas und starrte zuerst auf mich und dann auf die Gewappneten, die am anderen Ende des Raums saßen.

»Würdest du mir das vielleicht mal erklären?«, fragte er leise.

Ich gab Robard eine knappe Schilderung der Vorfälle zwischen Sir Hugh und mir. »Was ich nicht begreife, ist, wie er aus Akkon entkommen ist. Die Stadt war doch völlig eingeschlossen und wurde vom Feind überrannt. Alle Ritter waren am Palast zum letzten Gefecht angetreten«, sagte ich. Ich erzählte Robard nichts von den Versprechungen, mit denen Sir Hugh mich gelockt hatte. Es war nicht nötig, die Dinge noch komplizierter zu machen. Außerdem war ich ja sicher, dass er mich angelogen hatte.

»Also, ich muss schon sagen, ich habe nicht damit gerechnet, in einem Gefängnis zu landen, als ich dich im Wald getroffen habe. Das gefällt mir nicht. Es gefällt mir ganz und gar nicht«, sagte er. Seine

Wut war immer noch nicht verraucht. Ich machte eine beschwichtigende Geste und deutete mit dem Kopf auf die Wachen auf der Bank. Sie wirkten gelangweilt und desinteressiert, aber ich hatte keinen Zweifel, dass sie von Sir Hugh angewiesen worden waren, jedem unserer Gespräche aufmerksam zu folgen.

»Robard, es tut mir leid, dass du in diese Geschichte mit hineingeraten bist«, sagte ich. »Ich hätte niemals geglaubt, Sir Hugh lebendig hier wiederzusehen. Wenn die Templer bei der Verteidigung Akkons untergegangen sind, dann sollte auch er tot sein. Und doch ist er hier. Er muss einen Weg gefunden haben, sich aus der Stadt zu schleichen, oder er kannte den Geheimgang auch und ist derselben Route gefolgt wie ich.«

Aber ich wusste, warum Sir Hugh eigentlich hier war. Er wollte den Gral, schlicht und einfach. Was ich mir aber beim besten Willen nicht erklären konnte, war, woher er wusste, dass ich ihn hatte. Sir Thomas hatte gesagt, dass nur einige wenige Ritter im gesamten Orden überhaupt von dem Gral wussten. Er war einer dieser Auserwählten, und ich konnte mir nicht vorstellen, dass er dieses Wissen ausgerechnet mit Sir Hugh geteilt hatte, wo er doch so wenig Gutes von ihm hielt. Das würde also bedeuten, dass Sir Hugh bereits vor Sir Thomas von der Existenz des Grals gewusst hatte. Oder dass er auf eine andere Weise davon erfahren hatte, und davon, dass Sir Thomas sein Hüter war.

Etwas sagte mir, dass diese Vermutungen nicht zutrafen. Es erschien mir unmöglich, dass man das Wissen um etwas so Heiliges und Kostbares einem solchen Lügner und Betrüger anvertraut hatte. Sir Hugh konnte der Spur, die zu mir führte, nur mit unlauteren Mitteln gefolgt sein. Dringender als je zuvor musste ich nun einen Weg finden, den Gral in Sicherheit zu bringen.

Robard schritt weiter auf und ab. Ich ging in die Ecke meiner Zelle und ließ mich an der Wand hinuntergleiten. Bald schon wurden die Schatten länger, und die Dämmerung schlich in unser Gefängnis. Als es dunkel geworden war, entzündete einer der Gewappneten eine Öllampe auf dem Tisch, die den Raum in mattes Licht tauchte. Robard und ich blieben lange still und hingen unseren Gedanken nach.

»Auf der Straße, als sie uns hierhergeführt haben, dachte ich einen Moment, ich hätte Maryam gesehen. Meinst du, sie könnte …«

»Vergiss sie«, unterbrach mich Robard. »Sie ist nicht mehr verpflichtet, uns zu helfen. Die ist längst über alle Berge. Wenn wir hier rauswollen, müssen wir das aus eigener Kraft schaffen. Dieses Assassinenmädchen sehen wir nie wieder«, sagte er.

Als hätte sie nur auf dieses Stichwort gewartet, erschien Maryams Gesicht am Fenster von Robards Zelle, und sie flüsterte leise:

»Hallo, Bogenschütze. Hast du mich vermisst?«

KAPITEL ACHTUNDZWANZIG

ie schwache Öllampe gab uns gerade genug Licht, um den schemenhaften Umriss von Maryams Gesicht im Fenster zu erkennen. Mir hatte es nahezu die Sprache verschlagen, und Robard war in seiner Bewegung erstarrt, als hätte er ein Gespenst gesehen.

»Bleib nicht stehen, du Idiot! Benimm dich wie vorher, sonst schöpfen die Wachen Verdacht!«, zischte sie.

So verblüfft er auch war, setzte sich Robard erneut in Bewegung und ging weiter in seinem Käfig auf und ab, wobei er auch wieder vor sich hin fluchte und sicherheitshalber auch die eine oder andere Beleidigung in Richtung der Wachen knurrte.

»Tristan, ich werde gleich ein Ablenkungsmanöver inszenieren. Haltet euch bereit!«, flüsterte Maryam.

»Was? Warte … Was tust du …?« Aber bevor ich meine Frage ausgesprochen hatte, war sie schon verschwunden.

Ein paar Minuten lang geschah gar nichts. Robard lief weiter brummelnd auf und ab, und ich kauerte in meiner Ecke, als würde ich gleich eindösen. Die Wachen saßen auf der Bank am anderen Ende des Raums und unterhielten sich halblaut.

Der Eingang zum Gefängnis hatte keine Tür mehr. Sie war wohl entweder aus den Angeln gebrochen oder verfault, und man hatte sie weggeworfen. Kurz nachdem Maryam an unserem Fenster erschie-

235

nen war, sahen wir plötzlich ein angezündetes Bündel getrockneter Binsen durch den offenen Eingang fliegen. Es landete in der Mitte des Raums. Man hatte die Binsen anscheinend mit Fett beschmiert und sie in Wasser oder Schlamm getaucht, denn anstatt lichterloh zu brennen, erzeugten sie lediglich kleine Flammen und dicke Rauchschwaden, die sich sofort auszubreiten begannen.

Die Wachen sprangen schreiend auf. Einer rannte in die Mitte des Raums und stampfte auf dem Bündel herum, um die Flammen zu löschen. Von den Binsen stieg aber immer nur mehr Qualm auf, und der Soldat fing an zu husten. Zwei weitere Bündel kamen hereingeflogen und landeten vor seinen Füßen. Rauch und Ruß wogten um ihn herum, und trotz des trüben Lichts der Lampe war er fast nicht mehr zu sehen.

Beide Männer schrien nun, und der beißende Qualm wurde immer dichter. Bald schon würde er unsere Käfige erreichen, und wir würden nicht mehr atmen können. Die Lampe auf dem Tisch ging plötzlich aus, und bis auf ein paar zuckende Schatten, die von den flackernden Bündeln an die Wand geworfen wurden, war der Raum jetzt in Finsternis versunken. Ich hörte einen gemurmelten Fluch, dann stieß einer der Wächter einen Schmerzensschrei aus. Man hörte, wie ein Schwert gezogen wurde, dann das Klirren von Stahl, gefolgt von weiteren Schreien und Verwünschungen.

Aus der Rauchwand und dem Lärm schälte sich eine schattenhafte Gestalt vor meiner Zellentür heraus, und einen Moment später schwang diese auf. Der Schatten huschte zu Robards Zelle, und auch seine Tür öffnete sich.

»Kommt!«, drängte Maryam. »Hier entlang!«

»Warte!«, rief ich ihr nach. Ich musste den Ledersack und meine Schwerter holen.

Es war schwer, sich in all dem Qualm zurechtzufinden, aber ich hatte eine ungefähre Ahnung, in welche Richtung ich gehen musste. Maryam und Robard konnte ich nicht sehen, aber ich hörte, wie sie sich zur Tür hin bewegten. Ich durchquerte rasch den Raum und steuerte auf den Tisch zu, auf dem man unsere Waffen und Ausrüstung abgelegt hatte. Auf halbem Weg strauchelte ich über etwas auf dem Boden und schlug der Länge nach hin. Es war eine der Wachen. Der Mann rührte sich nicht, und einen Augenblick fürchtete ich, Maryam habe ihn getötet. Doch dann kam ein Stöhnen über seine Lippen, und mir war klar, dass er nur betäubt war. Ich rappelte mich wieder hoch und taumelte vorwärts, bis ich gegen den Tisch stieß. Ich tastete herum, fühlte meinen Beutel und schwang ihn über die Schulter.

Mit den Händen fuhr ich über die Tischplatte, fand meine Schwerter und nahm sie auf. Ich wollte schon gehen, da fielen mir Robards Bogen und sein Köcher ein. Ich riss auch sie an mich und schnappte mir zu guter Letzt noch unsere Deckenrollen. Dann schob ich mich mit der Schulter an der Wand entlang, bis ich den Ausgang erreicht hatte.

Robard und Maryam warteten draußen auf mich. Es war gut, die kühle, frische Nachtluft einzuatmen. Ich reichte Robard seine Waffen, und wir rannten los, ohne noch lange Zeit zu verschwenden.

Als wir gerade ein paar Meter die Straße hinuntergelaufen waren, hörten wir schon die Alarmrufe der Wachen, die hinter uns aus dem rauchgeschwängerten Gefängnis torkelten. Sie schrien wie am Spieß, und wir rannten umso schneller. Maryam eilte die Straße entlang und bog an der ersten Kreuzung ab. Wir hetzten hinter ihr her, bis wir die nächste Gasse erreicht hatten, folgten ihr und einer weiteren, bis die Rufe der Wächter leiser wurden. Als wir uns dem Ende der

Gasse näherten, wurden wir langsamer und spähten in eine Hauptstraße, die in regelmäßigen Abständen von Fackeln beleuchtet wurde. Einige Feuer brannten noch in den Kochstellen und Lehmherden vor den Gebäuden, die die Straße säumten. Weder zur Rechten noch zur Linken konnten wir auch nur eine Menschenseele sehen.

Ich schnallte mir Sir Thomas' Kriegsschwert auf den Rücken und hakte das Kurzschwert an meinen Gürtel.

»Robard, es tut mir leid, was passiert ist. Ich hätte niemals erwartet, in Tyrus auf Sir Hugh zu treffen«, sagte ich.

»Darüber reden wir später. Jetzt sollten wir schleunigst abhauen«, sagte er.

»Meine ich auch. Gehen wir zum Hafen. Dort gibt es sicher Tavernen, und wo es was zu trinken gibt, gibt es auch Seeleute. Es sollte möglich sein, ein Schiff für die Überfahrt nach England zu finden. Sir Thomas hat mir etwas Geld mitgegeben, genug, um für uns beide zu bezahlen. Maryam, kannst du uns hinführen?«, fragte ich.

»Ja, aber wir müssen uns eilen. Diese Wachen werden schnellstens zur Komturei rennen und deinen Freund Sir Hugh alarmieren. Und bei den Anlegestellen im Hafen werden sie als Erstes suchen. Die Stadttore sind nachts geschlossen. Da kommen wir nur heraus, wenn wir über die Mauern klettern, und die werden gut bewacht. Also los«, sagte sie und trat auf die Straße hinaus.

»Warte!«, rief ich.

Sie blieb stehen.

»Ich muss zuerst noch etwas holen. Heute Nachmittag habe ich etwas in dieser Gasse vergraben. Es ist äußerst wertvoll, und ich muss es wiederhaben. Kannst du uns zuerst dorthin bringen?«

Im flackernden Licht der Fackeln und Feuer konnte ich sehen, wie Robards Augen sich zu schmalen Schlitzen verengten.

»Du hast mir doch erzählt, du überbringst Berichte und Befehle für die Templer in Tyrus«, sagte er.

»Ja. Doch. Schon. In gewissem Sinne«, sagte ich. Ich hatte gehofft, er würde nicht weiter nachfragen.

»Dem Marschall hast du jedenfalls nichts gegeben. Hast du die Befehle vergraben? Was hattest du bei dir, von dem du nicht wolltest, dass die Templer hier es sehen?«, bohrte er.

»Das ist eine lange Geschichte. Voller Intrigen und sehr vielschichtig«, übertrieb ich. »Einstweilen kann ich nur sagen, dass ich auf Befehl gehandelt habe. Sobald wir Gelegenheit haben, erkläre ich alles. Jetzt jedoch würde ich vorschlagen, dass wir uns aufs Abhauen konzentrieren.« Ich hoffte nur, dass das überzeugend genug klang, aber ich hoffte noch viel mehr, Robard würde mein Versprechen einfach vergessen. Ich hatte Sir Thomas doch geschworen, niemandem von meiner Mission zu erzählen.

Robard schaute immer noch ziemlich nachdenklich drein, aber dann zuckte er nur die Achseln.

»Falls ich es noch nicht erwähnt habe: Wir sind auf der Flucht!«, drängte Maryam. »Wenn du unbedingt zu dieser Gasse zurückwillst, müssen wir hier entlang.«

Wir schritten ruhig, aber zügig voran. Wenn wir rannten, würden wir bloß Aufmerksamkeit auf uns lenken, und das war das Letzte, was wir brauchten. Als wir den weitgehend verlassenen Marktplatz überquerten, erkannte ich bald die Straße wieder, der wir am Anfang dieses langen Tages zur Komturei gefolgt waren. Wir gingen wachsam zwischen den Buden und Karren hindurch und hielten dann und wann an, um sicherzugehen, dass keine Soldaten oder Wachen in der Nähe waren. Alles war ruhig.

Einige Minuten später standen wir am Eingang der Gasse.

»Hier ist es«, sagte Maryam.

An den Wänden der zwei großen Steinhäuser, zwischen denen die Gasse verlief, waren brennende Fackeln befestigt, die der Straße Licht spendeten. Ich nahm mir eine und betrat die Gasse.

In der Dunkelheit wirkte alles ganz anders. Die Fackel warf tanzende Schatten an die Wände, und einen Herzschlag lang war ich überzeugt, dass Maryam sich geirrt hatte und dies die falsche Gasse war. Schließlich fand ich jedoch das Zeichen, das ich in die Hauswand geritzt hatte. Ich kniete nieder, rammte die Fackel in den Boden und schaufelte mit den Händen den Sand zur Seite.

Nach ein paar Handvoll hatte ich den Ring und den Brief von Sir Thomas gefunden. Ich stopfte sie in den Ledersack und grub weiter. Je mehr Sand ich aushob, desto deutlicher machte sich ein flaues Gefühl in meiner Magengrube breit. Immer verzweifelter stieß ich meine Hände in den Sand, bis ich ein tiefes, breites Loch vor mir hatte. Der Gral war nicht mehr da.

Ich richtete mich auf den Knien auf. Mir war übel und schwindlig. So unmöglich es auch schien – jemand hatte herausgefunden, wo ich den Gral versteckt hatte. Aber es ergab keinen Sinn. Wenn man den Gral gestohlen hatte, wenn man ihn für wertvoll hielt, warum hatte man nicht auch den Ring mitgenommen? Bei ihm sah man doch auf den ersten Blick, dass er eine hübsche Summe einbringen würde.

Ich saß da und war zu benommen, um mich zu rühren. Es konnte nur so sein, dass man mir gefolgt war. Oder dass mich jemand in der Gasse gesehen hatte. Wie auch immer es dazu gekommen war, man hatte mich dabei beobachtet, wie ich den Gral versteckt hatte. Jemand hatte ihn dann wieder ausgegraben, und nun war er auf ewig verloren. Ich hatte versagt. Ich hatte Sir Thomas mein Wort gegeben, und ich hatte versagt.

Auf einmal hörte ich hinter mir ein Knurren. Es war nur ein gedämpftes, leises Geräusch, doch es erschreckte mich zu Tode. Ich riss mit einer Hand die Fackel aus dem Sand und schnellte auf die Beine. Meine andere Hand flog zum Griff des Schwertes an meinem Gürtel. Ich fuhr herum, bereit für alles, was an diesem wahrhaft bemerkenswert schlechten Tag, an dem eine Katastrophe die andere jagte, als Nächstes schiefgehen würde.

Ein Hund, das Hundemädchen, das ich schon am Nachmittag getroffen hatte, stand klein und mit golden schimmerndem Fell vor mir. In ihrer Schnauze trug sie den Gral, der immer noch in seiner Leinenhülle steckte. Als ich den Arm danach ausstreckte, wich die Hündin zurück und knurrte.

»Braves Mädchen. Lieber Hund. Gib mir doch den Gral. Bitte, bitte?«, schmeichelte ich. Ich griff wieder zu, und die Hündin zog sich abermals knurrend zurück. Mir blieb nicht mehr viel Zeit. Egal, was ich auch versuchte, die Hündin weigerte sich, mir ihre Beute zu überlassen. In meiner Verzweiflung wühlte ich in meinem Beutel und stieß auf eine Dattel, die ich vorher übersehen hatte, als ich sie gefüttert hatte. Ich zog sie hervor und hielt sie ihr entgegen.

Langsam tapste sie vorwärts, legte den Gral sanft vor meine Füße und verschlang die Dattel mit einem einzigen Biss.

KAPITEL NEUNUNDZWANZIG

Mir wurde ganz schwach vor Erleichterung. Ich hob den Gral vom Boden auf und umklammerte ihn mit beiden Händen. Die Hündin rollte sich langsam auf den Rücken, streckte die Pfoten in die Luft und jaulte leise. Ich war kurz davor, in Tränen auszubrechen, aber ich kraulte ihr gehorsam den Bauch. Dann schlug ich die Leintücher auf, um mich zu vergewissern, dass es sich wirklich um den Gral handelte, den ich vor einigen Tagen gesehen hatte. Ich schickte ein inbrünstiges Dankgebet zum Himmel.

»Braves Mädchen«, sagte ich. Die Hündin schnaubte und prustete, doch das Kraulen hatte ihr wohl gefallen. »Braves Mädchen.« Sie leckte mir die Hand, stand auf und schaute mich erwartungsvoll an.

Ich schüttelte den Inhalt des Sacks auf den Boden und legte den Gral in das Geheimfach. Dann packte ich alles andere wieder hinein, nahm die Fackel und machte mich auf den Weg zurück zur Straße. Das Hundemädchen folgte meinen Schritten. Ich blieb stehen.

»Platz, Mädchen. Du kannst nicht mitkommen.«

Die Hündin hockte sich hin und sah mich eindringlich an. Ihr Gesicht war über und über von flauschigen, goldenen Haaren bedeckt. Ihre freundlichen, intelligenten Augen waren braun und blickten tief in meine.

»Ich kann dich doch nicht mitnehmen, Hundchen«, sagte ich.

Ich ging die Gasse entlang, und wieder wich die Hündin mir nicht von der Seite. Ich hielt wieder an, und prompt setzte sie sich. Ich ging weiter. Die Hündin auch.

»Platz, Mädchen!«, sagte ich. Ich bemühte mich, leise zu sprechen, aber langsam verlor ich ein wenig die Geduld.

Ich begann zu laufen, und sie trabte mühelos neben mir her. Nichts, was ich versuchte, funktionierte. Es sah so aus, als ließe sich meine neue Gefährtin nicht abschütteln.

Robard und Maryam standen noch genau da, wo ich sie zurückgelassen hatte, an beiden Seiten der Einmündung, und behielten die Straße im Auge. Beide wandten ihre Köpfe, als sie mich kommen hörten. Robard bemerkte den Hund als Erster.

»Was ist das?«, fragte er.

»Ein Hund.«

»Das sehe ich auch! Was hast du mit ihm vor?«, fauchte er mich an.

»Ich glaube, es geht eher darum, was *sie* mit *mir* vorhat«, antwortete ich. »Ich habe versucht, sie loszuwerden, aber sie scheint entschlossen, uns zu begleiten.«

Robard schnaubte ärgerlich, aber Maryam kniete sich hin und kraulte die Promenadenmischung hinter den Ohren. Sie musste lachen, als die Hündin an ihr hochsprang und ihr das Gesicht ableckte. Es war das erste Mal, dass ich Maryam so unbeschwert kichern hörte.

»Irgendwelche Anzeichen von Sir Hughs Schergen?«, fragte ich.

»Keine«, erwiderte Robard.

»Dann machen wir, dass wir hier wegkommen. Wir müssen zum Hafen«, sagte ich.

Maryam erhob sich und führte uns aus der Gasse über die men-

schenleere Straße in einen gepflasterten Weg, den bald eine weitere
Gasse kreuzte. In den Biegungen und Windungen des Pfades, den sie
für uns wählte, verlor ich schnell vollkommen die Orientierung. Die
ganze Zeit trabte der Hund neben uns her, anscheinend vollkommen
zufrieden damit, in unserer Gesellschaft zu sein.

Die Stadt um uns herum war still, doch ich hörte auch die Ge-
räusche von Menschen in einigen Häusern und Tavernen, an denen
wir vorbeigingen. Gelächter und ausgelassene Rufe drangen in die
Dunkelheit und vermischten sich mit den würzigen Düften von den
Kochfeuern. Es war ein angenehmer Gegensatz zu dem geschäftigen
Gewimmel, das bei Tageslicht herrschte.

Schließlich traten wir aus einer Gasse, und vor uns lag das Hafenviertel. Die Gegend wirkte verwahrlost, ein paar schäbige Gebäude standen direkt am Wasser. Ein langer Holzsteg ragte im rechten
Winkel zur Straße ins Meer. Ein einzelnes Langboot war daran festgemacht. Draußen in der Bucht sah ich mehrere Schiffe vor Anker
liegen. Träge dümpelten sie auf den mondüberglänzten Wellen.

Blitzartig kam mir die Erinnerung an meine erste Seereise nach
Outremer, und mir graute davor, wieder ein Schiff zu betreten. Schon
bei dem Gedanken an das Geschaukel drehte sich mir der Magen
um. Doch ein Schiff würde mich viel schneller nach Hause bringen,
und somit konnte ich mich wesentlich früher von dem Gral befreien.
Auf der Landroute wäre ich Monate unterwegs, und unzählige Gefahren würden auf mich lauern. Zudem hatte ich auch keine Ahnung,
wie ich den Landweg überhaupt finden sollte, was meine Wahlmög-
lichkeiten erheblich einschränkte. Es half alles nichts: Ich brauchte
ein Schiff.

»Was nun?«, fragte Maryam.

Um der Wahrheit die Ehre zu geben, war ich vollkommen überfragt. Ich hatte gehofft, den Hafen bei Tag besichtigen zu können. Dann hätte ich die Schiffe hier sorgfältig begutachtet, um mich dann bei den Leuten auf den Docks zu erkundigen, wo wir uns zu einem angemessenen Preis einschiffen konnten.

Jetzt allerdings war unsere Lage verzweifelter. Bestimmt durchkämmten Sir Hugh und seine Häscher schon die Stadt nach uns. Wir mussten ein Schiff auftreiben, das sofort in See stechen konnte.

»Also gut, wir müssen einen der Kapitäne finden. Ich denke, wir sollten uns als Erstes einmal hier umsehen.« Ich zeigte auf einen heruntergekommenen, baufälligen Schuppen in unserer Nähe. Durch die Fenster kam Licht, und von drinnen hörte ich Stimmengewirr. Auf einem Schild über der Tür stand *Zur tanzenden Feige*, und darunter hatte jemand ein paar arabische Schriftzeichen gekritzelt. Es sah nicht besonders einladend aus. Die Tür sprang auf, und ein Mann torkelte heraus, stolperte ein paar Schritte weiter und fiel dann mit dem Gesicht nach vorn in den Straßendreck. Stöhnend blieb er einen Moment liegen, dann stemmte er sich wieder hoch, ließ einen mächtigen Rülpser ertönen und wankte von dannen.

Robard und Maryam sahen das Gebäude an, dann einander und dann mich. Die Hündin fiepte leise und drückte sich an den Boden, wo sie abwechselnd winselte und knurrte.

»Willst du da etwa hinein?«, fragte Robard.

»Jawohl.«

Robard schüttelte den Kopf und lachte leise.

»Lach nicht. Du kommst mit.« Ich hatte nicht die Absicht, diese Kaschemme zu betreten, ohne dass mir jemand den Rücken deckte.

»Oh, sei unbesorgt. Um nichts in der Welt möchte ich mir das entgehen lassen«, sagte er.

»Maryam, wärst du so gut, hier zu warten und aufzupassen? Schrei einfach, wenn sich jemand zeigt. Außerdem vermute ich, die *Tanzende Feige* ist kein geeigneter Ort für ein … Nun ja … Sagen wir einfach, es ist wahrscheinlich besser, wenn Robard und ich alleine hineingehen.«

Maryam grinste nur und erklärte sich bereit, Wache zu stehen. Sie ging ein Stück nach rechts und bezog Position in einem Torbogen, von dem aus sie die Straße in beide Richtungen gut einsehen konnte. Der Hund folgte ihr und rollte sich zu ihren Füßen zusammen.

Ich reichte Robard mein Kurzschwert. »Das ist dir dort drin vielleicht nützlicher als dein Bogen oder ein Dolch«, erklärte ich ihm.

Er hielt das Schwert vor sich, als hätte ich ihm einen Blumenstrauß oder ein schnurrendes Kätzchen in die Hand gedrückt. »Und was machst du?«

»Ich habe ja noch das Kriegsschwert.« Ich rückte es zurecht, damit es in einem Winkel auf meinem Rücken lag, aus dem ich es leichter ziehen konnte.

Robard leuchtete die Logik meines Vorschlags ein und schnallte sich mein Schwert um die Hüften.

»Wollen wir?«, fragte ich.

Als wir die *Tanzende Feige* betraten, erkannten wir, dass sie innen noch schlimmer aussah als von außen. Der Gestank traf uns wie ein Schlag ins Gesicht, eine widerliche Mischung aus verschüttetem Bier, verkohltem Fleisch und ungewaschenen Leibern. Meine Augen fingen an zu tränen, und ich wedelte mit der Hand vor meiner Nase herum, bis ich mich an den Mief gewöhnt hatte.

Hier drinnen war es schummrig, Licht kam nur von ein paar Öllampen, die hier und da an den Wänden hingen. Auf den Tischen, die den größten Teil des Raums füllten, brannten noch einige Kerzen. Parallel zur rückwärtigen Wand verlief ein aus Brettern gefertigter

Tresen, hinter dem ein offener Türbogen zu sehen war. Ein dunkelhaariger Mann, wahrscheinlich der Wirt, stand hinter dem Tresen und beäugte uns misstrauisch.

Die meisten Tische waren besetzt. An einigen saß nur ein einsamer Trinker, andere waren umlagert von kleinen Gruppen, die lautstarke Gespräche führten. Niemand außer dem Mann am Tresen schenkte uns die geringste Beachtung.

»Und jetzt?«, flüsterte Robard.

Ich gab keine Antwort, sondern steuerte den Tresen an. Robard stellte sich neben die Tür und behielt die Gäste im Schankraum im Auge.

Der Wirt sah mich auf sich zukommen, aber sein Gesicht zeigte keine Regung. Er hatte dicke Ringe unter den Augen und wirkte teilnahmslos und völlig desinteressiert an allem, was ich zu sagen haben könnte. Ich nahm an, solange ich keine Anstalten machte, etwas von seinem Bier zu bestellen, würde er das Gespräch so kurz wie möglich halten wollen.

»Verzeiht, Sir. Ich suche Überfahrt auf einem Schiff, dass Tyrus verlässt, am besten mit Kurs auf England. Wisst Ihr vielleicht, wer mir da weiterhelfen könnte?«

Der Mann stierte mich stumm an, glotzte dann auf Robard, der immer noch neben der Tür stand, und sagte kein Wort.

»Verzeiht nochmals. Ich suche ein Schiff.« Dieses Mal sprach ich etwas lauter.

Immer noch keine Reaktion.

Mir kam ein Gedanke. Ich griff in den Ledersack und tastete nach dem Geldbeutel, den Sir Thomas mir gegeben hatte. Ich fischte eine kleine Münze heraus und legte sie vor mich auf den Tresen.

Die Hand des Wirts stieß auf das Geldstück zu wie eine Kobra auf

247

ihre Beute, aber ich packte sein Handgelenk, während seine Finger sich schon um die Münze schlossen. Er blitzte mich zornig an, aber ich sah ihm fest in die Augen.

»Das Schiff?«

Er deutete mit dem Kopf auf einen Mann, der an einem Tisch an der Wand gegenüber saß. Ich ließ sein Handgelenk los, und er ließ die Münze flink irgendwo unter dem Tresen verschwinden.

»Habt Dank«, sagte ich.

Ich schlängelte mich zwischen den Tischen und Stühlen hindurch zu dem Mann, auf den der Wirt gedeutet hatte. Er war alt und hatte weißes Haar, jedenfalls hätte man es vielleicht als weiß bezeichnen können, als es noch nicht vor Dreck und Fett starrte. Er trug ein grobes Hemd und wollene Beinkleider, so schmutzig und abgerissen, dass ihre ursprünglichen Farben unmöglich zu erkennen waren. Er roch so, als hätte er sich heute schon einige Biere genehmigt, und tatsächlich stand ein dunkler Tonkrug neben einem kleinen Becher vor ihm auf dem Tisch.

Er starrte zu mir auf, als ich neben ihm an seinem Tisch auftauchte. Dabei kniff er ein Auge zu, wohl um den Alkoholdunst besser durchdringen zu können.

»Was bist du denn für einer?«, fragte er.

»Man hat mir gesagt, dass Ihr ein Schiff habt. Ich bin interessiert an einer Überfahrt für mich und meinen Freund. Bezahlen kann ich auch. Allerdings müssen wir sofort in See stechen. Gleich heute Nacht, wenn möglich. Wenn nicht, dann spätestens bei Tagesanbruch. Könnt Ihr mir helfen?«

»Ein Schiff. So, so. Oh ja, ich habe ein Schiff. Ein feines kleines Schifflein. Und ich laufe morgen aus. Morgen, ganz sicher. Du hast Geld?« Er schielte wieder zu mir hoch.

»Ja, ich habe Geld für uns beide. Wie viel verlangt Ihr?«

Er nannte eine Summe, und ich lachte laut los. Er hatte einen aberwitzigen Preis verlangt. Er versuchte wieder, mich mit beiden Augen zu fixieren, aber das eine schien ihm immer noch den Dienst zu verweigern, also blieb es bei dem schielenden Blick.

»Habt Dank, ich glaube, ich werde mich woanders umhören.« Ich drehte mich um und tat so, als wollte ich gehen.

»Nicht so hastig, Bürschchen. Vielleicht kann ich dir ja mit dem Preis ein wenig entgegenkommen. Wenn ihr bereit seid, mit anzupacken, und euch ein bisschen an die Ruder setzt, wenn der Wind nachlässt. Ihr könnt auch mithelfen, wenn die Mannschaft Ladung aufnimmt oder löscht und bei dem ganzen anderen Kram – dann kriegen wir das geregelt«, sagte er.

Ich überlegte. Eine solche Verhandlung wie diese hatte ich noch nie geführt, aber mir war klar, dass ich mich nicht zu leicht auf seinen Vorschlag einlassen sollte.

»Wenn wir tun, was Ihr sagt, wie viel dann?«, fragte ich. Er sagte es mir.

»Das ist ein Wucherpreis. Ich probiere es woanders, vielen Dank«, sagte ich.

»Warte! Gut. Also gut. Gib mir das Geld im Voraus, und wir sind im Geschäft«, sagte er.

»Ich gebe Euch die Hälfte des Geldes jetzt, den Rest, wenn wir unseren Bestimmungsort erreicht haben«, konterte ich. »Und ich gebe Euch noch fünf Silberkreuzer extra, wenn wir jetzt sofort und unverzüglich zum Schiff gehen und den Anker lichten.«

Denby, so hatte sich der alte Seebär mir vorgestellt, saß eine Weile still und überlegte. Wenigstens nahm ich an, dass er nachdachte. Nach all dem Bier, das er in sich hineingeschüttet hatte, hätte er auch eingeschlafen sein können. Er deutete schließlich auf eine Gruppe von drei Männern, die an einem Ecktisch saßen. Sie sahen genauso abgerissen und verdreckt aus wie er.

»Das ist meine Mannschaft«, sagte er. »Die Jungs haben auch ein Wörtchen mitzureden.«

»Dann redet mit ihnen«, sagte ich. »Sagt ihnen, dass dreißig Sarazenenregimenter auf Tyrus vorrücken und jeden Moment angreifen können. Dann ist die Stadt abgesperrt. Dann kommt keiner mehr rein oder raus.«

Denby hielt plötzlich den Kopf gerade und fasste mich scharf in sein gutes Auge. »Ist das wahr?«, fragte er.

»Es ist wahr. Ich würde Euch dringend raten, heute Nacht noch auszulaufen, oder Ihr riskiert, in einer belagerten Stadt festzusitzen.«

Denby lehnte sich zurück. Es sah so aus, als bereite es ihm Schmerzen, sich so stark konzentrieren zu müssen. »Ist vielleicht ganz gut so«, sagte er, hob den Krug, schüttelte ihn und hielt ihn dann mit der Öffnung nach unten über seinen Becher. Nicht ein einziger Tropfen kam heraus. »Bier ist alle, und ich hab kein Geld mehr.«

Er schob sich hoch und brauchte einen Augenblick, um sein Gleichgewicht zu finden und nicht umzukippen. Schwankend ging er zum Tisch seiner Männer und sprach mit gedämpfter Stimme auf sie ein. Zuerst murrten und fluchten sie und gaben scharfe Widerworte, doch nach einer Weile tranken sie aus, erhoben sich und verließen die Schenke.

Denby kam zu mir zurückgewankt. »Wenn du und dein Freund so weit seid, können wir gehen. Unser Beiboot liegt draußen am Steg. Dann komm mal mit meinem Geld rüber«, sagte er.

»Das Geld gebe ich Euch, wenn wir auf Eurem Schiff und auf See sind, keinen Augenblick früher«, antwortete ich.

Er schielte mich wieder an. »Ich glaube langsam, du traust mir nicht.«

»Gehen wir einfach«, sagte ich.

Denby schlurfte zum Ausgang, wobei es ihm sichtlich schwerfiel, das Gleichgewicht zu halten. Er schob sich durch die Tür, ohne Robard eines Blickes zu würdigen. Der sah mich mit weit aufgerissenen Augen an, als wollte er fragen, ob ich wirklich so wahnsinnig war, eine Überfahrt bei einem solchen Trunkenbold von Kapitän zu buchen. Bei Denbys Verfassung wagte ich tatsächlich kaum, mir vorzustellen, wie sein Schiff wohl aussah. Aber wir mussten hier weg, und wir hatten keine Wahl.

»Bitte sag mir, dass du weißt, was du tust«, flüsterte Robard mir zu, als wir die *Tanzende Feige* verließen.

»Selbstverständlich. Alles unter Kontrolle. Ich habe uns gerade ein Schiff für die Überfahrt nach England besorgt. Wir stechen noch heute Nacht in See«, sagte ich.

»Mit diesem Säufer fahre ich nirgendwohin«, erwiderte er.

»Robard, ich weiß, dass das nicht die beste Lösung ist. Aber wir müssen schleunigst hier weg. Komm mit mir. Ich kann für uns beide bezahlen. Wenn du bleibst, erwischt dich womöglich Sir Hugh, oder du brauchst Monate, um über Land nach Hause zu reisen. Mit etwas Glück bist du in ein paar Wochen wieder in England.«

Robard blieb stehen. Am Steg waren Denby und seine Matrosen schon in das Langboot geklettert und waren zum Ablegen bereit. Ich wartete schweigend und hoffte, er würde Ja sagen, ohne dass ich weiter darum betteln musste.

Aber die Entscheidung wurde Robard schnell abgenommen, denn genau in diesem Moment rannte Maryam auf uns zu. »Die Soldaten!«, rief sie. »Sie kommen!«

KAPITEL DREISSIG

Sie kommen immer weiter die Straße herunter und durchsuchen die Gassen. Mindestens sechs Gewappnete, und ich glaube, dein Freund Sir Hugh ist auch dabei. Sie sind gleich hier.« Zu ihren Füßen winselte die Hündin und umkreiste uns, als wolle sie uns antreiben, egal in welche Richtung, solange sie nur in Sicherheit führte.

»Robard? Was sagst du? Kommst du jetzt mit?«, fragte ich.

»Also gut, es bleibt mir ja kaum etwas anderes übrig«, sagte er, immer noch mit einem Rest Widerwillen. Aber er ging auf das Langboot am Steg zu.

»Willst du mir nicht Auf Wiedersehen sagen?«, rief Maryam ihm hinterher.

Er drehte sich um und schaute sie verblüfft an.

»Ich hab dir doch schon Auf Wiedersehen gesagt. Viel Glück, Assassinin. Ich danke dir, dass du uns aus dem Gefängnis befreit hast«, sagte er. »Und dafür, dass du uns nicht ermordet hast.«

»Leb wohl, Bogenschütze. Und üb nur fleißig mit deinem Bogen. Du kannst dich nicht immer auf einen Glückstreffer verlassen«, sagte sie.

Robards Gesicht lief rot an, und er brummte etwas, das ich nicht verstehen konnte, stapfte den Steg entlang und kletterte in das Boot.

Maryam beobachtete seinen Rückzug mit einem Schmunzeln.

Ich folgte Robard, und Maryam ging mit schnellen Schritten neben mir her. Die Hündin hörte nicht auf zu winseln und zu knurren, als wir uns dem Boot näherten.

»Nun, Maryam, im Gegensatz zum letzten Mal heißt es jetzt wohl wirklich Abschied nehmen. Danke, dass du uns zu Hilfe gekommen bist«, sagte ich. »Und bitte pass gut auf dich auf. Ich hoffe … also … vielleicht begegnen wir uns eines Tages ja wieder.«

»Lebe wohl, geheimnisvoller Tristan von den Templern. Du solltest wissen, dass die Templer bei meinem Volk hoch geachtet und tief gefürchtet sind. Du machst ihrem Orden Ehre. Du bist tapfer, doch was noch wichtiger ist, du bist edelmütig. Ich glaube, dass Allahs Licht über dir leuchtet. Sei vorsichtig, mein Freund«, sagte sie.

Mittlerweile standen wir neben dem Langboot, und vollkommen unerwartet trat Maryam auf mich zu und schloss mich fest in ihre Arme. Mit ihrer stürmischen Umarmung drückte sie mein Gesicht in ihr Haar. Es roch nach Sandelholz. Ich fühlte mich schwindlig und ein wenig verlegen. Ich weiß nicht, wie lange wir so standen, aber es kam mir vor, als sei mindestens eine Stunde vergangen. Endlich begannen der Kapitän und seine Mannschaft im Boot unter uns ungeduldig zu murmeln, und auch Robard räusperte sich vernehmlich. Maryam ließ mich los und berührte mein Gesicht mit den Fingerspitzen. Ich spürte, wie meine Wangen brannten. Stumm und ratlos stand ich vor ihr und wusste nicht, was ich tun sollte.

»Tristan?«, sagte Robard. »Triiiiistan.«

»TRISTAN!«, zischte er nun eindringlich.

Endlich kam ich wieder zu mir. »Hm?«

»Das Schiff. Wir sind auf der Flucht. Böse Buben sind hinter uns her? Du erinnerst dich?« Er grinste frech.

»Oh. Ja. Natürlich«, antwortete ich, stieg in das Boot und setzte mich neben ihn. Die Hündin begann zu wimmern und bellte dann leise. Sie tapste an den Rand des Stegs und machte Anstalten, zu mir ins Boot zu springen. »Nein, mein Mädchen. Platz«, befahl ich ihr. Aber sie winselte nur noch dringlicher.

Der Kapitän stieß uns mit einem Ruder ab. Die Männer legten sich in die Riemen, und wir glitten langsam am Steg entlang. Maryam und die Hündin gingen noch ein paar Schritte neben uns her.

Vom vorderen Teil des Stegs ertönte plötzlich ein Schrei. »Halt! Keinen Schritt weiter«, rief eine hohe Stimme. Sir Hughs kreischender Tonfall war unverkennbar. Schwere Stiefel polterten auf dem Holz des Stegs. Maryam saß in der Falle.

»Rudert zurück«, brüllte ich den Kapitän an.

»Vergiss es«, sagte er. »Keine Lust, mich mit Soldaten anzulegen.«

Ich blickte zurück zum Steg. Maryam stand wie angewurzelt, und die Hündin sprang kläffend um sie herum, während die Gewappneten immer näher rückten.

»Robard, treib sie zurück«, sagte ich.

In einer einzigen geschmeidigen Bewegung erhob sich Robard und zog die Sehne seines Bogens auf. Blitzschnell hatte er einen Pfeil aus dem Köcher gezogen, zielte kurz und schickte ihn den Angreifern entgegen. Er bohrte sich knapp vor Sir Hugh ins Holz. Wohl zum ersten Mal in seinem Leben führte er eine Attacke an. Zugegebenermaßen ein Angriff gegen ein Mädchen und einen kleinen Hund, aber immerhin ging er an der Spitze seiner Männer.

Als der Pfeil vor ihm in den Steg fuhr, blieb er so ruckartig stehen, dass er fast vornübergefallen wäre.

»Sofort anhalten! Im Namen der Tempelritter fordere ich euch auf, unverzüglich zurückzukommen!«, keifte er.

Als Antwort ließ Robard einen weiteren Pfeil von der Sehne schnellen, der sogar noch näher vor ihm auftraf. Sir Hugh wich hastig ein paar Schritte zurück und kläffte einen Befehl. »Armbrüste!« Jetzt hatten wir wirklich ein Problem.

Die Gewappneten schoben ihre Schwerter in die Scheide, nahmen ihre Armbrüste vom Rücken und fingen an, sie schussbereit zu machen. Uns blieb nicht mehr viel Zeit. Der einzige Vorteil lag darin, dass es eine lange und schwierige Prozedur ist, eine Armbrust zu laden. Es kann eine Minute oder länger dauern, den Bolzen einzulegen und die Waffe zu spannen. Dafür trafen diese Waffen auch weiter entfernte Ziele.

Maryam hatte ihre Dolche gezückt und stand leicht geduckt am Ende des Stegs, entschlossen, ihr Leben notfalls teuer zu verkaufen. Die Hündin kläffte wie rasend. Die Matrosen ruderten jetzt mit voller Kraft, und wir bewegten uns rascher vom Steg weg.

»Kehr um!«, schrie ich den Kapitän wieder an.

»Ich bin doch nicht blöd, Bürschchen«, sagte er.

Ich zog mein Schwert und drückte ihm die Spitze an den Hals. Er schluckte, und seine Männer stellten das Rudern ein.

»Ich gebe dir zwei Sekunden, um es dir zu überlegen«, erklärte ich.

»Rudert zurück! Zum Steg!«, schrie er seinen Leuten zu.

Er musste seine Mannschaft wohl besser bezahlen, als ich dachte, denn sie gehorchten sofort, stemmten sich gegen die Ruder, drückten nach vorn, und langsam bewegten wir uns wieder auf den Steg zu.

»Robard! Pass auf die Armbrustschützen auf!« Ich bemühte mich, ein Auge auf Maryam und das andere auf Denby gerichtet zu halten, für den Fall, dass er auf dumme Gedanken kam.

Der erste Bolzen pfiff gegen die Bootswand, glitt aber ab, ohne Schaden anzurichten.

Robard ließ einen weiteren Pfeil von der Sehne, und eine Sekunde später hörte ich einen Aufschrei von einem der Soldaten und sah ihn auf dem Steg zusammenbrechen. Wir waren immer noch etwa eine Bootslänge von Maryam entfernt.

»Maryam, wir kommen!«, machte ich ihr Mut.

Sie wandte sich zu uns um und schaute dann wieder auf die Männer, die immer noch mehrere Meter von ihr entfernt standen. Ohne ein Wort ging sie ein paar Schritte auf sie zu, wirbelte herum, nahm Anlauf, und sprang mit einem anmutigen Satz zu uns ins Boot.

»Obacht!«, schrie Denby noch.

Maryam landete genau auf Robard und mir. Glücklicherweise hatte Robard noch nicht wieder angelegt, sonst hätte sie wohl zum zweiten Mal einer seiner Pfeile durchbohrt. Wir gingen in einem Knäuel zu Boden. Das Boot schaukelte hin und her, und ich fürchtete schon, es würde kentern, doch dann lag es wieder sicher im Wasser.

»Los, weg!«, brüllte ich.

Der Kapitän und seine Mannschaft ruderten, als sei der Teufel hinter ihnen her. Sir Hugh und seine Häscher hatten jetzt das Ende des Stegs erreicht. Zwei der Armbrustschützen knieten nieder und fassten uns ins Visier. Ich stieß Maryam zur Seite, und wir duckten uns hinter den Dollbord.

Robard jedoch stand auf, zog einen neuen Pfeil aus dem Köcher und sandte ihn zum Steg. Mit einem dumpfen Schlag bohrte er sich in einen Pfosten nur eine Handbreit neben Sir Hughs Gesicht. Heute hatten wir aber auch wirklich Pech. Sir Hugh quiekte erschrocken auf und zog sich hastig hinter seine Soldaten zurück.

Mit jeder Sekunde vergrößerten wir den Abstand. Ein weiterer Armbrustbolzen schwirrte auf uns zu, ging aber fehl und landete vor dem Bug im Wasser.

256

Aus dem Augenwinkel bemerkte ich, wie sich im Wasser am Steg etwas bewegte. Die Hündin. Sie war Maryam nachgesprungen und schwamm nun auf uns zu.

Maryam hatte sie ebenfalls gesehen. »Tristan, schau!«

»Ich sehe sie«, sagte ich. »Kapitän!«, rief ich wieder.

»Ich kehre nicht noch mal um. Hier fliegen mir zu viele Armbrustbolzen herum. Stich mich ruhig ab, wenn's sein muss, aber ich setze mein Leben und das meiner Mannschaft nicht für diesen Köter aufs Spiel«, sagte er.

Die Hündin strampelte und schaukelte im Wasser und bemühte sich mit aller Kraft, uns einzuholen.

Wir waren fast außerhalb der Reichweite der Armbrustschützen.

Ohne weiter zu überlegen, stand ich auf, löste mein Schwert, ließ den Ledersack zu Boden fallen und hechtete über die Bordwand. Ich war ein ganz brauchbarer Schwimmer, weil ich mich früher oft im Fluss nahe der Abtei erfrischt hatte, aber das war lange her.

Ich trat nach hinten aus und pflügte mit den Armen durchs Wasser. Dabei versuchte ich, den Kopf hoch und den Hund im Blick zu behalten. Selbst bei dem leichten Wellengang war das schwer, und ich musste auch einige Male untertauchen, um die Armbrustschützen zu täuschen, aber langsam kam ich meinem Ziel näher.

Als ich sie erreicht hatte, war die Hündin fast vollkommen erschöpft. Ich packte sie mit einem Arm und suchte nach dem Boot. Ich war wieder in Armbrustreichweite, und während ich völlig desorientiert im Wasser trieb, konnte ich Sir Hugh »Schießt! So schießt doch!« schreien hören. Die Bolzen schwirrten über meinen Kopf hinweg und zischten um mich herum ins Wasser, aber wie durch ein Wunder traf mich keiner von ihnen.

Ich paddelte mit dem freien Arm, hielt die Hündin mit dem anderen fest an mich gepresst und strampelte verzweifelt mit den Beinen. Von irgendwoher hörte ich, wie Robard auf den Kapitän einbrüllte, aber meine Ausdauer ließ nach, und das Boot schien ständig weiter von mir wegzugleiten.

Ich ging immer wieder unter. Jedes Mal schluckte ich Wasser, kam hustend und spuckend wieder an die Oberfläche und versank aufs Neue in den Wellen. Ich hatte Krämpfe in den Beinen und war mit meinen Kräften am Ende. Völlig verausgabt und voller Angst, dass ich es nicht schaffen würde, tauchte ich plötzlich nur wenige Meter vor dem Boot auf. Ich strampelte mit jedem Quäntchen Kraft, das mir verblieben war. Es war nicht genug.

Etwas Hartes schlug gegen meine Schulter. Ich griff danach, meine Hand schloss sich um ein Stück Holz, und ich wurde durchs Wasser gezogen. Es war Robard, der sich über die Bordwand lehnte und mir seinen Bogen entgegenstreckte.

Hände hoben mich hoch und zerrten mich über den Dollbord. Wie ein Sack landete ich auf dem Boden des Langboots. Robard hielt mich an den Schultern und schrie den Kapitän an, loszurudern, und Maryam löste den Hund aus meiner Umklammerung. Sie setzte die Hündin auf die Sitzbank vor uns, und das Tier schüttelte sich das Wasser aus dem Fell, sah mich an, bellte fröhlich und wedelte mit seinem Stummelschwanz. Sie sprang mir auf den Schoß und leckte mir liebevoll das Gesicht. Ich konnte nicht anders, als loszukichern.

Als ich den Kopf wieder heben konnte, blickte ich zurück zum Steg, wo Sir Hugh wutentbrannt auf und ab rannte und seinen Männern etwas zubrüllte, das klang wie »Besorgt mir ein Boot!«. Doch sie wurden immer kleiner, je weiter wir ins Hafenbecken hinausruderten.

Endlich in Sicherheit.

KAPITEL EINUNDDREISSIG

AUF SEE
Der Scheusalskopf

Die Mannschaft legte einen schnellen Rhythmus vor, und die Ruder schnitten durch die Wellen. Wir glitten vorbei an den Schiffen, die vor Anker lagen, und umrundeten mehrere Galeeren und Frachtkähne, bis wir zum letzten Schiff kamen, das am weitesten vom Ufer entfernt ankerte. Nun, wenigstens *nannte* der Kapitän es ein Schiff. Es sah so aus, als sei es kaum schwimmfähig. Natürlich waren die Lichtverhältnisse nicht die besten. Der Mond war untergegangen, und wir hatten nur die schwache Flamme der Fackel, die der Kapitän angezündet hatte. Doch als wir näher herantrieben, sah ich, dass mein erster Eindruck mich nicht getrogen hatte. Dieses Schiff war ein Wrack. Zuerst einmal war es klein. Sehr klein. Nur ein Viertel der Größe eines Templerschiffs, mit äußerst wenig Tiefgang, damit es hoch auf dem Wasser lag. Drei Ruder ragten aus jeder Seite, und ein zerfetztes Segel hing trübselig von dem einzigen Mast. Die Reling ums Hauptdeck war an manchen Stellen gebrochen, und das Ganze wirkte so, als würde es gleich untergehen.

»Und auf diesem schwimmenden Abfallhaufen hast du uns eine Überfahrt gebucht?«, fragte Robard entgeistert.

»Ja, doch. Schon. Aber der äußere Anschein trügt oft«, antwortete ich. Tatsächlich vermutete ich, dass in diesem Fall der äußere Anschein wahrscheinlich so zutreffend war, wie er nur sein konnte. Ich hatte ein ganz schlechtes Gefühl bei der Sache.

259

Als das Langboot neben dem Schiff lag, hangelte sich einer der Matrosen die Ankerleine hoch, und bald darauf wurde ein Netz über die Bordwand geworfen. Wir kletterten an Bord.

An Deck erkannte ich, dass alles noch weit schlimmer war, als ich zuerst angenommen hatte. Nachdem der Kapitän mehrere Fackeln entzünden ließ und wir ausreichend Licht zum Sehen hatten, wünschte ich mir, es wäre so manches im Dunkeln geblieben.

Das Holz des Decks war verzogen und verfault. Einige der Planken bogen sich an den Enden hoch. Das Segel war in einem fürchterlichen Zustand. Es schien mehr aus Löchern als aus Tuch zu bestehen. Und es stank. Eine Mischung aus unangenehmen Gerüchen, die vielleicht einmalig auf der Welt war.

Während die Seeleute eifrig herumwuselten, um das Schiff flottzumachen, kam Denby auf mich zugewankt. »Ihr könnt euren Krempel unter Deck verstauen, wenn ihr wollt«, sagte er. Da der Gestank an Deck bei mir schon Brechreiz hervorrief, glaubte ich nicht, dass der Laderaum wesentlich gemütlicher sein würde.

»Nein, danke«, sagte ich. »Ich denke, wir schlafen hier oben an Deck.«

»Auch recht«, meinte er. »Ich weiß, dass der alte Kasten keine Schönheit ist, aber glaub mir, er wird dich dahin bringen, wo du hinwillst. Früher oder später. Solange du es nicht allzu eilig hast, ist das ein flottes kleines Schifflein. Übrigens schuldest du mir noch Geld. Und vergiss nicht, dass du noch einen Aufpreis bezahlen musst, für den Hund und das Mädchen. Zehn Silberkreuzer extra für jeden müsste hinkommen.«

»Ihr kriegt fünf Silberkreuzer für beide zusammen, und das ist noch zu viel«, antwortete ich.

Der Kapitän wollte schon protestieren, doch als er Robard giftig zischen hörte und die unverhüllte Drohung in seinem Gesicht sah, entschied er sich, nicht weiter auf seinem Standpunkt zu beharren. Ich kramte in meinem Ledersack und zog den Beutel mit den Münzen hervor. Mit dem Rücken zum Kapitän zählte ich die Hälfte der vereinbarten Summe ab. Erst dann drehte ich mich um und legte ihm das Geld in die Hand. Es wäre dumm gewesen, ihn wissen zu lassen, wie viel ich bei mir hatte. Ich schwor mir hoch und heilig, meinen Tragebeutel niemals abzulegen, solange wir an Bord waren. Die drei Matrosen senkten die langen Ruder ins Wasser, und langsam begann sich das Schiff vorwärtszubewegen. Mit jedem Schlag der Ruder krochen wir ein wenig näher auf die Ausfahrt des Hafens zu. Im Osten hellte sich bereits der Horizont etwas auf, aber die Sterne waren immer noch prächtig anzusehen, und ich ließ mich von der Schönheit des Nachthimmels gefangen nehmen.

Dann riss mich der Gedanke, dass Sir Hugh ein Schiff auftreiben und uns verfolgen würde, aus meiner Träumerei, und ich fing an, nervös auf dem Deck auf und ab zu schreiten.

»Geht das nicht schneller?«, fragte ich den Kapitän.

»Uns fehlen ein paar Leute. Wenn du und dein Freund da euch jeder ein Ruder schnappt, sind wir vollzählig und machen schnellere Fahrt. Wir können das Segel erst setzen, wenn wir aus dem Hafen raus sind«, sagte er.

Robard, der neben dem Mast stand, schnaubte verächtlich und rupfte an dem zerfledderten Segel.

»Oh ja. Wenn wir diesen Lappen hochziehen. Das hilft ganz bestimmt«, sagte er.

»Wenn wir jetzt Segel setzen, kann es sein, dass wir auf den Felsen an der Hafenmündung auflaufen. Und das wollen wir doch nicht. Besser, wir rudern um sie herum«, sprach der Kapitän weiter.

Felsen? Warum gab es bei der Seefahrt nur so viele Dinge, die mir das Leben schwer machten? Ich hasste Schiffe.

Mit einem tiefen Seufzer setzte ich mich an ein freies Ruder hinter einem der Matrosen. Robard tat es mir nach, und damit waren die Ruder voll besetzt.

»Greif dir dieses Ruder da, Mädel«, sagte Denby. »Muss ja jemand steuern. Zwischen diesen Felsen wird es ganz schön haarig.«

Ohne Widerspruch tauschte Maryam den Platz mit dem Kapitän. Er übernahm das Steuer, und die nächsten Minuten taten wir nichts anderes, als uns im Rhythmus der Fahrt in die Riemen zu legen. Kurze Zeit später gab er Befehl, das Segel zu setzen, und zwei Matrosen hievten die Leinwand hoch und knoteten die Segelleine an der Reling fest. Das Segel war klein und hing einfach von einem Querbalken, der an der Spitze des Masts vertäut war, aber es fing das bisschen Wind ein, das wir hatten, und so nahmen wir langsam Fahrt auf.

Die restlichen Stunden des frühen Morgens segelten wir mit kräftiger Ruderunterstützung gen Westen. Ich hielt aufmerksam Ausschau nach Verfolgern, konnte aber keine entdecken und begann allmählich zu glauben, dass wir Sir Hugh entkommen waren. Wenn man tatsächlich nahe der Stadt Sarazenenpatrouillen gesehen hatte, wie wir im Gefängnis gehört hatten, dann war es ihm vielleicht nicht möglich, Männer und Material zu bekommen, um hinter uns herzujagen. Aber der alte Feigling würde sicherlich versuchen, sich vor der Schlacht zu drücken und sich, ohne Verdacht zu erregen oder die Aufmerksamkeit auf seine Feigheit zu lenken, aus der Stadt zu schleichen. Höchstwahrscheinlich würde er mit einem Schiff flüchten oder nach Westen reiten, bevor die Stadt eingekreist war, unter dem Vorwand, Verstärkung zu holen oder die anderen Komtureien der Templer vor dem bevorstehenden Angriff auf Tyrus zu warnen.

Doch das würde seine wahre Absicht nur verschleiern. Bestimmt war er immer noch überzeugt, dass ich den Gral bei mir hatte oder wenigstens wusste, wo er war. Sir Hugh würde mir zweifellos auf den Fersen bleiben. Vielleicht konnte er mir nicht sofort nachsetzen, aber er würde nicht lockerlassen. Ich musste unbedingt vor ihm in Rosslyn sein.

Der Morgen dämmerte. Weit und breit war kein einziges anderes Schiff zu sehen. Zum Frühstück gab es Schiffszwieback und etwas Stockfisch. Wir fanden den Fisch kaum genießbar, aber der Hund schien ihn zu mögen. Der Proviant auf dem Schiff war armselig und ekelerregend. Immerhin gab es an Bord ein paar Fässer mit getrockneten Feigen und Datteln, also würden wir wenigstens nicht verhungern.

Die nächste Frage war, was mit Maryam geschehen sollte. Jeder Windstoß trieb uns weiter von ihrer Heimat weg. Wir besprachen das Problem untereinander und einigten uns schließlich darauf, zuerst so viel Wasser wie möglich zwischen Sir Hugh und uns zu bringen, um dann eine Hafenstadt anzulaufen und Maryam ein Schiff zu suchen, das sie zurück in ihr Heimatland brachte.

Wir verschliefen den ganzen Morgen im schmalen Schatten des Segels und dösten abwechselnd auf den Deckplanken. Ich traute weder dem Kapitän noch seiner Mannschaft. Maryam, Robard und ich kamen stillschweigend zu dem Schluss, dass jederzeit einer von uns Wache halten musste.

Und so verbrachten wir die ersten drei Tage an Bord von Denbys Schiff. Der Kapitän wollte in Zypern an Land gehen, um sich nach weiteren Passagieren umzuschauen oder eine Ladung aufzutun, aber fünf Silberkreuzer extra überzeugten ihn, seinen Plan aufzugeben und weiterzusegeln. So nahe bei Tyrus wollte ich nicht anhalten und

Sir Hugh Gelegenheit geben, uns einzuholen. Jede Stunde, in der wir uns nicht auf dem direktesten Weg nach England befanden, war Zeit, in der er unseren Vorsprung ein Stück wettmachen konnte. Egal, wo wir auch anlegten, man würde uns sehen, und damit würden wir eine Spur hinterlassen, der er folgen konnte.

Als der Abend des vierten Tages dämmerte, zog ein Sturm herauf. Schon den ganzen Tag über hatten sich der Kapitän und seine Mannschaft merkwürdig verhalten. Denby übernahm das Steuer und spähte unablässig Richtung Osten. Seine Augen musterten den Himmel, der sich mit bedrohlichen dunklen Wolken überzog. Am Nachmittag änderte er den Kurs, und wir segelten nun fast genau nach Norden. Da wir uns ja immer noch im Mittelmeer befanden, war es wahrscheinlich, dass wir bald auf Land treffen würden, wenn wir diese Richtung beibehielten. Der Wind frischte beträchtlich auf, und das kleine Schiff schoss geradezu voran. Was vorher ein sanftes Schaukeln gewesen war, verwandelte sich nun in beängstigend hohe Wellen, die das Schiff anhoben und es krachend wieder fallen ließen.

Während wir uns durch die See kämpften, brummte der Kapitän immer wieder etwas über einen »Scheusalskopf« vor sich hin. Ich dachte, er sei verrückt geworden, und fragte einen der Matrosen, was es damit auf sich hatte. Es gab eine Geschichte, erzählte er mir, von einem der uralten Götter, der einem seiner Feinde den Kopf abschlug und ihn ins Meer schleuderte, wo er für ewige Zeiten von den Wellen hin und her geworfen werden sollte. Weil der Kopf also im Wasser schwamm, bewegte er sich natürlich auch mit den Wogen auf und ab. Die Legende besagte, dass, wenn der Kopf mit dem Gesicht nach unten dahintrieb, die See still und friedlich war. Doch wenn sein scheußliches Gesicht zum Himmel aufblickte, dann kündigte das unweigerlich einen grauenhaften Sturm an. Die Mannschaft befürchtete nun, dass irgendwo draußen auf See sich der Scheusalskopf gerade zum Himmel gedreht hatte.

Robard schnaubte nur, als er das hörte, und beschimpfte mich, dass ich einen Kapitän angeheuert hatte, der nicht nur ein Trunkenbold war, sondern auch noch an Ammenmärchen glaubte.

»Der einzige Scheusalskopf hier ist seiner«, sagte Robard und zeigte auf den Kapitän.

Kurz vor Sonnenuntergang ließ der Wind nach, und die Wellen flachten etwas ab, aber das war nur die Ruhe vor dem richtigen Sturm. Als die Sonne tiefer sank, verfinsterte sich ohne jede Vorwarnung plötzlich der Himmel. Blitze zuckten über uns. Übergangslos prasselte Regen auf uns herab, und in kürzester Zeit waren wir bis auf die Haut durchnässt. Der Wind heulte aus dem Osten heran, und das Schiff schlingerte in den Wellen, die über den Bug auf uns niederkrachten.

Denby und einer seiner Matrosen refften das Segel und gaben jedem von uns einen Strick.

»Ihr bindet euch besser an der Reling fest. Damit ihr nicht über Bord gespült werdet«, schrie er gegen den Wind an.

Ohne Widerspruch schlangen wir die Stricke um die Reling und knoteten sie um unsere Hüften. Die Hündin fing an zu winseln. Es gab keine geeignete Stelle, um sie sicher unterzubringen, also barg ich sie in meinen Armen an der Brust, und sie beruhigte sich wieder ein wenig.

Der Donner grollte, Blitze zuckten, und der Regen fiel schwerer. Der Kapitän brüllte seinen Matrosen Befehle zu, aber es hörte wohl schon niemand mehr auf ihn, und tatsächlich gab es auch wenig, was sie tun konnten. Das Schiff war dem Sturm hilflos ausgeliefert.

Auf und nieder flog das Deck, und die Wogen krachten spritzend auf das Deck. Es war gut, dass wir uns festgezurrt hatten, sonst wären wir sicherlich über Bord gespült worden. Die Hündin zappelte in meinen Armen, also öffnete ich meinen Kittel und stopfte sie hinein. Sie presste sich so eng an meine Brust, dass nur noch ihre Schnauze herausschaute.

Ich überprüfte noch einmal die Knoten an dem Strick und klammerte mich an die Reling. Der Ledersack hing mir zwar sicher über der Schulter, aber ich tastete sicherheitshalber noch einmal nach dem Trageband. Robard fluchte lauthals, schleuderte dem Sturm Verwünschungen entgegen und forderte ihn auf, sich selbst Dinge anzutun, die höchstwahrscheinlich unmöglich waren. Maryam sagte keinen Ton, aber ich konnte die Furcht in ihrem Gesicht sehen. Sie hatte keine Wahl gehabt, als mit uns zu kommen, denn Sir Hugh hätte mit Sicherheit keinerlei Skrupel gehabt, sie zu töten. Und nun war sie viele Meilen weit entfernt von ihrem Volk und ihrem Zuhause und würde wahrscheinlich im Meer ertrinken.

Ein mächtiger Donnerschlag dröhnte über den Himmel, und der Wind stieß mir hart gegen den Rücken. Donner grollte, Blitze zuckten. Die Luft um uns leuchtete in grellem Weiß. In diesem Augenblick erschütterte ein lauter Knall das Schiff, und ich blickte auf und sah, dass der Blitz den Querbalken am Mast getroffen hatte. Er war entzweigebrochen und hing nun nur noch an ein paar Splittern. Der Wind zerrte die Stücke hin und her, bis sie schließlich nachgaben und auf uns herunterkrachten.

»Achtung!«, schrie ich in den Lärm und den tosenden Wind.

Ich stieß Maryam so weit nach links, wie der Strick es zuließ, und warf mich in die andere Richtung gegen Robard. Der Balken zerbarst auf der Reling zwischen Maryam und mir. Die Trümmer flogen nach allen Seiten, und ich heulte vor Schmerzen auf, als ein langer Splitter sich in meine Wade bohrte. Die Hündin wand sich in meinem Kittel und zerkratzte mir die Brust. Ich drückte sie mit dem Arm an mich, damit sie stillhielt.

Die Reling war zerschmettert, nur Robard hing noch an einem unbeschädigten Teil. Genau jetzt stampfte das Schiff wild in den Wellen, und ich sah, wie der Bug sich in einen riesigen Brecher rammte. Das vordere Ende des Schiffs bäumte sich auf, bis es fast gerade in die Luft ragte. Ich hörte Schreie von der Mannschaft, aber der Wind blies so heftig, und der Regen traf mich so hart in die Augen, dass ich nichts von ihnen sehen konnte.

Hinter mir kreischte jemand, und ich drehte mich gerade rechtzeitig, um Maryam ins Wasser stürzen zu sehen. Dann senkte sich das Schiff und lag wieder waagerecht. Der Wind zwang mich in die Knie, und ich rutschte hilflos über das Deck. Als ich mich aufzurichten versuchte, stampfte das Schiff abermals unter mir, das Deck hob sich wieder, und ich knallte rücklings auf die Planken. Ich tastete nach der Hündin. Sie war völlig verängstigt und zitterte, aber sie steckte noch sicher unter meinem Kittel.

»Tristan – Maryam! Sie ist über Bord gegangen!«, schrie Robard.

»Hilfe!« Maryams Stimme war im Aufruhr der Elemente kaum zu hören.

Ich stemmte mich auf Hände und Knie hoch und sah nach achtern. Maryam hielt sich an einem Stück der Ankerleine fest, das immer noch an Deck festgemacht war.

»Halte durch!«, rief ich ihr zu.

Ich taumelte zu Robard und reichte ihm die Hündin. Er nahm sie auf den Arm und schob sie in sein Wams. Ich versuchte, zu Maryam zu kriechen, doch das Schlingern des Schiffs machte das schier unmöglich. Stück für Stück schob ich mich vorwärts, aber ich erkannte, dass sie sich nicht mehr lange würde festhalten können.

Schließlich, trotz des kreischenden Windes und des peitschenden Regens, erreichte ich das Heck. Maryam hing genau außerhalb der Reichweite meiner Arme. Ich schrie ihr zu, sich Hand für Hand den Strick hochzuziehen, bis ich nach ihr greifen konnte, aber sie wurde durch das Wasser gezogen, und der Sog war so stark, dass sie es nicht wagte, ihren Griff auch nur für einen Sekundenbruchteil zu lockern.

Ich schaute zurück zu Robard, der viel zu weit weg war, um helfen zu können, und Denby und seine Mannschaft konnte ich immer noch weder hören noch sehen. Vielleicht waren sie schon untergegangen.

»Maryam! Du musst dich am Strick hochziehen! Ich komme so nicht an dich heran!«, schrie ich.

Sie kreischte nur auf und krallte sich noch fester an den Strick. Das Schiff hob sich wieder, und sie verschwand unter Wasser.

Dann geschah etwas Wundersames. Trotz des Windes und des Regens konnte ich plötzlich einen neuen, aber vertrauten Ton hören. Es war das leise Summen, das ich schon zwei Mal vernommen hatte, beide Male, als ich mich in tödlicher Gefahr befunden hatte. Es war der Gesang des Grals.

Die Zeit verging auf einmal langsamer. Der Bug des Schiffs senkte sich wieder, und Maryam stieg aus den Fluten empor. Ich griff nach ihr, aber sie war immer noch zu weit weg. Niemals würde ich glauben, was sich als Nächstes ereignete, wenn ich es nicht mit eigenen Augen gesehen hätte. Der Gral rettete sie.

Das Band des Ledersacks schwebte mir von der Schulter und wanderte meinen Arm entlang, bis es in meiner Hand lag. Als ich die Hand schloss, schwang sich der Sack wie aus eigenem Antrieb nach unten, bis er Maryam so nahe war, dass sie ihn greifen konnte. Sie ließ den Strick los und krallte sich mit beiden Händen in den Beutel. Ich zog mit aller Macht. Und bevor ich mich versah, lag sie neben mir auf dem Deck, atmete würgend und spuckte Wasser.

Das Trageband hatte sich fest um mein Handgelenk gewickelt. Ich hatte keine Zeit, darüber nachzudenken, was ich gerade erlebt hatte. Das Summen hatte aufgehört, aber der Sturm hatte an Wildheit zugenommen.

»Kommt hierher! Macht schnell! Ihr müsst euch wieder festbinden!«, schrie Robard, der immer noch an der Reling festgezurrt war.

Maryam und ich kamen taumelnd auf die Beine, wurden aber zur Seite geworfen, als das Schiff mit Wucht im Tal einer Welle aufkam. Wir knallten auf das Deck, rutschten die Planken entlang und wären wieder über Bord gegangen, wenn Robard nicht den Arm ausgestreckt und uns erwischt hätte, als wir an ihm vorbeischlitterten.

Sein Strick war noch lang genug, um ihn Maryam um die Hüften zu schlingen. Für mich war nichts mehr übrig. Der Wind heulte, die Wassermassen ergossen sich über das Schiff, und die Wogen rissen uns hoch zum Himmel und schleuderten uns dann wieder in den Abgrund. Robard und Maryam waren so gut wie möglich gesichert, und ich klammerte mich an das letzte unversehrte Stück der Reling. Wir beteten, dass der Sturm ein Ende finden möge. Ich fürchtete, den Kapitän und seine Mannschaft hatten wir verloren. Oder sie hatten sich im Lagerraum zusammengekauert und hofften, das Schiff würde das grausame Spiel des Sturms irgendwie überstehen. Von ihnen war jedenfalls keine Hilfe zu erwarten.

Ein paar Minuten lang, während das Schiff sich von einer Seite auf die andere legte, dachte ich, wir würden überleben, doch dann brach plötzlich eine gewaltige Welle über die Schiffswand und fegte mich von der Reling. Ich kugelte über das Deck und krachte in den

Mast. Das Schiff neigte sich in die andere Richtung, und ich versuchte, mich am Mast festzuhalten, griff aber daneben und rutschte das Deck entlang, weg von Maryam und Robard.

»Tristan!«, schrien sie wie aus einem Mund. Das war alles, was ich noch hörte, denn das Schiff bohrte sich in die nächste Welle, und ich flog über die Bordwand und schlug mit betäubender Wucht auf dem Wasser auf. Es war kalt, und ich bemühte mich, auf den Wellen zu gleiten, doch dann erscholl wieder ein lautes Krachen, und ich sah, dass jetzt auch der Mast ins Wanken geraten war. Mit einem lang gezogenen Ächzen kippte er genau auf mich zu. Ich strampelte mit den Beinen und versuchte, mich aus dem Weg zu bringen, doch als der Mast fiel, hob sich ihm das Deck des Schiffs entgegen. Der Mast traf mit voller Wucht den Rand des Schiffs und zerbarst in zwei Teile. Die Macht des Aufpralls zertrümmerte die beiden Stücke, und Holzsplitter flogen umher wie Pfeile, die von tausend Bogen abgeschossen worden waren. Das Letzte, was ich sah, war ein mächtiger Holzbrocken, der in hohem Bogen direkt auf mich zusauste. Ich wollte noch untertauchen, da krachte er schon auf meinen Kopf und meine Schultern. Ich nahm fast nichts mehr wahr. Nichts außer einem leisen Summen, von dem ich nicht genau sagen konnte, wo es herkam. Ich wusste nur, es war vertraut und tröstlich.

Als das Wasser sich über mir schloss, dachte ich noch, dass ich es wenigstens versucht hatte. Bitte vergebt mir, Sir Thomas. Bitte vergebt mir, ich habe es wirklich versucht.

Dann nahm das Meer mich in seiner dunklen Umarmung auf.

ENDE DES ERSTEN BUCHES ...

DANKSAGUNG

Man braucht ein Dorf, um ein Buch großzuziehen, und dieses hier wäre nicht möglich gewesen ohne die Hilfe, die Unterstützung und die Hingabe vieler Einzelner.

Zuerst möchte ich meinem Lektor Timothy Travaglini danken, für seine Geduld und Freundschaft und dafür, dass er von Anfang an an diese Geschichte geglaubt hat. Ich danke auch meinem Agenten Steven Chudney für seine Anleitung und seinen Rat. An meine Freunde, die Schriftsteller Christopher Moore, T. Jefferson Parker, Mary Casanova und Meg Cabot, meinen Dank für eure Ratschläge, eure Klugheit und eure Ermutigung. Und dafür, dass ich euch mit meinen Ideen nerven durfte, wenn ihr wahrscheinlich lieber an euren eigenen Büchern gearbeitet hättet, anstatt meinem Gefasel zuzuhören.

Weiterhin bedanke ich mich bei Naomi Williamson und den Mitarbeitern und Freiwilligen, die jedes Jahr das fantastische Kinderliteratur-Festival an der University of Central Missouri ausrichten. Sie leisten eine äußerst wichtige Arbeit: Sie bringen Autoren und Kinder zusammen, um die Bücher und das Schreiben zu feiern. So haben sie mir eine wunderbare Möglichkeit gegeben, Hunderte von jungen Lesern zu erreichen und zu fördern, und ich bin stolz und demütig zugleich, alljährlich ein Teil dieses Ereignisses zu sein.

Meine Familie ist das beste Unterstützungssystem der Welt. Meine Mutter hat mich mein ganzes Leben lang bestärkt, ganz gleich, was ich mir auch vorgenommen hatte, mit einem Lächeln und einem »Das ist wunderbar, Schatz!«. Danke schön, Mama. Meine Schwestern Connie und Regina haben höchstwahrscheinlich alle Menschen um sie herum vergrault, weil sie Freunde, Kollegen und wildfremde Leute auf der Straße mit Geschichten über die schriftstellerischen Bemühungen ihres kleinen Bruders beglückt haben. Meines Wissens hat aber noch niemand eine gerichtliche Verfügung gegen sie erwirkt. An die zwei besten Kinder, die sich ein Vater nur wünschen kann – danke, Mick und Rachel. Und an meine Frau Kelly, die großartigste Ehefrau in der ganzen Geschichte der Ehe, mit aller Liebe und Dankbarkeit, derer ich fähig bin, dafür, dass sie sechsundzwanzig Jahre lang zu diesem großen irischen Trottel gehalten hat. Ich liebe euch alle.